Claude Brami

Le garçon sur la colline

Denoël

ISBN 2-07-037397-5
(précédemment publié aux Éditions Denoël
2-207-22645-X).

Claude Brami est né le 20 décembre 1948 à Tunis. Après mai 68, il interrompt ses études universitaires pour écrire des romans policiers, dont une vingtaine seront publiés sous différents pseudonymes, en particulier Christopher Diable. L'un d'eux, *La plus longue course d'Abraham Coles, chauffeur de taxi,* obtient le Grand Prix de Littérature Policière 1977. Claude Brami travaille aussi pour le cinéma et la télévision.

Pour Maïa et pour Julien

O Enfants, Enfants, comme vos années sont lourdes de périls !

Dostoïevski

La toile était morte.

Plutôt petite, triangulaire, un peu chiffonnée comme si un grand coup de vent l'avait décrochée de son emplacement initial pour venir la plaquer là, presque à ras de terre, sur les plus basses branches du genêt, elle ne présentait à première vue rien de sensationnel.

D'ailleurs, par rapport à l'ampleur des événements qui suivirent, elle n'eut qu'une importance secondaire.

Pourtant des mois après, lorsque Pascal, encore ébranlé, revivait en pensée le déroulement de cette journée — la plus déterminante de toute son existence —, le premier détail à ressurgir de sa mémoire, le premier signe qu'il regretta longtemps de n'avoir pas su interpréter et qui s'imprima, par la suite, en filigrane dans tous ses cauchemars, fut la toile morte.

Au début, il faillit presque ne pas la remarquer.

En quittant la ferme, quelques instants plus tôt, il s'était arrêté une seconde, derrière le mur du potager. La cour était pleine de l'agitation des volailles. Sa mère qui venait d'entrer dans le poulailler, sermonnait les poules qui se battaient après le grain, tout en tirant

11

sur sa robe qui s'était prise au grillage. Elle ne savait pas qu'il la regardait. Elle avait les pommettes rouges d'indignation. Et les mèches folles de cheveux qui s'échappaient de son chignon, rayonnaient autour de sa tête.

Il s'était alors mis à courir. Pas spécialement pour rattraper le troupeau qu'il avait laissé aller en avant. Non, il avait foncé sans raison, le cœur débordant d'un rire qui se répercutait derrière lui à travers champs, sautant par-dessus les bosses, les souches et les buissons, dévalant la pente au plus court dans un tourbillon de pierrailles et de mottes de terre. Jusqu'à ce qu'il s'écroule, épuisé, à l'ombre des grands genêts, avec dans la poitrine une douceur que la brûlure de sa course n'avait pas totalement effacée.

C'était l'heure du jour qu'il préférait.

L'herbe encore humide sentait fort. Mais les pointes commençaient à craquer sous le soleil. Et dans l'air qui s'immobilisait, il y avait, avec les bourdonnements des insectes, la vibration lointaine d'un grelot ou le jappement d'un chien, un vertige de tiédeur qui donnait la sensation que la vie prenait son élan avant d'exploser de partout.

Allongé, dos au sol pour mieux reprendre son souffle, il avait fermé les yeux de bien-être. Il les rouvrit en chassant de la main des moucherons qui, attirés par sa sueur, tournoyaient autour de son visage. Et son regard s'arrêta sur la toile.

Il aurait très bien pu ne pas y prêter attention. L'été finissait. Et les recoins des granges, les creux de barrière ou les fentes des rocailles, regorgeaient de vieilles toiles abandonnées. Parfois même, en soule-

12

vant une pierre plate au bord de la Serre à la recherche d'un ver de vase, on en rencontrait une qui pouvait surprendre, elle, à cet endroit.

Les toiles triangulaires abondaient. Elles appartenaient aux petites araignées vertes surnommées « chardonnières » parce qu'elles nichaient, disait-on, dans les chardons. Mais on pouvait en trouver partout. Au bout des branches tendres d'arbustes ou de buissons, entre les têtes des blés verts, entre deux fleurs sauvages ou deux herbes de Saint-Jean, n'importe où.

Des voiles aériens, lisses et scintillants, que les moucherons, ivres de lumière, confondaient avec les rayons du soleil, mais qui duraient rarement plus d'une journée.

Le moindre courant d'air y collait graines volantes, pollen, petits morceaux d'herbe ou de terre. Et si les mouvements des plantes qui les soutenaient, ne les déchiraient pas, les gros insectes s'en chargeaient. Le vol aveugle des bourdons, les bonds des sauterelles, les déchiquetaient en lambeaux qui s'émiettaient aussitôt...

Celle-là, mieux protégée qu'en plein air par les basses branches du genêt, avait été momentanément épargnée. En vieillissant, ses fils s'étaient gainés de poussière et semblaient avoir gagné en solidité. Pascal l'effleura d'un doigt. Le milieu, là où les mailles se resserraient, était doux, soyeux comme une aile de papillon.

En forçant à peine, Pascal aurait pu la transpercer et la cueillir d'un seul mouvement tournant de l'index, comme son père le lui avait montré, un jour, pour soigner les écorchures... Ou bien mieux, puisqu'il

13

n'avait aucune écorchure, la détruire lentement, maille après maille, en la faisant durer le plus longtemps possible, jusqu'à ce qu'il n'en reste rien qu'un peu de poussière poisseuse au bout du doigt.

Il retira sa main, chassa les moucherons qui lui tournaient autour et resta un moment devant la toile à se demander ce qu'il allait en faire.

Il l'examina soigneusement, fasciné surtout par la minutie des points de fixation, souffla dessus de plus en plus près pour la voir frissonner, la chatouilla avec une fleur de lupin sauvage dont il mâcha la tige aigre. Puis, comme les moucherons revenaient toujours l'agacer, il en attrapa un à la volée, s'assura qu'il était bien vivant et le jeta sur la toile.

Tout d'abord, il ne se passa pas grand-chose.

Le moucheron, encore sous le choc, ne remua pas. Recroquevillé sur lui-même, il s'agrippa de toutes ses pattes au fil sur lequel il était tombé.

Pascal pensa qu'il s'y était collé et que ça allait être amusant de l'aider à se dépêtrer du piège.

Mais non. Le moucheron avança un peu, vacillant. Il avait l'air tout surpris de se trouver encore en vie. Il devait se demander par quel miracle, de la peau chaude et humide dont il buvait la sueur, il avait atterri sur ce treillis froid et poussiéreux.

Il s'arrêta une maille plus loin pour s'orienter. Ses antennes frémirent. Il déplia ses ailes froissées, l'une après l'autre, les écarta précautionneusement, les frotta à l'aide de ses pattes arrière. Elles fonctionnaient. Il les agita, puis les ramena au repos le long de son corps mince et se déplaça plus avant sur le fil en direction du centre.

14

Ce n'était pas très intéressant. La toile morte ne pouvait le retenir longtemps.

Pascal pensa une seconde à lui créer des complications. Lui cracher dessus ou bien le saupoudrer de terre pour l'affoler. Puis il se figea.

L'araignée était là.

Elle venait de glisser d'entre les aiguilles du genêt qui l'avaient dissimulée parfaitement aux yeux du garçon. Elle se trouvait à présent dans l'angle le plus haut de la toile, son principal point d'attache.

Elle n'était pas très grande, à peine plus grosse que le moucheron. Verte et brune avec une tête d'un vert un peu plus clair, elle ressemblait à un grain d'avoine sur le point de germer.

Pascal la détesta immédiatement.

Tous ceux qui vivaient, les fleurs, les plantes, les oiseaux, les animaux et même les hommes, tous observaient des règles propres à leurs espèces. Tous étaient tenus de s'y astreindre. C'était le jeu. De même que les sauterelles abandonnaient une patte lorsqu'on les pinçait par-derrière, ou bien que les abeilles ne piquaient que si on les faisait brusquement passer de la lumière dans l'ombre, les chardonnières ne restaient jamais dans les toiles mortes. Une loi invariable, absolue, établie depuis la nuit des temps. L'araignée ne l'avait pas respectée. Elle l'avait transgressée sans aucun scrupule. Et maintenant, elle attendait, sûre de son impunité, immobile, aplatie dans le coin de la toile.

Les taches brunes sur son dos lui donnaient l'air vieille et rusée, pleine d'expérience sur la façon de capturer les moucherons. Sur la partie plus claire de sa tête, les gouttes noires de ses yeux se détachaient. Et au-dessous, moins visibles, ses crochets affleuraient, dangereux, pareils à des pointes d'aiguilles empoisonnées.

Le moucheron ne l'avait pas encore aperçue. Il s'était approché d'un trou de la toile et le contournait lentement, une patte puis une autre, en sondant le vide. Il avait sorti sa petite trompe et goûtait les fils sur lesquels il s'accrochait. Tranquillement. Sans se presser. Son instinct ne l'avertissait pas, ne le poussait pas à se méfier d'une toile morte. Comment aurait-il pu se douter que la chardonnière avait enfreint la règle?

L'araignée avança soudain de quelques mailles. Ses petits yeux noirs et cruels calculaient. Elle avait encore presque toute l'étendue de la toile à parcourir. Le moucheron pouvait largement s'échapper.

Elle s'approcha encore. La toile trembla à peine. Le moucheron remua fébrilement ses ailes, les déploya pour s'envoler.

Il n'en eut pas le temps.

L'araignée fondit sur lui, le recouvrit entièrement et s'écarta aussitôt.

Pascal eut un frisson devant la soudaineté de l'attaque. Elle s'était confondue avec un battement de paupières. Il écarquilla les yeux, espérant avoir mal vu.

Mais le moucheron avait bien été touché. Le corps raide, les ailes froissées, tordues comme les bras d'une croix désarticulée, il ne bougeait plus. Seules ses antennes s'agitaient faiblement.

L'araignée glissa vers lui et recula. Elle n'avait même pas semblé l'effleurer. Pourtant une traînée fine, presque transparente, la liait à lui. Elle l'étira entre ses pattes avant, la fixa sur la toile, puis recommença la manœuvre. Elle ne travaillait pas très vite. Mais à chaque fois qu'elle se rapprochait et repartait, un nouveau filament à peine visible amarrait le moucheron à la toile.

Pascal se redressa un peu. Il s'en voulait confusément de ne pas être intervenu. Mais il en voulait davantage à l'araignée. Elle avait triché. Elle avait laissé mourir sa toile. Elle n'avait plus le droit d'y revenir. Et encore moins d'attaquer le moucheron. Elle méritait d'être punie. Et il allait la punir. L'écraser sans pitié. Mieux, la transpercer avec une aiguille sèche de genêt et la laisser gigoter au bout pour qu'elle ait tout le temps de regretter sa perfidie.

Pascal en choisit une bien dure, acérée, solide comme une épine. Mais au moment d'agir, il retint son geste.

Sur la toile, la situation s'était modifiée.

L'araignée ne sécrétait plus de fil. Elle attendait. Elle surveillait le moucheron qui s'agitait d'une façon spasmodique. Il se démenait, forçait sur ses pattes frêles. Et les fils qui le retenaient, se tendaient, lui permettant de se débattre davantage.

Pascal approcha l'aiguille qu'il venait de ramasser, prêt à aider le moucheron à se dégager.

Mais celui-ci n'en avait pas besoin. Les secousses de son corps s'accéléraient, gagnaient ses ailes. Le fil le plus transparent céda. Une aile battit librement. Le moucheron brusquement entraîné bascula sur lui-même. Une patte arrière se libéra.

Pascal retenait sa respiration. Il n'avait jamais vu

ça. Un moucheron qui se révoltait, qui même entravé ne renonçait pas. Il était tombé sur une chardonnière trop vieille dont le venin n'était plus assez efficace pour le paralyser. Et il en profitait. Il tentait crânement sa chance.

Pascal l'encouragea mentalement.

« Vas-y ! Va ! Tu peux ! Tu peux y arriver ! »

Les mots qui se formaient dans sa tête, se formaient aussi sur ses lèvres et partaient tout seuls, silencieux, emportés par son souffle rauque qui faisait un peu vibrer la toile. Et le moucheron les recevait, s'en fortifiait et luttait encore, se tordant en tous sens, ses pattes courtes dérapant sur les fils. Il n'avançait pas beaucoup, mais il avançait.

Soudain, l'araignée attaqua de nouveau.

Sans se soucier de l'aiguille, elle se jeta sur le moucheron pour l'immobiliser à nouveau. Mais le moucheron se défendit avec l'énergie du désespoir. Et le bourdonnement de ses ailes, se communiquant à la toile qui l'amplifia, grinça longuement dans l'air tiède.

Pascal poussa un gémissement.

L'aiguille de genêt glissa de ses doigts et se planta dans la toile qu'elle déchira un peu plus.

L'araignée fit un écart prudent.

Le moucheron, lui, résistait toujours. Il continuait à sursauter et à avancer par saccades brèves, surprenantes. Sa vitalité semblait même étonner la chardonnière qui le laissait faire. Les fils autour de lui s'étirèrent. Certains cassèrent, s'enroulant sur eux-mêmes comme de minuscules ressorts. Il les traîna après lui, s'arc-boutant sur ses pattes, se propulsant à coups de son aile libre. Ses antennes effleurèrent l'aiguille de genêt

18

qui perçait la toile. Dans un suprême effort, il tenta de se hisser dessus comme si elle constituait son unique planche de salut. Ses pattes avant seules s'y accrochèrent. Le reste de son corps mieux entravé ne suivit pas. Il mobilisa ses dernières ressources pour le dégager, sortant et rentrant sa petite trompe, tétant l'aiguille comme pour y puiser des forces. Son aile libre tressauta un peu. Et il abandonna définitivement la lutte.

L'araignée revint alors et, tournant autour de lui, se remit à fabriquer son fil.

Elle ne travaillait pas plus vite, mais le moucheron n'en pouvait plus. Il se laissa engluer doucement, agrippé à l'aiguille de genêt. Ses antennes remuaient encore. L'une d'elles s'arrêta, prise à un nouveau fil qui colla aussi les pattes avant. L'autre tressaillit éperdument.

C'était fini. La chardonnière cessa de tourner autour du moucheron, s'installa dessus et entreprit de le dévorer vivant.

Pascal ne pouvait détacher son regard de l'antenne qui frissonnait toujours comme un appel désespéré sous l'étreinte mortelle de l'araignée. L'impuissance du moucheron le nouait tout entier. Le sentiment d'injustice l'étouffait.

Il s'efforça de retenir les larmes qui lui montaient aux yeux. Puis fou de colère et de frustration, il se jeta sur la toile, la gifla à tort et à travers, battant et dévastant vainement le genêt à coups de poing frénétiques.

Lorsqu'il s'arrêta, hébété, il chercha dans le buisson et sur ses doigts des traces du moucheron et de l'araignée. Il ne trouva rien, pas même un lambeau de toile. Et il resta assis dans l'herbe, en nage, les tempes bourdonnantes, à regarder ses mains étendues paumes en l'air devant lui comme si elles étaient seules coupables de cet accès de violence démesuré.

Il se sentait écœuré, complètement vidé. Il ne comprenait plus comment ni pourquoi il en était arrivé là.

Autour de lui, l'ordre se reformait. Le même ordre rassurant et bénéfique qu'il connaissait et auquel il pouvait se raccrocher.

Les mêmes montagnes bien alignées à l'horizon, bleues et arrondies, semblables aux dents d'une scie usée. Et plus près, les collines verdoyantes, striées par les champs et les routes, les terrasses cultivées, les pâtures et les friches. Avec dans leurs creux, les villages et les bois et les taillis noirs qui devenaient verts au fur et à mesure que le soleil les touchait.

Tout était en ordre. Septembre s'annonçait doux. Le gros des moissons était terminé. Ceux qui n'avaient pas encore rentré leurs foins, surveillaient le ciel et la direction des vents, mais ne se pressaient pas davantage. Le soleil réchauffait sans mordre. Et les troupeaux pouvaient pâturer tout le jour. Devant, sur la pente, les vaches en paissant se frottaient contre les châtaigniers. Et Biscotte, la chienne, leur mordillait, espiègle, les jarrets.

Tout était en ordre.

Une harmonie tiède et bienfaisante bruissait entre les êtres et les choses.

Mais Pascal s'était occupé d'une toile morte, d'un

moucheron et d'une araignée insignifiante, pas plus grosse que l'ongle de son petit doigt.

Et il ne comprenait pas pourquoi la journée en paraissait irrémédiablement ternie.

La voiture arriva un peu plus tard par la côte de Saint-Girier.

Elle peinait en gravissant la pente. Et suivant qu'elle apparaissait ou disparaissait dans les tournants de la route qui serpentait à travers la colline, le bruit de son moteur essoufflé l'emportait ou non sur le crépitement têtu d'une tronçonneuse qui chantait dans la vallée.

Pascal la suivit distraitement du regard.

Le combat du moucheron et de l'araignée l'imprégnait encore. Il ne parvenait pas à l'oublier. Plus il essayait de s'en défaire, plus il lui semblait que toutes ses pensées s'y rapportaient.

Lorsqu'il s'était réveillé ce matin, plus tard que d'habitude, le soleil blanchissait déjà le ciel et ses rayons, jouant dans le rideau de sa fenêtre, donnaient justement à la mousseline l'apparence d'une toile d'araignée.

Il se rappelait avoir un peu bavé pendant son sommeil. Une tache mouillée était froide contre sa joue. Il s'en était écarté et avait cherché à se rendormir pour retrouver le rêve dont il venait juste de sortir. Un rêve fiévreux, pas désagréable, dont il ne se souvenait plus, mais qui lui creusait encore le bas-ventre. Il n'avait pas pu. Et pour calmer la tension presque douloureuse de son sexe, il avait eu envie de serrer doucement son oreiller entre ses cuisses. Puis il avait entendu sa mère bouger dans la maison. Et la pensée qu'elle puisse découvrir d'autres taches que celle de salive sur le coussin, l'avait interrompu...

Il se secoua, se força de revenir à ce qui l'entourait.

Une odeur de bois brûlé glissait dans l'air.

Quelqu'un du village qui flambait une vieille souche. Ou alors, les campeurs qui préparaient déjà un feu pour leur barbecue. Depuis la nuit de l'Assomption où une petite cartouche de gaz avait explosé on ne savait comment, ils avaient décidé de ne plus se servir de leur matériel de camping.

Devant, les vaches s'éparpillaient avec lenteur autour des châtaigniers. Bientôt, entraînées insensiblement par la pente, elles se retrouveraient derrière les fourrés qui délimitaient les terrains des Fongarola. Et peut-être que Julia profiterait alors du prétexte pour venir le rejoindre...

La chienne, elle, ne s'occupait plus du troupeau. Les oreilles dressées, elle surveillait la route au loin.

La voiture approchait. Basse et blanche, tout éclaboussée de soleil, comme la Porsche des Parisiens en vacances à Saint-Girier. Quelque chose de blanc, un mouchoir, un foulard, un drapeau peut-être, flottait par la portière du conducteur.

Elle n'allait plus tarder à aborder le dernier lacet de la côte. Après le renfoncement de terrain devant l'ancienne bergerie des Fongarola, elle déboucherait tout près, sur le morceau de route visible en contrebas.

La chienne n'attendait que ce moment. La queue battante, les jarrets frémissants, elle se tenait déjà prête à bondir à sa rencontre.

Pascal siffla doucement.

Elle tourna le museau vers lui, hésita, puis fit mine de n'avoir rien entendu.

— Biscotte ! appela-t-il. Ici, Biscotte !

Il dut encore insister, prendre une voix plus sévère pour l'obliger à obéir.

Elle finit par le rejoindre, la tête basse, un jappement de regret roulant dans sa gorge, et ne se calma que lorsqu'il la retint fermement par son collier.

La voiture arrivait. Devant les ruines de la bergerie, le conducteur changea de vitesse et la plainte rageuse du moteur couvrit le bruit lointain de la tronçonneuse.

Ce n'était pas une Porsche. Ni même une voiture de sport. Sans la distance et le soleil qui l'embellissaient, elle apparaissait moins nerveuse, moins bien entretenue que la machine compacte et puissante des Parisiens. Son moteur ronflait fort, un peu irrégulier. Le bas de caisse, des ailes et des portières, était gris de poussière. La plaque d'immatriculation toute sale, illisible, empêchait de savoir d'où elle venait. Et le drapeau blanc qui frissonnait contre la portière n'était rien d'autre que la manche de chemise du conducteur qui avait passé son coude par la vitre abaissée.

Elle disparut de l'autre côté de la colline. La poussière qu'elle avait soulevée se reposa lentement. Le halètement de son moteur s'assourdit progressivement puis s'éteignit. Et le chant de la tronçonneuse s'éleva, clair et triomphant, de la vallée.

Pascal relâcha la chienne.

Il ne se sentait toujours pas en forme. Il avait mal aux mains. De fines égratignures dues aux balais rêches du genêt qu'il avait saccagé un instant plus tôt, lui cuisaient la peau. Et le moucheron et la chardonnière luttaient encore dans un coin de sa tête.

Pourquoi ne réussissait-il pas à s'en débarrasser ? Ce n'était pourtant pas la première fois qu'il voyait une araignée piéger une proie. Un jour — il devait avoir six ou sept ans — devant la rangée de roses trémières plantées le long de la maison, son père l'avait appelé en lui faisant signe de s'approcher sans bruit.

« Qu'est-ce que tu vois là ? » lui avait-il chuchoté, en pointant le doigt vers une fleur.

Pascal avait haussé les épaules. Il avait dit « Rien, P'pa... Elles sont très belles. » Parce qu'il avait pensé que c'était elles que son père voulait lui faire admirer. Les roses trémières qui venaient de s'épanouir en une nuit avec leur corolle d'un mauve tendre et leur pollen doré, brillant, au parfum sucré qui affolait les abeilles.

« Regarde dedans. »

A l'intérieur de la fleur, il y avait une grosse araignée rose qui se fondait si bien aux pétales qu'il avait fallu la chatouiller avec un brin d'herbe pour la voir tout entière.

Ils l'avaient laissée reprendre son affût. Et un imbécile de bourdon, insouciant et sûr de sa force, était venu butiner jusque entre ses pattes grandes ouvertes, mêlées aux étamines, et qui s'étaient brusquement refermées sur lui comme les griffes d'un piège imparable.

Depuis, Pascal avait souvent recherché de tels spectacles. Il avait appris à en connaître la plupart des variantes.

Les araignées d'eau qui semblaient toujours examiner leurs victimes avec dédain du bout de leurs pattes démesurées. Et les épeires têtes-de-mort qui se battaient férocement entre elles. Et les grises qui traçaient leurs toiles dans les labours entre les mottes de terre fraîchement retournées. Et les araignées-crabes qui rattrapaient les petits scarabées à la course... Elles n'avaient plus de secret pour lui. Combien de fois, fasciné, les yeux agrandis et la nuque hérissée de petits frissons, avait-il assisté à leur charge foudroyante, d'avance victorieuse ?...

Il avait beau se rappeler le plaisir trouble que le spectacle lui procurait alors, ça n'y changeait rien. Jamais auparavant le grincement d'agonie des insectes piégés ne lui avait semblé aussi déchirant, aussi injustifié, aussi insupportable que celui du moucheron.

Il fit un effort sur lui-même pour se changer les idées.

Dans un peu moins de quinze jours, ce serait la rentrée scolaire. Le cœur vraiment lourd à ce moment-là, il serait obligé de retourner au lycée à Valence. Et pendant les premières semaines d'internat, avant que le rythme faux de la ville l'ait enferré dans de nouvelles habitudes, il regretterait chaque instant perdu de ses vacances d'été. Chaque instant où il aurait pu laisser échapper des images, des sensations, des émotions les plus infimes, dont le souvenir saurait ensoleiller plus tard la grisaille des mois à venir.

Il n'avait pas le droit de perdre la moindre seconde. Et encore moins de se la gâcher lui-même.

Plus tard, après le déjeuner, il retrouverait Julia. Elle l'aiderait à ramener le troupeau. Et il lui parlerait en riant du moucheron et de l'araignée. Ou peut-être pas... Ils descendraient ensuite au village retrouver les autres et ils iraient tous ensemble jusqu'au petit lac artificiel du barrage de Croix-en-Terre où, depuis trois jours, une équipe de la télévision tournait une dramatique... Et la journée s'écoulerait tiède, paisible et bouillonnante pourtant de menus plaisirs en apparence insignifiants, tout comme les précédentes...

Dans la vallée, la tronçonneuse s'était tue.

Mais un dernier bourdonnement montait encore, monotone, porté par un vent léger qui s'enroulait paresseusement autour des collines. Et les sauterelles qui s'interpellaient dans les hautes herbes, paraissaient crisser comme à plaisir pour le prolonger.

Tout près, la chienne grognait en fouillant un buisson. Elle avait dû trouver un terrier de mulot et grattait la terre pour l'agrandir. Une sauterelle lui bondit soudain devant le nez. Elle sursauta, happa l'air pour l'attraper au vol, mais sa mâchoire claqua comiquement dans le vide avec un temps de retard. Elle coula un regard un peu honteux vers Pascal qui, retenant un sourire, fit semblant de n'avoir rien vu. Puis elle se remit à chercher dans l'herbe.

Un instant plus tard, elle se dressait brusquement, les oreilles pointées vers la route en bas.

La voiture blanche revenait.

*

Elle réapparut, ses chromes brillants de soleil, sous le bouquet de ronciers bleus qui surplombaient le tournant de la route. Et tous les bruits environnants se fondirent à nouveau dans le grondement de son moteur.

Le conducteur avait dû se tromper de chemin. Son coude ne dépassait plus par la portière. Il semblait conduire avec précaution, penché sur son volant, comme s'il cherchait un panneau indicateur noyé dans les broussailles du bas-côté. Il y en avait bien un, une grosse borne kilométrique à demi effacée qui marquait juste le virage. Mais comme il l'avait dépassée, il ne risquait plus de la voir.

La voiture avança au ralenti en direction de la vieille bergerie des Fongarola. Une fois derrière, elle repartirait sur la pente. On ne la verrait alors plus que par intermittence s'éloigner sur les lacets de la colline qui se renverraient de moins en moins fort l'écho de son moteur. Et elle ne laisserait pas plus de traces dans le temps et l'espace que l'envol échevelé d'une poule de genêt ou le passage d'un avion engourdi dans le ciel lisse.

Elle n'atteignit pas la bergerie.

Un tourbillon soudain entraîna irrésistiblement tout dans sa ronde.

Pascal sentit le mouvement partir sur sa gauche, comprit que c'était la chienne qui fonçait et plongea en vain pour l'arrêter. Le cuir du collier, les poils souples des flancs, filèrent sous ses doigts, tandis qu'il roulait au sol.

— Biscotte! cria-t-il.

En vain. La chienne était déjà loin. Elle avait pratiquement atteint la route.

Il la vit déboucher, une vingtaine de mètres plus bas, noire et hurlante, devant la voiture qui ne pouvait l'éviter. Et il ne s'en relevait pas. Il restait à genoux. Il appelait encore Biscotte, un gémissement, un sanglot, une prière, pour rien, pour repousser la peur hors de sa poitrine, pour refuser la réalité qui allait lui crever les yeux.

Il appelait doucement Biscotte. Et en retour, un vacarme terrifiant le fouettait. Il percevait très distinctement le cri de la chienne et la fureur de la voiture, les freins qui braillaient, les pneus qui raclaient la chaussée, la roue arrière qui arrachait des broussailles du bas-côté.

Et dans la fraction de seconde qui suivait, il n'était plus là à regarder la voiture qui, moteur calé, s'immobilisait, fumante de poussière, en travers de la route.

Emporté par le mouvement, il se retrouvait à Saint-Girier, juste à l'entrée de Saint-Girier, où fin juillet, un touriste belge avait écrasé le chien de Bonname le bistrotier. Otto, un griffon fou, un doux-dingue de griffon, qui aimait lui aussi courir après les voitures et qui avait mis longtemps à mourir, étendu, les yeux tristes et les reins brisés, dans une flaque de pisse qui grandissait sous lui.

Et dans le calme qui revenait, il ne savait plus s'il gémissait parce qu'il l'avait fait alors, ou bien parce que sa chienne, elle, venait d'avoir plus de chance.

Il s'était relevé, les jambes molles. Il s'était mis à courir sans dégringoler à chaque enjambée comme il le croyait. Il avait dévalé la pente à son tour jusqu'aux barbelés qui clôturaient les pâtures. Il les avait franchis avec précaution et était descendu plus lentement sur la route.

La poussière qui tardait à se reposer, avait une vague odeur d'essence. Et la chienne, sautant dedans comme par jeu, éternuait en direction du conducteur.

Mais celui-ci n'y faisait plus attention. La main sur la poignée de la portière qu'il venait d'ouvrir, il ne bougeait pas. Il observait Pascal qui, les cheveux en bataille et la mine embarrassée, s'approchait vers lui d'un pas hésitant.

Dans l'ombre de la voiture, le blanc de ses yeux et de ses dents se détachait. Il paraissait sourire. Mais c'était sûrement une illusion. Il devait être plutôt furieux.

Pascal préféra éviter son regard. Des formules d'excuses toutes faites tournaient bien dans sa tête. Mais il n'osait plus s'en servir.

L'inconnu, avec son sourire qui n'en était pas un, avait l'air de se demander s'il lui fallait, oui ou non, se mettre en colère. Et un mot inopportun ou mal interprété pouvait faire pencher sa décision du mauvais côté. Mieux valait donc le laisser prendre l'initiative. Surtout qu'il poussait un peu plus sa portière et sortait les deux jambes en même temps. Il avait un

31

pantalon en velours beige et des chaussures marron qui claquèrent lorsqu'il posa ses pieds par terre.

Le bruit fit sursauter la chienne qui se remit à aboyer de plus belle.

Et Pascal, oubliant sa résolution de ne pas broncher, se précipita aussitôt pour l'arrêter.

— Biscotte !

Il la prenait dans ses bras, autant pour la faire taire que pour la protéger le cas échéant, lui soufflait en la serrant plus fort parce qu'elle se débattait.

— Suffit, Biscotte ! La paix... La paix...

— Biscotte ?

L'homme s'était dressé, très grand, dans le soleil.

— C'est son nom, Biscotte ?

Il n'avait pas un accent de la région. Sa pomme d'Adam saillait, drue, entre le col ouvert de sa chemise. Et ça lui donnait une voix surprenante, grave, un peu étranglée, comme s'il n'arrivait jamais à avaler.

— Biscotte. C'est marrant pour un chien, Biscotte...

— C'est... C'est une chienne, monsieur, bredouilla Pascal.

— Une chienne ?

— Oui... Oui, monsieur.

Il avait répondu d'un ton mal assuré, parce qu'il cherchait toujours la meilleure façon de s'excuser. Et l'homme le dévisageait comme s'il ne le croyait pas, reprenait.

— Une chienne ? C'est plus prudent que ça, d'habitude, une chienne.

Et il penchait un peu la tête pour désigner Biscotte qui grognait en lui montrant les dents.

— Elle n'a pas l'air de m'aimer beaucoup, on dirait.

— Oh! si, monsieur!

— Elle a failli m'envoyer dans le fossé. Et elle me fait la gueule. Elle me mordrait si elle pouvait.

— Oh! non, monsieur! Non... Elle est... Elle n'est pas comme ça, vous savez. Elle mord pas.

— Tu crois?

Il tendait sa main, une longue main osseuse, comme pour saisir la chienne. Ou pour la caresser.

Et Pascal qui préférait ne pas vérifier, reculait vers le bord du talus.

— Elle a ses idées à elle, monsieur. C'est tout. Mais elle n'a jamais mordu personne.

L'étranger ne parut pas l'entendre, soupira en avançant encore.

— Elle ne connaît pas sa chance. J'aurais pu ne pas stopper.

— Ça oui, monsieur...

— J'aurais pu l'aplatir comme rien.

— Comme rien, monsieur... Je... Je peux la punir, si vous voulez...

Cela aurait pu marcher. N'importe qui s'en serait contenté, aurait repris sa voiture et aurait disparu au plus vite au plus profond de la vallée.

Mais l'inconnu avançait toujours avec son curieux sourire étiré sur ses dents.

Et Pascal acculé se sentit obligé de lui assurer vivement.

— Je vais la punir, monsieur. Je vais la punir, je vous jure.

— Pas la peine.

L'homme s'était arrêté. Et son sourire ressemblait davantage à un vrai.

— Tu peux la lâcher, va. En général, je m'entends bien avec les bêtes.

— Oui, monsieur.

— Je m'entends bien avec tout le monde.

— Oui, monsieur, répéta Pascal, sans bouger.

Il n'était pas du tout rassuré. Mais il ne pouvait tergiverser plus longtemps.

Ne pas obéir équivalait à un manque de reconnaissance évident envers quelqu'un qui avait préféré faire un écart assez dangereux sur cette route étroite pour éviter la chienne... Le Belge qui avait tué Otto, un mois auparavant, n'avait pas eu autant de scrupule. Avec trois fois plus de place, il ne s'était même pas donné la peine de tourner le volant. Et la première chose qu'il avait faite en sortant de voiture, avait été de vérifier l'état de son pare-chocs...

Et puis, Biscotte commençait à peser lourd...

Elle lui échappa presque malgré lui et, dès qu'elle toucha terre, se remit à aboyer comme prévu à l'intention de l'inconnu qui n'en perdit pas pour autant son sourire.

— Viens ma belle...

Il pliait les jambes, s'asseyait sur ses talons pour être à la hauteur de la chienne.

— Viens, Biscotte. Hein qu'on va s'entendre tous les deux...

Sa voix grave, apaisante pourtant, n'eut pas beaucoup d'effet.

La chienne continua son cirque, reculant et bondissant devant lui, le poil hérissé, jappant par à-coups, roulant ses grognements dans la gorge avant de les lui lancer, de plus en plus sonores, au visage.

Et Pascal, gêné, ne cessait de se demander s'il fallait intervenir et comment le faire pour ménager la susceptibilité de l'étranger.

Puis il ne se demanda plus rien.

L'homme venait d'avoir un geste étonnant de promptitude et de précision. D'une détente soudaine du bras, il avait plongé sa main dans la gueule ouverte devant lui et avait saisi la chienne par sa mâchoire inférieure.

— Et voilà !

Il levait maintenant la tête vers Pascal qui le regardait, bouche bée.

— Quand on l'attrape comme ça, elle ne peut plus mordre... Même un plus gros chien n'y pourrait rien.

— Faut être drôlement rapide, souffla Pascal, sincèrement admiratif.

— Suffit juste de bien placer la main derrière les crocs. Là, tu vois ?... Ensuite, il n'y a plus qu'à attendre.

La chienne grognait, bavait, bataillait tout ce qu'elle pouvait pour se dégager. Elle se tordait par terre, fouettait la poussière à grands coups de queue, usait des pattes avant pour repousser la main de sa gueule.

Ses ongles émoussés grattaient le poignet qui la maintenait, imprimant des traînées blanchâtres sur la peau brunie. Mais l'étranger la laissait faire en riant, se contentant de pivoter un peu pour mieux assurer sa prise, donnant du mou à son bras, puis le contractant brusquement, comme un pêcheur ramenant vers la rive une grosse prise au bout de sa ligne.

Finalement, elle cessa de se débattre et se releva, haletante, la queue basse.

— Je crois que ça ira maintenant, dit l'homme.

Il ne la lâcha cependant pas encore. Il lui caressa la tête et le cou, de sa main libre. Puis, la retenant par son collier, il dégagea son autre main dégoulinante de bave et l'essuya soigneusement sur les longs poils des flancs.

— Elle n'est pas bien vieille... Trois, quatre ans?

— Pas loin de quatre, monsieur.

— C'est une bonne chienne... Un peu nerveuse mais robuste. Ça m'aurait fait mal de l'aplatir.

Pascal pensa que lui, dans ce cas, ne s'en serait certainement jamais remis.

Il imagina fugitivement Biscotte couchée dans sa pisse à la place d'Otto, le griffon du bistrotier. Et un frisson le parcourut. Un frisson de fureur. De gratitude, aussi, pour ce grand type solide qui, contrairement au Belge, avait su éviter le drame.

Il voulut le remercier. Mais aucun mot qu'il connaissait, ne reflétait son sentiment exact. Et puis, l'homme changeait déjà de sujet.

— Biscotte, c'est toi qui l'as baptisée comme ça?

— Ben oui, monsieur.

— Tu crois qu'elle sait ce que ça veut dire?... Une biscotte, c'est fragile. Ça se casse. Ça s'effrite dès qu'on la touche. C'est pas tellement un nom pour chien, Biscotte...

Pascal préféra ne pas répondre. Il se contenta de fixer ses espadrilles usées qui reposaient moitié sur l'herbe rase du talus, moitié sur le revêtement de la chaussée. Mais l'homme insista.

— Tu n'es pas d'accord ?

— Ça... Ça sonne bien, monsieur.

— Tu trouves ?

— Mon père dit que ça sonne bien.

Ce n'était pas vrai. C'était sa mère qui avait dit ça. Son père, lui, s'était plutôt moqué.

A l'époque, il avait aménagé une caisse pleine de bonne paille pour Marquise, la mère de Biscotte, qui était grosse au point de n'en pouvoir avancer. Mais la chienne avait préféré le coin le plus sombre de la grange. Et lorsqu'on l'avait retrouvée, il y avait contre elle, six petits trempés comme des souris d'eau.

Il les avait vus se presser pour téter, la mort dans l'âme parce qu'il fallait n'en garder qu'un et que c'était à lui de choisir. Il avait fini par se décider pour la touffe de poils la plus noire. Et il avait dit, sans qu'on lui demande rien, qu'il l'appellerait Biscotte.

Il ne savait ni d'où ni pourquoi il avait sorti ce nom. Ce n'était même pas celui qu'il avait prévu. Mais il l'avait sorti. Et son père qui laissait tomber des gouttes de vin dans les yeux fermés du chiot pour les désinfecter, avait plaisanté.

« Biscotte ? Noiraude comme elle est, c'est plutôt un bout de charbon ta biscotte. »

N'empêche, le nom avait fait école. Beaucoup l'avaient copié. Sans compter les Brioche, Biscuit ou autres variantes, la plupart des communes voisines possédaient au moins une Biscotte. Et dernièrement, Julia avait même rapporté que les Bénédict de Saint-Bénédict qui lui venaient vaguement cousins, avaient une chatte qu'ils avaient appelée Biscotte. Une chatte ! Pourquoi pas une poule tant qu'on y était ?...

— J'avais un chien moi aussi, dans le temps...

L'étranger lui souriait tout en lissant le crâne de Biscotte qui en retroussait les oreilles de plaisir.

— Un setter. Un grand setter... Il n'avait pas son pareil pour la course... Mais je ne l'aurais jamais laissé essayer contre les voitures.

— Biscotte, elle le fait jamais, monsieur... C'est... C'est ma faute.

— Ah bon ?

— Je me suis moqué d'elle...

Il ne comprenait pas pourquoi il disait ça. Ce n'était pas tout à fait exact. Mais au fur et à mesure qu'il parlait, cela devenait une vérité inattaquable.

— Je me suis moqué d'elle parce qu'elle n'arrivait pas à attraper des sauterelles. Et ça l'a rendue furieuse.

L'homme eut un petit rire.

— Ah ! la fierté des chiens...

— Il leur faut du respect, reconnut Pascal.

Puis, après réflexion.

— Le respect, ça les tient mieux que la peur des coups...

Ça, c'était bien son père qui l'avait dit, un jour, un très ancien jour, et presque de la même façon. Mais pas à propos d'un chien. C'était au sujet d'un cheval. Une jument, plutôt. Oui, une jument que le vieux Rouï de Saint-Girier avait gagnée à un concours agricole.

Le souvenir remonta de très loin et l'inonda d'une joie diffuse.

Il se rappelait tout. La jument piaffant et hennissant de peur dans l'arrière-cour de la quincaillerie Rouï. L'odeur âcre de sa sueur et du crottin par terre. Et les claquements du fouet. Et la voix forte de son père qui

38

arrêtait tout. Sa grosse main dure qui caressait si doucement les naseaux du cheval... Il y avait des années de cela. Depuis, le vieux Rouï avait fermé sa quincaillerie pour aller s'installer chez ses fils à Privas. Il avait emmené la jument ou il l'avait vendue, Pascal ne s'en souvenait plus très bien. Tant de choses étaient arrivées depuis...

— Tu vois, ça va mieux maintenant. On est amis...

L'homme caressait toujours le poil de Biscotte qui lui léchait en retour la main comme pour effacer les traces de ses griffes sur la peau mate du poignet.

— Pour être fière, elle est fière... Elle savait bien qu'elle n'aurait pas dû me courir après sur la route. Mais elle m'aboyait dessus et elle m'engueulait pour faire croire que c'était moi le responsable...

Il lui donnait une dernière tape affectueuse sur le sommet du crâne, se relevait en défroissant machinalement son pantalon.

Il avait des cheveux bruns, un peu gris sur les tempes, et des rides profondes aux coins des yeux comme s'il avait toute sa vie regardé le soleil en face.

Ce n'était qu'un inconnu de passage. Un étranger comme tant d'autres qui traversaient le pays en cette saison. Un dompteur de chiens qui n'aurait jamais dû s'arrêter sur ce coin de route et qui, simplement, ne se pressait pas pour repartir.

Tout aurait dû en rester là. Une rencontre imprévue, un rien mouvementée, qui aurait certainement pu plus mal commencer, mais qui n'aurait pas eu davantage de suites et surtout pas celles qu'elle eut en définitive.

Pascal serait retourné à sa solitude avec, peut-être, un vague pincement de regret. Et il n'en serait resté en lui qu'une empreinte chatoyante, sans réelle importance, l'image d'une longue silhouette souriante et virile, et un goût âcre de poussière d'essence qui se seraient estompés au fil des heures.

Pendant un instant, ce fut bien près de se produire.

Une indécision traîna dans l'air entre eux, comme s'ils avaient épuisé tous les sujets de conversation possibles et qu'ils s'évertuaient à gagner quelques secondes inutiles de plus, avant de se séparer une fois pour toutes.

L'étranger regarda pensivement Biscotte qui lui flairait les pieds. Mais ils s'étaient déjà tout dit sur son compte. Il jeta un coup d'œil à sa voiture qui attendait, elle aussi, en travers de la route. Elle ne

41

l'inspira pas plus et il parut sur le point de s'y réinstaller.

Puis, plus haut sous les châtaigniers, une des vaches probablement ennuyée par une mouche à dard, poussa un long mugissement. Une autre lui répondit. Et l'homme releva la tête vers le flanc broussailleux de la colline.

— C'est toi qu'elles appellent?

— Non, monsieur. Elles se parlent juste entre elles.

— Il y en a beaucoup?

— Quatre.

Ils ne pouvaient pas les voir toutes, à cause du surplomb rocailleux près de la vieille bergerie des Fongarola. En fait, ils n'auraient pas dû les voir du tout. Elles auraient dû se trouver plus loin, de l'autre côté du versant où le terrain plus riche, moins accidenté, aurait mieux convenu.

Seulement, la semaine passée, un tracteur, à la suite d'une fausse manœuvre, avait défoncé sur plusieurs mètres le muret et les barbelés qui bordaient la route. Depuis, le conseil municipal discutait les responsabilités. Et en attendant que les réparations soient effectuées, il aurait fallu une vigilance de tous les instants pour empêcher les bêtes d'en profiter. D'ailleurs, l'autre vendredi, l'une d'elles s'était couronnée en sautant sur la route...

Quel cirque quand, avec Julia, il avait entendu les beuglements. Il avait bien cru que la catastrophe était arrivée. Et lorsque, après une course éperdue, il avait vu la vache debout sur la chaussée, il en aurait pleuré de soulagement. Elle n'avait rien de cassé. Juste la peau du genou fendue en cercle, éraflée par une pointe de barbelé. Elle ne criait pas de mal, mais parce qu'elle ne parvenait pas à remonter toute seule sur la pâture. Et aidé par Julia qui riait d'énervement, il avait construit une espèce d'escalier pour lui permettre de regrimper au-dessus du muret effondré...

— Quatre ? Ça ne fait pas un gros troupeau, ça.

L'étranger le considérait, une lueur narquoise dans l'ombre du regard.

Piqué au vif, Pascal rétorqua :

— On en avait bien plus avant, monsieur.

— Avant ?

— Euh, oui... Oui, monsieur. Mais...

Il s'empêtrait, se reprochait d'avoir parlé un peu trop vite.

— Mais ?

— Rien, monsieur... Ça... Ça donnait trop de travail, c'est tout.

Ce n'était évidemment pas la vraie raison. Et il l'avait jetée d'une voix sourde, forcée. Le meilleur moyen de ne pas couper court à des détails qu'il ne tenait pas à aborder avec un inconnu.

Heureusement, celui-ci s'en contentait. Après une légère hésitation, il se remettait à étudier la colline.

— Je me demande comment elles peuvent tenir sur une pente aussi raide.

— Oh ! elles ont l'habitude ! fit Pascal, soulagé. Elles descendent tout le long. Et elles s'arrêtent dans le creux derrière la bergerie, là.

— Ça, une bergerie ! On dirait plutôt un tas de pierres abandonnées... Et qu'est-ce qu'elles y font, tes vaches, dans cette bergerie ?

— Rien, monsieur. Elles se regroupent là, c'est tout.

Ensuite, il n'y a plus qu'à les faire remonter jusqu'à la ferme.

— La ferme, c'est celle qu'on aperçoit en venant ?

— Non, monsieur. Celle-là, c'est celle des Fongarola. La nôtre on ne la voit pas d'ici. Elle est de l'autre côté de la colline.

Il se tut, les yeux fixés sur la bergerie.

Il lui avait semblé y surprendre une ombre bouger. Julia, peut-être ?... Non, plus rien ne remuait. Ce ne devait être qu'un jeu du soleil.

« Un tas de pierres abandonnées »... Tout ce qui restait de la bergerie Fongarola. L'orgueilleuse bergerie Fongarola. Celle qui, en son temps, avait abrité le troupeau le plus splendide, le plus jalousé de la région. Des bêtes superbes. Des toisons si épaisses qu'on avait beau y enfoncer les ongles, on ne touchait jamais la peau. Et les agneaux qui, à la moindre caresse, vous pinçaient les doigts entre leurs gencives nues. Et les ballots de laine crépue entassés plus haut qu'une meule de foin. L'odeur violente, animale, du suint qui montait à la tête... La tonte. La grande fête annuelle de la tonte. Une vraie foire où les béliers fougueux maigrissaient d'un coup, roses et ridicules comme des coqs déplumés... Tout avait disparu, balayé en quelques semaines par la mort noire au ventre gonflé. L'épidémie... Les Fongarola aussi avaient eu leurs malheurs...

La dernière fois qu'il avait eu l'occasion d'admirer le troupeau, il courait derrière son père. Il l'avait rattrapé ou, non, ils s'étaient arrêtés ensemble pour voir de loin les moutons onduler sur la colline. Une longue vague silencieuse qui moussait, très blanche, entre les sauts nerveux d'un grand chien noiraud qu'on avait soupçonné être le père de Biscotte... Au fait, l'étranger n'avait-il pas dit avoir possédé un chien dans le temps. Un setter. Comment l'avait-il appelé, lui ?...

Il ne posa pas la question.

Lorsqu'il se tourna vers l'homme, il se rendit compte que celui-ci l'observait attentivement.

— Je sais à quoi tu penses...

Le regard se déplaça vers Biscotte qui reniflait autour de la voiture, puis revint tout aussi vite.

— Tu te demandes pourquoi je ne m'en vais pas, hein ?

— Mais non ! sursauta Pascal.

L'inconnu avait parlé sur un ton amusé, comme pour une blague. Mais il ne s'amusait pas vraiment. Il ne s'occupait même plus de Biscotte qui risquait de grimper dans la voiture par la portière ouverte. Il ne regardait que lui, Pascal. Il le dévisageait avec une attention presque gênante comme pour mesurer sa sincérité. Et ses yeux plissés charriaient des tas de questions mal fondées.

— Tu te demandes ce que je fais encore là, non ?

— Non, monsieur.

— Pourquoi je ne remonte pas dans ma voiture et je ne file pas tout droit aussi vite que je peux.

— Oh ! non, monsieur ! Non. Pas du tout.

— Quel âge tu as, mon garçon ?

— Treize ans, monsieur.

— Treize, c'est un bon chiffre. Je t'en aurais bien donné deux de plus... Et tu t'appelles ?

— Pascal, monsieur.

— Pascal...

Il avait encore soupiré, Pascal, le ton soudain radouci, Pascal et Biscotte, ça va bien ensemble. Il avait souri, sur le point d'ajouter autre chose. Puis il avait changé d'avis, machinalement attiré par un avion qui s'annonçait derrière les crêtes et dont le bruit traîna d'abord sans direction précise, comme une rumeur d'orage, avant de descendre se répandre sur toute la région.

— Tu le vois ?

Il avait levé sa main en visière pour se repérer. Sa montre brillait au soleil. Et l'ombre de ses doigts balayait son visage.

— Tu le vois, toi ?

— Non, monsieur, dit Pascal.

Il ne le voyait pas, non plus. Mais il n'en avait pas besoin pour le situer à peu près. Si l'étranger le lui avait demandé, il aurait pu l'aider sans peine à en suivre la trajectoire très haut dans le ciel vide.

La plupart des appareils qui sillonnaient le ciel, le faisaient à une altitude plus ou moins élevée mais toujours dans la même direction. Ils apparaissaient à l'est, au-dessus des monts boisés, et survolaient collines et vallées, pour se perdre loin derrière les premiers chaînons des hauts plateaux du Nord-Ouest.

Et il avait été un temps où, avec les fils Fongarola ou d'autres camarades de son âge, il avait passé des jours entiers à construire des rêves de voyages fabuleux, à partir des avions de chasse de l'armée de l'air qui, par trois ou cinq, zébraient brutalement le silence de leurs rugissements furieux. Ou encore sur les moyens courriers aux allures de frelons paresseux, qui remontaient tranquillement vers Lyon ou Paris, en laissant l'air ronronner, uniforme, bien longtemps après leur passage...

— On ne le voit pas, fit l'homme, en baissant la main. Et pourtant il est là...

Sa voix sonna curieusement, avec une nuance inattendue de respect. Et Pascal eut l'impression fugitive qu'il venait de parler du Bon Dieu.

— T'as déjà pris l'avion, Pascal ?

— Non, monsieur. Jamais.

— Et tu aimerais ça ?

Pascal acquiesça, un peu surpris par l'importance que prenait cet avion.

— Sûr que ça te plairait... C'est assez formidable. On est sur terre avec tous nos petits soucis. Et puis, on regarde par le hublot et on s'aperçoit que les gens ou les choses qui nous faisaient si peur, sont minuscules. Et on se jure alors que rien au monde ne pourra plus nous tourmenter...

Il souriait encore, mais sans joie, les lèvres à peine étirées, comme par une souffrance intérieure.

— Seulement voilà. Dès qu'on redescend, le grain de poussière qu'on trouvait insignifiant de là-haut, redevient une montagne insurmontable. Et tout recommence... Qu'est-ce que tu dis de ça, petit Pascal ?

— Je sais pas, monsieur... Faudrait... Faudrait peut-être pouvoir rester en l'air.

— Faudrait pouvoir, oui...

Il soupira, écouta le silence qui se reformait. L'avion qui s'éloignait à des kilomètres de là, paraissait lui avoir aspiré un peu de son entrain.

— Je ferais mieux de partir, n'est-ce pas ?

Il se reflétait dans le rétroviseur d'aile de la voiture. Une longue silhouette déformée. Sa main noueuse sur le rebord de la portière et son profil creusé, attentif.

Il avait l'air plus tassé, plus fatigué qu'à son arrivée. Comme si l'avion qui était passé, avait réveillé un vieux fond de tristesse qui sommeillait en lui.

Il murmura qu'il allait y aller, remua la tête, le regard lointain comme s'il pesait la décision qu'il venait de prendre. Puis son regard redevint précis. Et dans le rétroviseur, la silhouette bougea, découvrit sur le miroir aussi lumineux qu'une carte postale, un morceau très net de la colline avec le vert noirâtre des hauts châtaigniers et un coin de ciel blanc.

— Attends, Biscotte...

Il repoussait gentiment la chienne qui cherchait à monter dans la voiture, lui avouait :

— J'ai été content de te rencontrer, tu sais.

— Elle aussi, monsieur, affirma Pascal.

— C'est vrai ?

— Oh ! oui, monsieur ! C'est vrai.

L'homme le dévisagea de nouveau, tendit le bras vers lui, comme pour lui ébouriffer les cheveux en guise d'adieu. Mais son geste à peine esquissé se transforma. Sa main se referma. Et son index pointa vers la chienne.

— Fais bien attention à elle, hein... Si un jour on se revoit, faudra pas que tu m'apprennes qu'une voiture lui a fait un mauvais sort.

Et Pascal, une chaleur nouvelle dans la poitrine, promettait que non, sûr que non, monsieur.

Il tirait sur le collier de Biscotte qui, debout sur ses pattes arrière, tenait à tout prix à passer par la vitre de

48

la portière. Il entraînait sa chienne à reculons, hors de la chaussée étroite, afin de laisser à la voiture le maximum de place pour manœuvrer.

Et tout en échangeant un dernier battement de paupières avec le conducteur qui se penchait sur son volant, il ne s'interrogeait plus sur son revirement d'humeur après le passage de l'avion.

Il commençait confusément à le comprendre.

Ça lui rappelait les matins où il s'éveillait, le corps bourré de sève, avec la certitude de pouvoir soulever la terre entière rien qu'en bougeant les bras, pour se retrouver la seconde suivante, sans force ni ressort, vacillant et désorienté par cet épuisement soudain, en proie à une impression de perdition confuse, comme celle qu'il avait éprouvée lui-même, un peu plus tôt, après le combat du moucheron et de l'araignée.

A y repenser, il lui semblait même que l'entrain que l'homme avait perdu, c'était lui, Pascal, qui, par une transfusion mystérieuse, en avait bénéficié.

Mieux, il lui apparaissait à présent que l'étranger n'était venu que dans ce but, lui insuffler l'énergie dont il avait justement besoin, et que sa mission accomplie, il allait en récupérer autant, ailleurs, là où il s'apprêtait à se rendre.

Et brusquement, tout s'éclairait. Tout prenait un sens nouveau, merveilleux.

Cette rencontre sur ce coin de route n'était pas si gratuite qu'elle l'avait paru jusque-là. Elle faisait partie d'un invisible système de vases communicants. Un vaste programme d'entraide où chacun, sans le savoir, apportait à quelqu'un d'autre la vitalité qui lui manquait. Une chaîne de solidarité, secrète, rayonnante, magique, où lui, Pascal, venait d'être élu...

*

Le bruit du moteur dispersa ses pensées.

Ce n'était pas un bruit normal. Une sorte de raclement métallique s'achevant par un coup de sifflet rageur, comme si un roulement à billes enfermé sous le capot, tournait librement sur lui-même.

D'autres tentatives pour démarrer ne firent que le renouveler, désagréablement amplifié, donnant une plus grande intensité au silence lourd de signification qui lui succéda.

L'étranger parut hésiter, sourcils froncés. Puis il tira sur la manette du tableau de bord qui débloquait le capot, ressortit de voiture avec sa façon très souple de balancer les deux jambes d'un seul mouvement, ses talons claquant sur la chaussée, et alla jeter un coup d'œil au moteur.

Il ne semblait pas contrarié. Pas étonné, non plus. Le plissement de ses yeux s'était communiqué à ses lèvres et lui donnait une mimique difficile à interpréter.

Et Pascal, malgré sa curiosité, évitait de s'approcher.

Contre lui, Biscotte frémissait d'envie de se libérer, de bondir joyeusement autour de la voiture. Et il la retenait, la serrait davantage, lui caressait machinalement le museau pour l'empêcher d'aboyer.

Il se demanda s'il ne valait pas mieux l'éloigner. Il ne pensait pas vraiment que l'inconnu pouvait se retourner contre elle. Mais on ne savait jamais. Les gens les plus calmes perdent souvent leur contrôle devant une panne de voiture. Et, après tout, ce qui arrivait était bien de la faute de la chienne...

— Tu t'en vas ?

Il avait reculé sans même sans apercevoir. Et l'homme l'apostrophait, les traits un peu crispés.

— Tu ne peux pas rester une seconde ?... J'ai besoin d'un petit coup de main.

Et comme pour éviter un refus définitif.

— Tu verras, c'est pas difficile.

Effectivement, ce n'était pas difficile. Il fallait juste tourner la clef de contact, pendant que l'étranger en vérifiait l'action sur le moteur.

Ce n'était pas difficile mais ça ne servit à rien. Le démarreur cracha et siffla avec un bruit de ferraille encore plus inquiétant à présent qu'il n'était plus enfermé sous le capot.

Il y avait une odeur d'air chaud dans la voiture. Une odeur de tabac aussi. Le cendrier ouvert du tableau de bord contenait quelques mégots et un paquet de Gitanes mal fermé était posé sur l'autre siège avant.

Sur ce même siège, une veste en velours couleur sable, assortie au pantalon de l'homme, reposait négligemment pliée. D'une poche intérieure dépassait le coin d'un gros portefeuille. Il y avait également une lettre. Une enveloppe blanche au rabat déchiré. En la tirant à peine, Pascal aurait pu lire le nom de l'étranger écrit dessus.

Il ne lui fallait qu'une fraction de seconde, un geste furtif, un regard en coin. L'homme, caché par son capot relevé, ne pouvait pas le surprendre. Même s'il

se redressait sans prévenir, il ne s'apercevrait de rien...
Alors tendre la main et tirer la lettre. Juste la sortir un
peu de la poche. Pourquoi hésiter?...

Ses doigts le démangeaient. Il les avança jusqu'au
paquet de cigarettes, jusqu'à la poche. Puis il se ravisa.
Sans très bien savoir pourquoi. Peut-être parce que
c'était justement trop facile. Et que l'étranger, avec
son sourire confiant, ne méritait pas ça...

— Bon, Pascal, on essaie une dernière fois. Et ne
lâche la clef que lorsque je te le dirai. D'accord?

— D'accord, monsieur.

Il était content de ne pas avoir touché à la lettre. Il
n'en avait pas besoin. Qu'aurait-il gagné de plus à
connaître le nom de l'homme?...

Il tournait la clef de contact, la maintenait plus
longtemps que les fois précédentes. Il entendait le
moteur renâcler. Et il lui semblait que les secousses qui
agitaient la mécanique, se transmettaient de ses doigts
à la totalité de son corps. Elles passaient dans son
autre bras, son autre main posée tout près du veston
entrebâillé. Et s'il tremblait à présent tout entier,
c'était assurément du fait de ces secousses et non pas
parce qu'il n'avait pu résister davantage à lire le nom
sur l'enveloppe.

— *Monsieur Pierre Gravepierre...*

Il repoussa vivement la lettre dans la poche, le cœur
battant, traversé par une pointe de remords sur lequel
il n'eut pas le temps de s'étendre.

Au même moment, le bruit du moteur se transforma. Le sifflement désespérant de roulement à billes
se produisit. Et l'étranger réapparut de derrière son
capot.

— Rien à faire... Je crois qu'elle est noyée. Vaudrait mieux la laisser se reposer...

Il transpirait un peu. Il avait le bout des doigts sales de cambouis. Et il s'appelait Pierre Gravepierre.

— Voilà. On a beau penser à tout, c'est toujours autre chose qui arrive... Tu vas être forcé de me supporter encore un petit moment. Ça ne te dérange pas trop ?

Pascal répondit non, en sortant de la voiture.

Il dit non monsieur, poliment ainsi qu'il parlait depuis le début. Mais ce n'était plus seulement de la politesse. Ça ne le dérangeait vraiment pas. Au contraire.

Il avait tellement besoin de compagnie.

Ils s'étaient installés sur le talus.

C'était l'étranger, Pierre Gravepierre, qui en avait pris l'initiative. Il s'était nettoyé les mains avec un chiffon de la boîte à gants. Il avait allumé une cigarette. Puis, après une ou deux bouffées, il s'était essuyé le front d'un revers de main. Il avait soupiré, « Fait chaud, hein », en lorgnant tout autour à la recherche d'un coin de fraîcheur. Et comme il n'y en avait qu'au bord du talus jusqu'où descendait l'ombre dentelée de la bergerie, il était allé s'y asseoir.

Pascal ne l'avait pas imité tout de suite.

Il était resté sur place, en se dandinant d'une espadrille sur l'autre, attendant tel qu'il le faisait toujours face à un adulte, d'être invité. Mais l'invitation n'était pas venue.

L'homme avait seulement montré la voiture toute blanche dans le soleil.

— Je n'arrive pas à lui en vouloir. Je devrais m'énerver, lui donner de grands coups de pied pour lui apprendre à faire des siennes. Mais j'y arrive pas...

Et, avec un rire léger comme s'il avait décidé une fois pour toutes de ne plus s'en faire.

— Je lui suis même reconnaissant. Après tout, elle aurait pu choisir un moins joli coin où je me serais retrouvé tout seul sans personne à qui parler...

— Ça oui, avait admis Pascal.

Monsieur Pierre Gravepierre...

Il ne se reprochait plus d'avoir lu le nom sur l'enveloppe. Il se le répétait mentalement. Pierre Gravepierre. Pierre Gravepierre. Ça sonnait agréable, rauque et doux à la fois. Pierre Gravepierre. Un curieux nom. Un nom qu'on ne pouvait crier, ni même prononcer vite. Un nom qui imposait son propre rythme, serein et rude, et qui dégageait finalement la même impression de simplicité tranquille, de force naturelle que celui qui le portait...

— De quoi aimerais-tu qu'on parle, Pascal ?

— Je... J'en sais rien, monsieur. C'est comme vous voulez.

Il ne se sentait encore pas tout à fait à l'aise.

Il se répétait Pierre Gravepierre, Pierre Gravepierre. Et sur le même rythme trottaient déjà dans sa tête les mots avec lesquels il raconterait plus tard cette rencontre à Julia. Il y avait aussi le moucheron qui se débattait toujours dans la toile d'araignée.

Et il ne savait pas quoi dire. Il pensait bien à M. Ferdinand, l'horloger de Saint-Girier. C'était l'histoire qui ressortait le plus souvent lorsqu'on parlait voitures et qui faisait l'unanimité dans l'auditoire. Mais il ne voyait pas comment l'introduire.

Son père n'aurait pas eu autant de mal, lui. Il aurait sûrement trouvé. Ou plutôt non. Il n'aurait rien dit. Il aurait carrément dépanné la voiture. Oui, il serait allé avec sa jambe raide droit sur la voiture et il l'aurait remise en marche. Il aurait touché quelque chose sous le capot, un boulon ou un fil, n'importe quoi, sans même regarder. Et ça aurait suffi. Un seul geste, d'une aisance, d'une précision, d'une sûreté exceptionnelles, comme tout à l'heure, celui de l'homme, Pierre Gravepierre, lorsqu'il avait saisi Biscotte par la mâchoire. Un seul geste, oui, et ça aurait fonctionné. Le moteur se serait mis à tourner. Et l'étonnement et la gratitude et l'admiration se seraient entremêlés dans les yeux soucieux de l'étranger...

— J'espère quand même qu'elle n'a pas pris un sale coup...

— Oh! non, monsieur!

— Ça n'a pas dû lui faire beaucoup de bien de s'arrêter de cette façon...

Il ne se tourmentait pas vraiment. C'était juste pour parler. Mais Pascal ne pouvait s'empêcher de se sentir responsable.

— Faut... Faut pas vous inquiéter, monsieur. Ça va aller.

— Ah bon? Et à quoi tu vois ça?

— Elle respire.

— Hein?

— Ben, oui. Mon père m'a dit une fois, qu'un moteur c'est comme un homme. Tant qu'il fait du bruit, c'est qu'il respire encore.

— Il t'a dit ça?

— Oui, monsieur.

— Alors, il n'y a plus à s'inquiéter...

Il souriait franchement, plus amusé que rassuré, reprenait :

— Il s'y entend en mécanique, ton père ?

— Pour ça oui, monsieur. Il n'y en a pas un qui s'y connaisse mieux pour réparer une machine... Un jour, il en a dépanné une rien qu'avec un chewing-gum.

— Un chewing-gum ?

— Oui.

— Raconte voir un peu.

— Ben, j'étais là avec lui, à le regarder bricoler et à lui passer ses outils... Il avait l'air de pas arriver à s'en sortir. Et puis, il s'est arrêté. Il m'a regardé. Il m'a dit : « Crache ton chewing-gum. » Il l'a ramassé et il l'a mis dans le moteur.

— C'est bien la première fois que j'entends un truc pareil... Et la voiture est repartie ?

— C'était pas une voiture. C'était une débroussailleuse.

Le visage de son père, sérieux, fermé, la sueur lui ruisselant jusqu'aux coins des paupières...

C'était un jour chaud. Un grand jour d'été comme aujourd'hui. La débroussailleuse qu'il avait empruntée aux Fongarola ou à quelqu'un d'autre, était tombée en panne, brusquement, en plein travail, avec un craquement d'agonie terrible, définitif, beaucoup plus dramatique que le bruit sous le capot de la voiture tout à l'heure... Et il s'était acharné dessus jusqu'au soir...

« Crache-moi ça ! »

Pascal avait cru tout d'abord à une engueulade. Ses parents lui avaient souvent reproché ses claquements de chewing-gum irritants pour des nerfs déjà tendus.

Mais jamais de cette voix dure, excédée, hors de proportion. Il s'était senti fondre. Et son père avait eu alors ce geste surprenant qui avait tout enchanté à nouveau et qui suscitait maintenant l'intérêt de l'étranger.

— Quand même, un chewing-gum, faut le faire...

Un temps de silence admiratif. Puis.

— Dis, tu crois que s'il était là, il aurait pu nous dire ce qui cloche dans cette bagnole ?

— Bien sûr.

— Peut-être qu'on devrait lui demander, alors... Il est où, ton père ?

Et Pascal s'immobilisait, se faisait répéter la question. Et il répondait précipitamment que son père n'était pas là, non, qu'il était aux champs, oui aux champs, qu'il avait beaucoup à faire, les foins, les châtaignes, la coopérative...

— La coopérative ?

— Oui. C'est... C'est le directeur. Il travaille beaucoup...

Et il se détournait brusquement. Il criait, Biscotte. Il courait après la chienne qui avait fait mine de pisser sur une roue arrière de la voiture.

Il la chassait, la prévenait de ce qu'il lui réserverait si elle recommençait. Et il attendait de la voir s'éloigner, l'oreille faussement basse, flairer les broussailles du bas-côté, avant de se calmer et de revenir lentement vers l'homme qui n'avait pas bougé et qui lui souriait, l'air paisible.

Pourquoi, ensuite, s'était-il remis à parler de son père ?

Il ne s'en souvenait plus. Et au fond, cela n'avait aucune importance.

Il se souvenait seulement qu'il s'était assis à son tour sur le talus. Et qu'en voyant l'homme effriter le bout de son mégot pour l'éteindre, il avait eu une pensée fugitive pour le vieux Joufflot, le tueur de cochons, qui brûlait ses ordures toujours un dimanche pour que, prétendait-il, si le feu tournait à l'incendie et ravageait la montagne, on puisse mettre les dégâts sur le dos des campeurs, des vacanciers, de tous ces étrangers qui venaient leur abîmer la région.

Il avait pensé au vieux Joufflot et à tous ses semblables. Et il s'était senti inexplicablement heureux que Pierre Gravepierre fasse exception à la règle.

Et l'instant d'après, sans transition, il reparlait de son père. Il ne savait pas pourquoi. Peut-être simplement pour continuer à voir les yeux de l'homme s'arrondir d'intérêt.

Et il parlait. Il parlait de la coopérative agricole que son père avait réussi à monter envers et contre tous. Son père qui s'était battu toujours tout seul et dont tout le monde reconnaissait à présent les mérites.

Il parlait. Sans effort. Assis dans l'ombre du talus, avec Pierre Gravepierre, un étranger qu'il connaissait depuis une demi-heure à peine.

Le rêve de tiédeur qui l'enveloppait, faisait trembler l'air tout autour. Et, en fermant à demi les yeux, il avait l'impression délicieuse que même la voiture blanche en travers de la route respirait.

*

Ce fut le facteur, M. Bourdière, qui les interrompit.

D'où ils se trouvaient — au bord du talus avec derrière eux le haut de la colline qui coupait le vent et absorbait tous les bruits qui ne venaient pas de face — ils ne l'entendirent pas arriver.

Biscotte qui reniflait sans conviction les broussailles du bas-côté, ne s'en aperçut qu'au dernier moment. Honteuse de s'être laissé surprendre, elle se pressa de lancer un aboiement rauque.

Et la vieille Renault jaune des P. et T. fit son apparition.

Elle stoppa aussitôt devant eux. Elle ne pouvait aller plus loin. La voiture blanche lui barrait le chemin. Mais même si le passage avait été libre, M. Bourdière se serait arrêté en les voyant, rien que pour justifier sa réputation.

M. Bourdière passait pour être la personne la plus serviable de la région. Au volant de sa 4 L, il faisait le lien entre les habitants de la commune et des villages environnants. Il venait pour l'amitié, pour discuter du temps, des petites misères ou des secrets des uns et des autres. Et en échange, il racontait ses parties mémorables de chasse ou de pêche et les exploits de sa fille qui était aveugle de naissance et qui allait devenir, d'après lui, une très grande pianiste... Tous les gens l'appréciaient. Tous attendaient son arrivée avec une secrète impatience et lorsqu'il ne venait pas, on avait le sentiment que la journée avait été incomplète. Bien sûr, il existait des exceptions. Des mauvais coucheurs comme les Mallard de Croix-en-Terre qui ne lui parlaient plus depuis une vieille histoire d'héritage.

Mais ça ne comptait pas. Les Mallard de Croix-en-Terre étaient fâchés avec pratiquement tout le monde...

— Oh! Pascal! Tu es là? fit-il en guise de salut. Ta maman va bien, oui?... J'ai un paquet pour elle.

Puis il ne s'occupa plus que de Pierre Gravepierre qui s'était relevé en essuyant machinalement le fond de son pantalon, et qui le dépassait d'une bonne tête.

— Bonjour, monsieur. On dirait que vous avez eu des ennuis.

— Rien de très sérieux. J'ai dû freiner pour ne pas écraser Biscotte. Et ma voiture refuse de repartir.

— Ah! Voyons voir...

Il mettait pied à terre. Un gros bonhomme débordant de gentillesse et de curiosité, et qui saluait tous ceux à qui il s'adressait en touchant le bord de sa casquette, comme un gendarme.

Il écartait Biscotte qui, suivant son habitude, lui faisait fête, sautant et aboyant jusqu'à sa poitrine.

— Alors, coquine, tout ça c'est de ta faute!...

Et il s'intéressait de plus près à la voiture en travers de la chaussée.

— C'est quoi comme marque?... Ah! une Ford! C'est du solide. Le cousin de ma femme en a une. Un break Diesel. Et il s'en sert des fois comme bétaillère. C'est dire si c'est solide...

Il tapait le capot, retirait sa main, surpris par la chaleur.

— Seulement, ce couillon a mis de la mauvaise huile à freins. Ça a rongé tout le circuit. Et au premier coup de pédale, il a failli s'envoyer dans le décor... Vous venez de Lyon?

62

C'était la plaque d'immatriculation qui l'avait renseigné. D'ailleurs, il n'en faisait pas mystère. Il la montrait, sans malice, la nettoyait un peu du bout du pied.

Pierre Gravepierre lui proposa une Gitane.

— Je ne crois pas m'être trompé d'huile, déclarat-il, en souriant.

— Je sais, je sais. C'était juste histoire de dire...

M. Bourdière avait refusé la cigarette. Il ne fumait jamais. En revanche, il croquait souvent des grains de café ou des herbes aromatiques, du thym, de la menthe sauvage, pour se décharger l'haleine des petits verres qu'on ne manquait pas de lui offrir en échange du courrier.

— Allez-y, mettez en route pour voir.

— Vous vous y connaissez ?

— Vous savez, par ici, on apprend vite à se débrouiller... Tenez, celle-ci par exemple...

Il revenait à sa 4 L dont l'échappement hoquetait en sourdine.

— Ça fait plus de dix ans qu'on se supporte. Rien qu'à l'oreille je peux vous dire qu'il faudrait lui changer les joints de culasse...

Tout en parlant, il avait passé le bras par sa portière pour couper le moteur.

Pascal se rapprocha, déçu.

Il ne pouvait lutter contre l'impression que le facteur lui avait volé sa rencontre et qu'il s'apprêtait à la clore de la façon la moins intéressante possible. Il regardait Pierre Gravepierre qui, de son côté, s'installait de biais dans sa Ford pour essayer de la mettre en marche. Et il lui semblait inévitable que cette tentative

63

allait être la bonne. Sans doute parce que M. Bourdière y croyait lui-même et que ça se voyait sur son
visage épanoui.

Du reste, sous le capot, le démarreur poussait un
râle différent des précédents. Des pièces métalliques
frottaient les unes contre les autres. Des engrenages
glissaient, s'entraînaient souplement. L'espoir nais-
sait, se réveillait avec le moteur, ne demandant qu'à
ronfler à son rythme. Puis il retombait brutalement,
sans prévenir, dans un claquement de pistons fatigués.

Et M. Bourdière sourcillait à l'intention de Pierre
Gravepierre.

— L'allumage ! La batterie est bonne ?... Oui ?...
Allez-y encore, s'il vous plaît...

Cette fois, il ferma les yeux pour mieux analyser le
bruit. Il les rouvrit lorsque le sifflement aigu se
déclencha de nouveau, comme si la Ford riait de tous
leurs efforts pour la faire démarrer.

— Pas de doute. C'est l'allumage... Elle est pourtant pas vieille cette voiture. Ça fait longtemps que
vous l'avez ?

— Pas trop, non.

— Non ?...

Il attendait davantage de précisions. Et comme rien
ne venait, il reprenait, la main en vrille.

— Vous avez essayé la manivelle ?

— Ça n'aurait servi à rien. C'est une voiture
automatique.

— Aïe ! Ça change tout alors. Vous ne pouvez
même pas la faire démarrer sur la pente.

— Eh non... Mais si vous reculez la vôtre, je peux

64

me ranger en roue libre sur le bas-côté. Comme ça, vous aurez la place de passer.

M. Bourdière en resta stupéfait.

— Et vous ?

Pierre Gravepierre l'avait rassuré.

— Je trouverai bien une solution. Ne vous en faites pas...

Puis il avait ajouté, plus bas, avec un clin d'œil amusé vers Pascal qui en ressentit quelque chose de chaud bondir dans sa poitrine.

— De toute façon, elle respire.

Et devant l'étonnement du facteur qui ne pouvait comprendre et qui les scrutait tour à tour, il avait expliqué que ce n'était pas la première fois que sa voiture lui faisait ce coup-là. Trois semaines plus tôt, alors qu'il s'était arrêté à une station-service pour prendre de l'essence, il n'avait pas pu repartir.

— Le plus marrant, c'est la façon dont ça s'est arrangé... Le mécano de la station avait trop de boulot pour réparer tout de suite. Il ne s'y est mis qu'une heure plus tard. Là, il a donné un tour de clef pour vérifier avant de tout démonter. Et le moteur a démarré.

C'était à ce moment précis que l'ambiance avait paru se modifier.

M. Bourdière avait réfléchi, avait dit d'une voix sourde, presque prudente.

— Ces voitures américaines, c'est un peu compliqué.

Et le climat s'était curieusement alourdi, comme si une buée avait soudain tamisé le soleil.

Mais l'air était limpide. Il n'y avait aucun nuage

dans le ciel. Et Pascal, interdit, essayait de comprendre.

Lui qui, par la force des choses, s'était tenu en retrait, se contentant d'observer, attentif à la moindre nuance, au moindre changement de ton des deux adultes, rien jusque-là ne lui avait semblé anormal. Alors, pourquoi cette tension ? Qu'est-ce qui lui avait échappé ?

Les deux hommes avaient fini par dégager la route.

La 4 L avait démarré puis reculé. Et la Ford, frein à main desserré, avait glissé doucement sur la pente, écrasant les touffes de ronces du bas-côté, libérant juste assez de chaussée pour la Renault qui l'avait alors dépassée au ralenti.

— Tiens, Pascal... Pour ta mère.

M. Bourdière avait stoppé devant lui et lui tendait un paquet par la vitre de sa portière. Un gros catalogue enveloppé dans une pellicule de plastique transparent.

— Tu le lui donneras, va. Ça m'évitera de monter à la ferme...

Puis, se tournant vers Pierre Gravepierre qui revenait à pied.

— Il y a un garage à Croix-en-Terre. A deux kilomètres d'ici. Le garage Bisson... Vous ne voulez pas que je vous dépose ?

Pierre Gravepierre fit signe que non.

— Je vais attendre encore. Ça m'évitera peut-être de payer un garagiste pour rien.

— Ce que j'en disais, c'était pour vous faire gagner du temps.

— Je ne suis pas pressé. Merci d'y avoir pensé.

— C'est comme vous voulez... Allez, adieu Pascal. Et la prochaine fois, surveille mieux ta chienne. Un accident est vite arrivé.

— Adieu, monsieur Bourdière, dit Pascal.

Il se sentait soulagé. Il s'était trompé. Les mots que les deux hommes avaient échangés, ne contenaient aucun sens caché qu'il aurait pu ne pas percevoir.

M. Bourdière s'était simplement intéressé à un étranger en panne. Et ce dernier avait décliné son aide par politesse, pour éviter de lui faire perdre plus de temps. Voilà. C'était tout. Il ne s'était rien passé d'autre. Et à présent, le facteur repartait, reprenait sa tournée qu'il aurait interrompue de toute façon, le moindre incident de parcours, le moindre arrêt imprévu n'étant pour lui qu'une étape supplémentaire qu'il commentait et enjolivait à chacune de ses haltes suivantes... Bientôt, le pays entier saurait en long et en large comment et pourquoi il avait dû faire une pause devant l'ancienne bergerie des Fongarola...

— Pascal !

La 4 L était encore visible au bout du tronçon de route. Au moment de virer et de disparaître derrière les ronciers noirs qui surplombaient le tournant, elle s'était immobilisée.

Et M. Bourdière se penchait par la portière.

— Eh ! Pascal ! Arrive un peu !

Un temps d'hésitation, un échange de regard interrogatif avec Pierre Gravepierre planté, très grand, près de lui, et Pascal s'était mis à courir. Encombré par le gros catalogue et par Biscotte qui sautait joyeusement entre ses jambes, il avait parcouru les cinquante mètres qui le séparaient du facteur. Lequel lui soufflait sans attendre.

— Tu l'as déjà vu par ici ?

— Qui ?

— Mais ne le regarde pas, voyons ! Regarde-moi quand je te parle. Oui... Qu'est-ce que vous faisiez assis au bord de la route ?

— Rien, monsieur Bourdière. On faisait rien. On attendait... On parlait...

— De quoi ?

— Oh ! comme ça... De Biscotte. Des voitures...

Il avait un geste évasif, en profitait pour jeter un coup d'œil vers la longue silhouette qui les observait cinquante mètres plus loin.

— Il n'a pas dit qui il est ? Ni où il va ?

— Non...

Il répétait non, le regrettait aussitôt devant la mimique suspicieuse du facteur, cherchait fébrilement un moyen d'atténuer sa méfiance, risquait.

— Ah si ! Il... Il vient voir un ami.

— Un ami ? Qui ça ?

— Je ne sais pas, moi. Un ami à lui. Il n'a pas dit de nom... Peut-être un de ceux de la télé...

Il faisait allusion aux membres de l'équipe de tournage qui s'était installée pour deux semaines à Croix-en-Terre. Ils avaient déjà reçu de nombreux visiteurs. Et, après tout, Pierre Gravepierre pouvait en être vraiment un autre.

L'idée parut à peine rassurer le facteur.

— Peut-être... En tout cas, les Lyonnais pas pressés, j'en ai encore jamais vu. Alors, laisse-le se débrouiller tout seul.

68

— Oui, monsieur Bourdière.

Il détournait les yeux, repoussait Biscotte qui griffait la portière en voulant s'y appuyer. Un prétexte pour ne pas regarder le facteur en face.

Mais, celui-ci, pas dupe, le rappelait à l'ordre, insistait.

— Tu n'as pas besoin de lui tenir compagnie. Rentre chez toi porter ce paquet à ta mère.

— Je... J'irai tout à l'heure... Faut d'abord que je surveille les bêtes pour pas qu'elles aillent chez les Fongarola.

M. Bourdière le dévisagea attentivement, puis tendit la main vers le catalogue qu'il lui avait donné.

— Très bien. Rends-moi ça. Je m'en charge... Et toi ne traîne pas. Remonte surveiller tes vaches. C'est compris ?

— Compris, oui, dit Pascal.

Il savait bien que c'était faux, qu'il ne remonterait pas tout de suite. Pas tant que Pierre Gravepierre resterait dans les parages. Il savait aussi que le facteur s'en doutait. Mais il s'en moquait. Il lui rendait le catalogue, soutenait son regard tout le temps qu'il mettait à démarrer. Et il attendait même que la vieille 4 L disparaisse tout à fait de son champ de vision, avant de relâcher Biscotte et de rebrousser chemin vers Pierre Gravepierre qui le regarda approcher en allumant une nouvelle cigarette.

— Il t'a repris le paquet ?

— Oui, monsieur.

— C'est tout ce qu'il voulait ?

— Ben, je...

Il hésitait, pris de court. Et l'homme lui venait en aide.

— Il t'a parlé de moi, hein... Non, non, te défends pas. C'est normal. Un étranger ça intrigue toujours... Il t'a posé des questions ?

— Oui, monsieur.

— Qu'est-ce qu'il voulait savoir ? Qui je suis, par exemple ?

— Oui, monsieur.

— Si tu le savais, tu le lui aurais dit ?

— Non. Ah ! non, monsieur ! Je... Je l'aurais gardé pour moi.

Il croyait avoir donné la bonne réponse. Celle que Pierre Gravepierre espérait. Mais celui-ci le reprenait.

— Pourquoi ?

— Je... Je ne sais pas. Je l'aurais gardé.

— Pourquoi ? Il n'y a rien à cacher.

— Non, monsieur.

— Tu n'as pas l'air très sûr.

— Si, monsieur. Si. Je suis sûr...

Il se troublait. Il aurait voulu retrouver l'ambiance chaleureuse, confidentielle, qui s'était installée entre eux avant l'arrivée du facteur. Mais M. Bourdière était passé avec sa méfiance des étrangers. Et, à présent, Pierre Gravepierre se méfiait aussi.

— Tu pensais qu'il y avait quelque chose à cacher ?...

Il ôta la cigarette de ses lèvres, la considéra pensivement comme si le goût s'en était modifié à son insu, et soupira.

— Je m'appelle Pierre Gravepierre. Et je suis venu pour... Qu'importe pourquoi je suis venu ? Je serais

déjà reparti, tu le sais bien. Mais je suis là, en panne...
Il n'y a rien à cacher.

Il avait parlé d'un ton assourdi, fatigué, comme tout
à l'heure après le passage de l'avion. Il semblait sous le
coup d'un regret caché.

Et Pascal qui ne savait plus quoi répondre, regrettait aussi des tas de choses. L'intervention de
M. Bourdière. Et d'avoir lu le nom en cachette sur la lettre dans la voiture. Ç'aurait été tellement meilleur de
l'apprendre seulement maintenant, comme ça, comme
un cadeau. Il regrettait même d'avoir jeté sans réfléchir, au début de la matinée, un pauvre moucheron
dans une toile morte d'araignée. Toutes sortes de
choses irrémédiables sur lesquelles rien ne servait de
revenir.

Puis il ne regretta plus rien. Pierre Gravepierre
venait de lui poser la main sur l'épaule.

— Tu as vu ? Il avait un fusil.

— Un fusil ?

— Tu n'as pas remarqué ? Il avait un fusil à
l'arrière de sa voiture.

— Ah ! M. Bourdière ?...

Non, il n'avait pas remarqué. Mais ça n'avait pas
d'importance. Personne n'ignorait qu'au hasard de sa
tournée, le facteur ne laissait jamais passer l'occasion
de tirer un lièvre ou un perdreau qui avaient la
malchance de croiser son chemin.

— Je me disais aussi que ce n'était sûrement pas
pour défendre son courrier, fit Pierre Gravepierre.

Il se détendait à nouveau. Sa main pesait, légère et
chaude, sur l'épaule de Pascal.

— Je me demande si je n'aurais pas dû l'écouter...
De quel garage il parlait ?

— Bisson, à Croix-en-Terre.

— Il a dit que ce n'était pas très loin.

— Deux kilomètres... Je... Je peux vous montrer, si
vous voulez ?

— Toi ?

La main s'était retirée. Mais la chaleur subsistait.
Pascal la sentait descendre l'envahir tout entier. Il
avait pensé à sa mère qui allait recevoir la visite de
M. Bourdière. Il avait pensé à Julia, et aux vaches là-
haut sous les châtaigniers. Puis il les avait oubliées. Et
il avait confirmé d'une voix plus assurée.

— Je peux vous accompagner, oui.

Autour de lui, l'air craquait de lumière.

Ils mirent un peu plus d'une demi-heure pour atteindre Croix-en-Terre.

Et par la suite, après le tourbillon de fureur et de folie qui devait clore cette journée et donner, par contrecoup, à ses plus humbles souvenirs la splendeur douce-amère d'un rêve définitivement perdu, Pascal se rappela cette demi-heure comme un des moments les plus heureux de son existence.

Il ne fit pourtant que marcher. Simplement marcher sur la route, en compagnie de Pierre Gravepierre dont il eut même du mal au début à rattraper le pas élastique et dont les semelles ferrées faisaient un bruit sourd sur la chaussée surchauffée.

Ils ne rencontrèrent personne en chemin.

Seuls, un peu après Saint-Girier, des saisonniers employés par le maire, M. Borgeat, qui ramassaient les foins avec un des tracteurs jaunes de la coopérative, les suivirent un instant du regard.

Et juste avant d'arriver à destination, lorsque la route surplomba le barrage de Croix-en-Terre, ils crurent que les baigneurs au bord du lac artificiel leur adressaient des signes. Et ils en profitèrent deux minutes pour souffler et admirer la vue, les champs dorés, les friches et les bois qui s'étageaient en aval sur la colline et de l'autre côté de la vallée.

En deçà du barrage, le minicar bleu qui contenait le matériel technique de la télévision était toujours à la même place, près du pilier en béton sur lequel, la veille, on avait fixé la caméra pour une scène de plongeon. Mais personne de l'équipe ne devait se trouver dans les parages. Julia avait entendu dire par Mme Charron qui les hébergeait, que ces messieurs-dames de la télé ne se levaient pratiquement jamais avant l'heure du pastis, et encore !...

Au fond de la vallée, sous sa double bordure de saules, le lit de la Serre ressemblait à un ruban argenté. On approchait de midi. La lumière immobile qui descendait du ciel, aplatissait les ombres et accusait tous les reliefs. Et l'air dilaté semblait freiner l'ampleur de chaque mouvement.

Sur le muret prolongeant la balustrade du garde-fou où ils s'appuyaient, un lézard attendait, étalé vert sur la pierre, pareil à une traînée d'herbe fraîchement écrasée. Si près, qu'en tendant la main, Pascal aurait pu l'effleurer.

Il ne le toucha pas. Mais il conserva l'illusion que s'il l'avait fait, le lézard pour une fois n'aurait pas fui le contact.

C'était un moment privilégié, hors du temps et un peu irréel. Ephémère sans doute mais suspendu, léger, éclatant et lisse comme une bulle de savon. Et plus tard, Pascal devait aussi s'en souvenir.

*

Passé les premières maisons, la rue principale de Croix-en-Terre, déserte à cette heure, formait un coude avant de donner dans la place de l'Eglise bordée de tilleuls et de marronniers comme l'arrière-cour de la mairie qui servait également d'école communale.

C'était au creux de ce coude que s'élevait le garage Bisson.

Deux bâtisses trapues, aux toits penchés qui semblaient se soutenir l'un l'autre. La première, plus soignée avec une tonnelle près de l'entrée, des volets verts et des rangées de géraniums antimoustiques sous les fenêtres, tenait lieu d'habitation. Et la seconde, un ancien hangar aux murs chaulés faisant office d'atelier, était encombrée par une vieille moissonneuse sur laquelle le garagiste et Clément, son apprenti, travaillaient.

Ils en avaient complètement désossé l'avant. Et ils s'occupaient à sortir le bloc-moteur d'un coup, à l'aide d'un système compliqué de chaînes et de poulies. La manœuvre, délicate, requérait toute leur attention.

Et Bisson ne s'aperçut de la présence de Biscotte que lorsque la chienne vint lui tourner autour.

— Qu'est-ce que tu fous ici, toi?...

Sa voix résonna dans le local.

Il ne le faisait pas exprès, mais il donnait toujours l'impression de hurler à tout propos. On disait que rien qu'en recevant son bonjour, on en repartait les tympans amochés. Et quand il descendait à Saint-

Girier taper le carton chez les Bonname, les vitres du bistro tremblaient à chacune de ses annonces.

On disait aussi qu'il n'existait qu'une personne capable de lui faire baisser la voix... et bien autre chose encore. Sa seconde femme, la Bissonne, comme on l'appelait derrière leur dos. Une grande sauterelle qui se teignait en blonde et qu'il avait ramenée de Montélimar, après avoir enterré sa première épouse consumée, paraît-il, du chagrin de n'avoir pas eu d'enfants. Sur ce plan, la Bissonne, elle, s'était bien rattrapée. Elle lui en avait donné cinq en six ans. Et le dernier qui avait des yeux bleus comme on n'en avait encore jamais vu dans la famille Bisson, datait à peine de Noël dernier...

— Alors, Pascal, tu m'amènes des clients, maintenant?... Entrez, monsieur. Entrez à l'ombre. Je suis à vous dans une minute...

Il se remit à hisser le moteur de la moissonneuse.

Par un effort ample, continu, de ses bras alternés, il ramenait à lui des mètres et des mètres de chaîne. Mais le dispositif démultiplicateur était tel que le moteur ne s'élevait que de quelques centimètres.

A chacun de ses gestes, les muscles de son torse, durs et noueux comme des cordages, tendaient son tricot de peau bleu, trempé de sueur.

Il était d'une force terrible. Une fois, Pascal l'avait vu casser des noix sèches, de vrais cailloux, en les pinçant seulement entre le pouce et l'index. Et, un jour, alors qu'il transportait sans effort des bouteilles de gaz butane, il avait raconté que, dans sa jeunesse, il avait justement travaillé à l'usine où on fabriquait ces bouteilles et que son travail consistait à tordre, à mains

76

nues, les poignées qu'on soudait après aux capuchons des bouteilles. On lui donnait des barreaux de fer et hop ! il les cintrait en rigolant comme un hercule de foire...

Près de lui, Clément qui était·le fils d'un de ses cousins ou d'un neveu, paraissait presque fragile. Un été, il était venu rendre visite aux Bisson et, depuis, il était resté. Les mauvaises langues prétendaient que la Bissonne avait des faiblesses pour lui. C'était sûrement exact, surtout après la naissance du petit Noël aux yeux clairs. Mais, à vrai dire, Pascal ne voyait pas comment le timide Clément qui avait des yeux bleus, d'accord, mais si fuyants, pouvait prendre le risque d'être surpris dans les bras de la Bissonne par son mari. Sûr que Bisson l'aurait tordu d'un coup entre ses mains poilues, comme il l'avait fait jadis des oreilles des Butagaz...

— Si vous me racontiez votre affaire, monsieur ?...

Les entrailles de la moissonneuse étaient encore loin d'être dégagées. Mais le garagiste, en nage, préférait marquer une pause.

Et Pierre Gravepierre qui transpirait lui aussi un peu, son veston sur l'épaule, se mettait à lui raconter sa panne.

Pascal s'éloigna.

Il avait chaud et soif. Un goût de poussière lui asséchait la bouche.

Plus loin, devant la maison, deux des fils Bisson, en maillot de bain, se douchaient à coups de jets d'eau.

Biscotte, elle, buvait dans le seau sous le robinet d'où partait le tuyau d'arrossage, en tortillant son arrière-train pour éviter les gouttes d'eau dont les enfants l'aspergeaient sans s'en apercevoir. Le seau n'était pas très plein. Et elle s'arc-boutait pour mieux atteindre le fond, lorsque tout céda sous elle. Elle fit un bond en arrière, le museau trempé, tandis que le seau basculait et se renversait dans un tintamarre de ferraille. Les garçons, surpris, cessèrent de jouer. Celui qui tenait le tuyau, ne s'occupa plus de la direction où il le braquait. Et le jet d'eau zébra la façade de la maison, crépitant sur la garniture des géraniums d'une des fenêtres qui était ouverte et d'où sortaient des odeurs de cuisine. De l'intérieur, parvinrent alors les pleurs du bébé réveillé en sursaut. D'abord grêles, ils se transformèrent vite en braillements perçants qui retombèrent aussitôt, bercés par une voix indistincte de femme.

Puis la Bissonne apparut sur le pas de la porte, tenant son dernier-né dans les bras.

— C'est pas fini, ce boucan !...

Elle était pieds nus, toute décoiffée et portait une robe à fleurs violettes que son ventre qui n'avait pas complètement désenflé depuis sa grossesse, remontait sur ses cuisses blanches.

— Roulez-moi ce tuyau et allez vous sécher !...

Elle aperçut soudain Pascal et une dizaine de mètres derrière lui, les hommes qui la fixaient depuis l'entrée de l'atelier. Elle toucha ses cheveux, comme gênée de se laisser ainsi surprendre en négligé. Et pour échapper aux regards, elle se précipita sous la tonnelle.

Ses enfants fermèrent le robinet, rangèrent seau et tuyau, et filèrent en se poursuivant à l'intérieur de la maison. Biscotte leur courut après et s'immobilisa sur le seuil, la queue frétillante, attendant qu'ils ressortent. Mais ils ne réapparurent pas. On entendit leurs rires s'entrecroiser, puis des cris de fille, probablement leur sœur aînée qu'ils avaient dérangée. Une dispute commença, se perdit dans les profondeurs de l'habitation. Biscotte jappa, regrettant de ne pas y participer, puis lorsqu'elle n'entendit plus rien, elle s'ébroua et se mit à trottiner, déçue, vers l'escalier.

Pascal ne l'y suivit pas.

Un peu d'eau tombée sur ses espadrilles tiédissait déjà. S'il ne s'était retenu, il se serait douché tout habillé. Mais il ne bougeait pas. Il ne buvait même pas au robinet.

Dans l'ombre de la tonnelle, le regard de la Bissonne fixé sur lui, lui ôtait une partie de ses moyens.

— Bonjour, madame Bisson.

— Bonjour, Pascal...

Elle était assise sur une chaise de jardin. D'un geste à la fois naturel et inattendu, elle venait de sortir un gros sein blanc par l'échancrure de sa robe. Et comme le bébé se remettait à pleurnicher, elle lui en avait enfoncé le bout dans la bouche.

— Je suis venu accompagner quelqu'un...

Il s'était décidé à approcher, le sourire maladroit, se croyait obligé de préciser.

— Un client pour votre mari...

Elle ne faisait aucun commentaire. Elle se contentait seulement de jeter un coup d'œil, par un trou de la tonnelle, vers l'atelier où son mari discutait avec l'étranger, Pierre Gravepierre.

Elle aussi avait été une étrangère dans le pays. A l'époque, quand Bisson l'avait épousée, tout le monde avait parié les pires catastrophes, qu'elle lui coulerait son garage et lui viderait la moelle des os en un temps record. Rien de ce qui avait été prédit, ne s'était accompli. La Bissonne s'était enveloppée et assagie. Et les médisants avaient rongé leur frein jusqu'à la venue du cousin Clément aux beaux yeux. Le plus curieux était que depuis cette arrivée, depuis qu'il y avait vraiment quelque chose à lui reprocher, on critiquait moins la Bissonne, comme si les gens avaient été rassurés de voir enfin que leur instinct ne les avait pas trompés.

On avait même essayé de la croire, lorsqu'elle avait affirmé que le petit Noël tenait ses yeux bleus d'un parent à elle, un oncle lointain mort tout jeune à la guerre et dont elle avait justement retrouvé la photo.

Mais Régis Bonname, le fils du bistrotier de Saint-Girier, ce sale vicelard de Régis Bonname, avait raconté les avoir surpris une fois, elle et Clément, du côté de Malafontaine.

« Ils étaient cachés dans les roseaux. Et le Clément, vous savez pas ce qu'il lui faisait?... Il lui tirait les mamelles comme à une vache. »

Pascal se souvenait d'avoir été frappé alors par l'éclat de jouissance qui avait traversé le visage de Régis Bonname. Il ne l'avait pas compris. Il avait même posé une question incrédule sur le plaisir que pouvait procurer une telle caresse.

« Il lui tirait les mamelles... »

A présent, il comprenait. Il regardait, fasciné, le sein blanc, si blanc, offert sur la dentelle mauve du corsage.

La lumière filtrant à travers la tonnelle, venait y poser comme une buée de soleil. Et la chair semblait se réchauffer, se gonfler, vivante, rayonnante de blancheur et de volupté.

— Il est réussi mon petit Noël...

La Bissonne effleurait amoureusement les fesses lisses de son fils qui ne réagissait pas, tout occupé à la sucer. Il était nu à cause de la chaleur. Il avalait son lait avec des bruits de chaton affamé. Et à chaque fois qu'il reprenait son souffle, son sexe petit, tendre comme un repli de peau, tremblait.

— Hein, Pascal, n'est-ce pas qu'il est réussi ?

— Oh ! oui, madame Bisson !

Il avait du mal à articuler. Une goutte de lait luisait à la lisière du mamelon rouge foncé. Et il avait une envie soudaine, irrésistible, de la toucher, de l'effacer du doigt.

— Qu'est-ce que tu as, Pascal ?

Elle s'était aperçue de son trouble. Et lui se rendait compte de sa propre main tendue, se reprenait à la dernière seconde, désignait le sexe frémissant du bébé.

— Il... Il va en pêcher des filles avec un hameçon pareil !

— Avec quoi ?

Elle avait éclaté de rire. Un rire étonnamment frais qui roulait des profondeurs de sa gorge, aussi violent que l'odeur forte, charnelle, de femme débraillée, qui montait d'elle.

— Un hameçon ? Mais où tu vas chercher ça ?...

Il avait tardé à répondre, désorienté par l'explosion de sensation qui l'agitait.

Puis un bruit de pas s'était rapproché. Et Bisson avait passé sa grosse tête sous la tonnelle.

—Qu'est-ce qui t'arrive, Yolaine ?

— Rien. C'est le petit.

— Il te chatouille tant que ça, le vorace ?

— Laisse...

Elle avait chassé les doigts sales du garagiste qui, par jeu, voulait gratter l'oreille du bébé.

Mais le mouvement n'avait pas empêché le petit Noël de lâcher le sein. Et du téton grenat un trait de lait oblique avait giclé dans ses yeux clairs.

*

—C'est bon ?...

La route, de nouveau.

La camionnette de Bisson où ils avaient pris place — Pierre Gravepierre devant, Biscotte et lui derrière — venait de croiser deux cyclistes. Deux des campeurs basés près de Saint-Girier, qui portaient leurs casquettes retournées comme des champions et qui, dès qu'ils se sentirent regardés, se mirent à pédaler en danseuse pour bien montrer de quoi ils étaient capables.

— C'est bon ?

Pierre Gravepierre qui insistait, à demi tourné vers lui, le coude sur le dossier de son siège.

Pascal acquiesça d'un battement de paupières évasif, la bouche pleine du jus acide des vrilles de vigne qu'il mâchouillait. Avant de quitter le garage, il en avait arraché une poignée de la tonnelle pour apaiser sa soif.

Les cyclistes étaient déjà hors de vue. Ils avaient commencé à rivaliser avec la camionnette. Mais

Bisson, sans pitié pour leurs efforts, les avait laissés sur place, en changeant de vitesse.

Et, à présent, il apostrophait Pierre Gravepierre pour renouer leur conversation.

— Vous en avez peut-être entendu parler ?... Il était horloger en ville. Mais après sa retraite, il s'est installé à Saint-Girier...

Il faisait évidemment allusion à M. Ferdinand dont il n'avait eu aucune peine, lui, à introduire l'histoire.

— A l'époque, il avait une vieille Panhard rouge. Une antiquaille qui vous pompait au cent son poids en super... Faut dire qu'en ce temps, l'essence c'était pas encore un problème...

Sa grosse voix encombrée par un rire qu'il retenait à peine, il se perdait dans des détails inutiles. C'était un des plus mauvais conteurs de la région. Mais l'anecdote, rodée depuis des années, se passait de talent.

M. Ferdinand n'avait jamais tellement roulé avec sa Panhard. Son métier d'horloger lui ayant laissé la passion de manipuler les mécanismes les plus complexes, il préférait plutôt bricoler et tripoter sous le capot, cherchant sans cesse à affiner les réglages. Et un jour qu'il était tombé en panne, il en avait profité pour démonter carrément tout le moteur.

Le remonter ne lui avait posé aucune difficulté. C'était après que les ennuis avaient commencé. Une fois le travail terminé, il restait quelques menues pièces, des ressorts ou des boulons, inutilisées. Le moteur tournant très bien sans, un autre que M. Ferdinand les aurait balancées. Mais non. Le vieux bricoleur, patient, s'était remis à la tâche: Il avait réaligné méticuleusement les différentes parties du moteur sur un drap de lit, puis les avait assemblées de nouveau. Pour rien et même pire, car au bout du compte, il lui restait plus de boulons inemployés que la première fois.

Le moteur fonctionnant toujours, tout le monde, les gens du village, ses amis, sa famille, avaient alors supplié M. Ferdinand de laisser tomber. On lui avait même juré sur la Bible que des farceurs avaient rajouté les boulons en douce, histoire de s'amuser. Mais c'était mal connaître l'horloger. Il s'y était attelé encore, puis encore, obstiné, solitaire, sans se préoccuper des curieux venus de tous les coins pour le voir travailler. Si bien qu'à la fin du mois, il en était à sa quatrième reprise. Et là, tenez-vous bien...

— Non seulement, il s'est retrouvé avec davantage de pièces et de vis qu'au début, mais catastrophe ! la voiture ne marchait plus.

— Pauvre vieux...

— Attendez, le plus drôle c'est la suite. Vous savez ce qu'il a fait ?

— Qu'est-ce qu'il a fait ?

— Ben, d'abord, il s'est versé un verre. Il a bu. Il a essuyé ses moustaches. Ensuite, il a dit à la cantonade : « Dieu m'est témoin que j'ai jamais volé personne. Ce qui est à cette voiture, restera dans cette voiture. » Il a chargé son fusil avec les boulons qui restaient. Et il a tiré dans le moteur.

— Non ?

— Comment non ? Vous pouvez vérifier. La Panhard est toujours dans une grange à Saint-Girier. J'ai bien proposé de la réparer. Mais le vieux n'a pas voulu qu'on y touche... Il y en a qui disent qu'elle a bien plus de valeur comme ça. Et qu'un jour, un milliardaire va se pointer pour l'acheter...

Puis, le ton brusquement finaud, il achevait sans y croire.

— Ce serait pas vous, des fois, le milliardaire?

Il rigolait maintenant. Sa nuque rouge de taureau, musclée et frisée, se congestionnait. Et ses hoquets aussi lourds que lui, se répercutaient aux quatre coins de la camionnette, chassés par le courant d'air tiède qui tournoyait par les vitres abaissées.

A Croix-en-Terre, sa femme aussi devait s'amuser.

« Où tu vas chercher ça, Pascal ? »

La Bissonne et sa voix rauque. La Bissonne comme jamais il ne l'avait vue auparavant. Décoiffée, ouverte, surprise dans son intimité et prête à la faire partager, le visage renversé, épanoui, les yeux mi-clos, la gorge nue, offerte, palpitante du rire étincelant qui la chatouillait de l'intérieur.

Elle avait dû avoir cette même expression de plaisir avec son Clément aux yeux bleus, cachés dans les roseaux près de Malafontaine.

« Il lui tirait les mamelles... »

Son sein pulpeux trop blanc, fascinant d'une blancheur moite qui attirait la caresse. Pourquoi, pourquoi n'y avait-il pas touché?

« Un hameçon? Où tu vas chercher ça, Pascal?... »

Il n'avait rien cherché. C'était venu tout seul. De loin au fond de lui.

Une fin de journée tranquille. Un tas de gens qui se pressaient dans l'ancienne mairie pour voir Mme Borgeat, la femme du maire, qui, après deux filles, venait d'accoucher d'un garçon. Le brouhaha joyeux de l'assemblée. Les compliments d'usage, les souhaits. Puis un silence. Et la voix claire, surprenante, de son père, de son propre père à lui, Pascal.

« Avec cet hameçon-là, il va en pêcher des filles ! » Tous les adultes, tous sans exception avaient ri.

Pascal se rappelait avoir joué des coudes pour se retrouver au premier rang. Il se rappelait sa surprise devant la taille réduite de l'hameçon en question. Et sa bouffée de fierté. Le sien était au moins deux fois plus digne d'admiration.

Que lui avait-il pris de vouloir vérifier ? Il avait pissé sur le fumier de la basse-cour, juste au moment où son père passait.

Celui-ci portait, à pleins bras, une barre de coupe de tracteur qu'il venait d'aiguiser. Il l'avait posée un instant pour souffler, avec sur ses lèvres le sourire qui n'appartenait qu'à lui. Un sourire secret, invisible, qui illuminait son visage sans en modifier l'aspect.

Pascal, ravi, avait alors cambré les reins pour donner une plus jolie courbe au jet irisé de soleil.

Il faisait beau et chaud et si bon vivre. Et tout s'était soudain éteint et refroidi, parce que son père avait dit en plaisantant.

« Range-moi ton jésus, Pascal ! Si jamais une poule le voit, elle serait capable de te le gober comme un grain de blé ! »

Un goût acide entre ses dents. Un goût vert, poisseux, de mauvaise vigne. Pas un plant sélectionné de la coopérative, non. Une race bâtarde pour tonnelle, à feuillage persistant et grappes noires et aigres, pleines de pépins, immangeables comme les tiges juteuses qu'il mâchait.

— Je peux ?...

Pierre Gravepierre qui voulait y goûter lui aussi, amical.

La vrille verte qu'il choisit, celle qui lui tomba la première sous la main, avait, comme par hasard, la courbure raide d'un hameçon.

Les bêtes n'avaient aucunement souffert de son absence. Elles se trouvaient encore loin de la vieille bergerie Fongarola. Deux d'entre elles, les plus âgées, couchées dans l'ombre au pied des châtaigniers, ruminaient déjà en se battant les flancs de leur queue lourde. La troisième, debout, saccageait paisiblement une touffe de bruyère sauvage. Et si la dernière — la Rita qui depuis deux printemps refusait de vêler — continuait à faire des siennes, vautrée en pleine lumière, mufle ouvert et ventre à l'air, comme frappée d'insolation, elle se releva d'un bond dès que Biscotte lui fonça dessus, et courut se réfugier près de ses compagnes.

Pascal rappela la chienne.

Une graine volante de pissenlit flottait devant ses yeux.

Dans la région, on surnommait ces graines des « casse-assiette ». Dieu seul savait pourquoi. On prétendait que leur contact, si doux fût-il, suffisait à briser irrémédiablement la vaisselle la plus dure. C'était faux, bien sûr. Comment croire que ces longs cils délicats au poids inexistant pouvaient causer de tels ravages ? Pourtant, Pascal ne connaissait personne qui n'avait au moins une fois essayé de vérifier. Jusque-là, toute tentative s'était révélée vaine. Mais la tradition voulait qu'en cette matière relevant du magique, une expérience provoquée restât non significative. Et dès qu'une « casse-assiette » pénétrait à l'intérieur d'une maison, on continuait à l'attraper vivement, les mains arrondies en boîte pour ne pas abîmer la collerette fine comme un duvet, et on la soufflait aussitôt à l'extérieur où elle poursuivait son périple aérien.

Elle se posa tout près sur un des poteaux de barbelés qui limitaient la pâture. Ses poils incolores, sensibles aux mouvements d'air imperceptibles, frissonnaient. Elle semblait hésiter à prendre son élan. Par quel miracle d'intelligence, attendrait-elle de toucher le sol pour perdre son aigrette et s'enfoncer, nue, dans la terre afin de se transformer en pissenlit ? Mais le même prodige ne régissait-il pas, en fait, toutes choses dans la nature ?... Au fond, ce n'était simplement qu'une graine comme beaucoup d'autres espèces munies d'un plumet permettant leur dissémination par le vent. Mais quelqu'un, un jour inspiré, l'avait baptisée « casse-assiette ». Et depuis, on était forcé de la regarder d'un autre œil.

D'un battement de main léger, Pascal l'aida à décoller.

Elle plana un peu. Puis, comme décidant de la direction où le guider, elle descendit mollement avec lui, vers le tournant où Bisson examinait la voiture de Pierre Gravepierre.

Le garagiste n'avait pas jugé utile de se servir de

l'énorme boîte à outils qui avait voyagé à l'arrière de sa camionnette. Il avait commencé par essayer la clef de contact. Le résultat négatif ne l'avait nullement impressionné. Le raclement caverneux qui avait agité la Ford en panne, avait même paru clarifier son esprit. Et, l'air très compétent, muni d'un petit tournevis qui dépassait plus tôt d'une de ses poches, il grattouillait quelque chose à l'intérieur du moteur.

Une gerbe d'étincelles rouges lui jaillit soudain au visage en craquant.

Il se redressa, surpris. Puis, voyant la mine de Pierre Gravepierre qui avait aussi sursauté près de lui, il toussota et expliqua avec une assurance exagérée.

— Un vieux truc. Vous reliez le positif à la masse et la décharge électrique vous secoue tout ça... Comme qui dirait des électrochocs, vous voyez?...

Sa vanité professionnelle satisfaite, il replongea sous le capot.

Tout à l'heure, sur la route, un peu avant d'arriver, il s'était impatienté.

— Alors, où elle est, cette voiture?

Et quand il avait su l'endroit exact, juste devant la bergerie des Fongarola, il avait claqué des doigts, le teint éclairé, vers Pierre Gravepierre, comme si l'information venait de résoudre la question qu'il ne cessait mentalement de se poser.

— Vous! vous voulez acheter du terrain.

— Pourquoi? s'était étonné Pierre Gravepierre.

— Une idée comme ça... Il y a pas mal de gens qui viennent voir le vieux Fongarola depuis ses malheurs.

— Ses malheurs? Quels malheurs?

— Il y a quatre mois, début mai, sur l'autoroute de

Valence. Son fils, sa bru et leurs trois gosses. Toute la famille d'un coup. Une catastrophe... Vous n'en avez pas entendu parler ?

— Non.

— C'est la femme qui conduisait. Elle avait des chaussures à semelles compensées. D'après les gendarmes, c'est ça qui a tout provoqué. Il y a plein d'accidents à cause de ces foutues semelles compensées. Les pieds ne sentent pas les pédales... Résultat : Le vieux est resté seul avec la petite Julia, sa... sa filleule.

Il avait hésité, gêné, pour dire filleule. Parce que ce n'était pas tout à fait vrai.

Julia venait de l'Assistance publique.

Beaucoup de gens du pays acceptaient des enfants comme elle en placement. Pascal avait entendu souvent ses parents en discuter. Et son père qui était contre, avait crié une fois, que c'était facile d'avoir de la bonté d'âme quand ça faisait, pour aider aux champs ou à la ferme, des bras en plus qu'on ne payait pas, qu'on déduisait même des impôts et pour lesquels l'Etat versait une pension.

Mais pour Julia, ce n'était sûrement pas pareil. Les Fongarola l'avait recueillie toute jeune. Et le bruit ressortait encore quelquefois, qu'elle était une bâtarde que le vieux avait faite à une ancienne fille de ferme, une Espagnole, il y avait quinze ans. Des racontars, comme il en roulait tant...

— J'espère que vous ferez affaire avec lui, avait poursuivi Bisson. Jusqu'à maintenant, il s'est bien cramponné à ses terres. Mais il ne pourra plus tenir très longtemps.

92

— Dommage.

— Quoi dommage?

— Je ne compte pas acheter de terrain, avait dit Pierre Gravepierre.

Le garagiste l'avait alors regardé avec un sourire entendu. Il avait préparé ses mots pour répliquer. Mais comme la camionnette s'approchait de la Ford à dépanner, il n'avait rien ajouté. Et la conversation avait tourné court...

La « casse-assiette » traînait toujours dans le coin. Elle se tenait presque immobile, à moins d'une portée de main de Bisson. Mais celui-ci, pas plus que son interlocuteur, ne s'y intéressait.

Sans même s'en rendre compte, les deux hommes, comme la plupart des adultes, créaient un monde à eux où rien n'avait autant d'importance que ce qu'ils se disaient l'un à l'autre. Un monde duquel Pascal se sentait aussi exclu que la petite graine de pissenlit qui, emportée par un déplacement d'air ascendant, commençait à s'éloigner, légère, dans le soleil.

— Pas de doute. C'est le démarreur...

Le garagiste piquetait la pièce en question avec son tournevis comme pour mieux confirmer son diagnostic.

— Il n'a plus de force pour faire partir le moteur.

— C'est grave? questionna Pierre Gravepierre, en se penchant à son tour.

— Ça dépend. Si c'est un charbon ou un balai, non. Si c'est le solénoïde, ça risque de coûter plus cher... De toute façon, il faut d'abord démonter. Et autant vous prévenir tout de suite, il y en a pour trois bonnes heures de boulot.

— Trois heures ?

— Vous dire moins serait mentir... Et encore, je ne pourrais pas commencer tant qu'on ne l'aura pas tractée jusqu'au garage.

Pierre Gravepierre se redressa, songeur. Des taches de lumière dorée coulaient sur son profil sombre. L'idée de devoir passer l'après-midi dans le pays ne semblait pas l'enchanter.

— Alors ? le pressa Bisson.

— Oui ?

— Qu'est-ce qu'on fait ? Ça n'a pas l'air de vous emballer.

— Non, non, c'est pas ça. Je réfléchissais. Je me demandais seulement...

Il hésita encore puis lâcha d'un coup.

— Vieillecombe, c'est loin ?

— Vieillecombe ?

— Oui. Les Couvilaire, c'est bien à Vieillecombe, non ?... C'est là que je comptais aller. Je pourrais peut-être y attendre que la réparation soit faite...

Le garagiste le dévisageait, ahuri. Puis son regard noir, rétréci par le soupçon, descendait le frapper lui, Pascal, qui n'y était pour rien.

— Vous me faites marcher ou quoi ?

Et il choisissait carrément d'en rire.

— Vieillecombe, hein ?

— Oui.

— Chez les Couvilaire, hein ?

— Ben, oui. Je ne vois pas ce que...

— Pascal vous renseignera mieux que moi. Pas vrai, Pascal ?

Pascal ne répondit pas. Il ne pouvait pas répondre,

ni parler ni bouger. Il ne pouvait plus rien. Il entendait le rire de Bisson se répercuter sur la colline autour de lui. Et il cherchait vaguement des yeux, la « casse-assiette » qui était partie et qui méritait bien son surnom. Elle avait réellement un pouvoir destructeur. Mais cette fois, elle n'avait pas cassé de vaisselle, non. Elle avait seulement touché quelque chose en lui, Pascal. Et il venait de voler en éclats.

*

— Dis, Pascal, tu m'écoutes ?
— Oui, monsieur.

Il bougeait la tête pour acquiescer. Et il se retrouvait à l'intérieur de la Ford qui roulait au ralenti, tirée par la camionnette du garagiste.

Biscotte, tassée entre ses pieds, le museau sur ses genoux, haletait, étonnante de calme. Et lui, tout aussi calme, lui caressait machinalement la tête, assis très près de Pierre Gravepierre qui se penchait de biais, interrogatif.

— Si tu m'expliquais ?
— Quoi ?
— Ce qu'il y a de drôle à vouloir aller chez les Couvilaire ?
— Rien, monsieur. Il n'y a rien de drôle.
— Pourtant Bisson a eu l'air de penser le contraire, non ?
— C'est que... C'est...
— Oui ?
— Je m'appelle Couvilaire. Pascal Couvilaire.

Il n'était pas aussi gêné qu'il l'avait cru. S'il

95

transpirait un peu, c'était qu'il faisait chaud dans la Ford malgré les vitres baissées. Il aurait fallu rouler beaucoup plus vite pour rafraîchir l'atmosphère. Mais ça ne dépendait pas de lui. Ni de Pierre Gravepierre qui pouffait tout bas, sans surprise, un demi-rire plutôt forcé, comme s'il ne trouvait pas vraiment la coïncidence amusante.

— Pascal Couvilaire. Rien que ça... J'aurais voulu le faire exprès que je n'aurais pas pu mieux...

Puis, abruptement.

— Mais alors, tu es de la même famille qu'Antoine ? Et devançant la réponse par un sursaut de certitude.

— Me dis pas que tu es son fils !

— Si.

La sensation curieuse, presque palpable, d'une fatalité. Pas maléfique. Pas bénéfique, non plus. Simplement quelque chose, une instance supérieure, qui dirigeait les événements à leur place, qui les avait amenés l'un vers l'autre et les entraînait maintenant ensemble, aussi sûrement que la camionnette halait la Ford.

— Laisse-moi te regarder. Oui. C'est bien vrai. Tu lui ressembles... Bon Dieu, si je m'attendais...

A travers le pare-brise, l'arrière de la camionnette devant eux. Le tuyau d'échappement qui tremblait et pétaradait à chaque reprise du moteur. La corde sale qui se tendait pour les faire avancer. Et, plus loin, le gros coude poilu de Bisson qui pointait par sa portière.

Tout semblait vrai et faux à la fois. Trop net, comme les détails démesurés d'un rêve... Pierre Gravepierre connaissait son père à lui, Pascal.

— Finalement, c'est assez marrant...

96

Pourquoi ne riait-il pas, alors? Il allumait une Gitane. Il reprenait.

— Tomber justement sur toi, le fils d'Antoine, alors que je commençais à me demander si je n'étais pas perdu...

Et il racontait. La dernière personne qui l'avait renseigné, avant de monter de la vallée, lui avait pourtant donné des indications précises. Suivre la route de Croix-en-Terre jusqu'à la bifurcation de Saint-Girier. Là, un chemin carrossable qui contournait le sommet de la montagne, menait à Vieillecombe. Un itinéraire tout à fait clair en apparence. Et exact au moins jusqu'au croisement de Saint-Girier. Parce que, ensuite, il n'avait pas trouvé le chemin. Il était retourné en arrière. Et c'était alors qu'il avait failli écraser Biscotte et qu'ils s'étaient rencontrés.

Pour Pascal, l'explication était simple à donner. Le chemin existait, bien sûr. Ils venaient de le dépasser. Cet endroit où sur plusieurs mètres, un éboulis rétrécissait dangereusement la chaussée. Toujours cette histoire de tracteur qui avait défoncé le muret de soutènement des pâtures. En attendant de réparer, on s'était contenté de dégager en hâte la route. Et le mauvais remblai qui en avait résulté, masquait à première vue l'entrée du chemin. D'autant que l'attention se portait plutôt à l'opposé, vers le ravin broussailleux qui plongeait tout de suite sous le bas-côté.

J'aurais pu chercher des heures sans trouver, admit Pierre Gravepierre. Au fond, ce n'est pas plus mal comme ça...

Il murmura encore, le propre fils d'Antoine! en se

détournant comme pour ne pas céder à l'émotion qui l'envahissait.

Une série de virages courts l'obligea à se concentrer sur sa conduite. Et il attendit un peu avant de reprendre avec douceur.

— Comment il va ?

— Qui ?

— Ben, Antoine. Ton père... Tu m'as bien dit, je crois, qu'il travaille dans une coopérative... Quand je pense que tu me parlais de lui et je ne m'en doutais même pas... La vie est remplie de surprises...

— Oui.

— La dernière fois que je l'ai vu, ça doit remonter à cinq ou six ans. Il ne m'a pas parlé de sa famille... Ou peut-être que si, après tout. Je ne m'en souviens plus. Faut dire qu'on avait arrosé nos retrouvailles... Il va en faire une tête de me revoir.

— Oui, répéta Pascal.

Pourquoi ne disait-il pas la vérité ?

Il ne savait pas. Il n'y pensait pas réellement. Il regardait la corde qui reliait les deux voitures. Il la voyait se tendre, se détendre, se retendre à chaque cahot de la route. Et dans sa tête, il n'y avait que des choses absurdes. A force de frotter contre le pare-chocs de la camionnette, la corde craquait brusquement. Et malgré l'acharnement de Pierre Gravepierre sur son volant, la Ford livrée à elle-même, quittait la route, se mettait à tournoyer sur la pente et finissait, tordue et fumante, dans une flaque de soleil, au fond du ravin... Il n'avait pas besoin de parler.

Un moment plus tard, il atteignaient sans encombre Croix-en-Terre.

98

Dans l'atelier du garage Bisson, le Clément aux yeux bleus feignait encore de s'intéresser à la moissonneuse éventrée.

La Bissonne, elle, ne s'abritait plus sous la tonnelle. Elle était rentrée dans la maison. On la voyait se découper, de dos, par la fenêtre de la cuisine. Lorsqu'elle avait entendu les voitures arriver, elle avait jeté un coup d'œil rapide par-dessus son épaule, sans se retourner, si bien qu'on ne pouvait savoir si elle avait fini d'allaiter son bébé, ni si son sein débordait toujours de son corsage.

Pascal ne chercha pas à s'en assurer.

La flaque de soleil qui pesait dans sa tête, n'illuminait plus que Pierre Gravepierre.

« Tu es le fils d'Antoine ? Le propre fils d'Antoine Couvilaire ? »

Tout avait changé.

*

A l'instant où ils repartirent, une partie de l'équipe de télévision qui logeait chez la mère Charron, était sortie sur le seuil de l'auberge en s'esclaffant bien haut et fort pour capter tous les regards.

Dans le tas, l'actrice principale secouait ses cheveux blonds qui lui coulaient jusqu'à la taille. Habillée comme elle l'était, d'une chemise d'homme et de sandales plates, elle n'avait pas l'air d'une vedette. D'ailleurs, de l'avis général, au moins trois des filles du camping près de Saint-Girier la valaient assez. C'était seulement hier que les opinions avaient changé. Lorsque au barrage de Croix-en-Terre, pour la scène du plongeon, elle avait montré de quoi elle était capable. Au moment de sauter, elle avait fait une histoire incroyable. Elle ne voulait pas mouiller ses cheveux dans le lac. Elle jurait que c'était de l'eau croupie. On avait patiemment tenté de la persuader du contraire. Un de ses partenaires avait même bu quelques gorgées. Mais elle n'avair rien voulu entendre. Finalement, elle avait plongé avec un bonnet ridicule. Et quand elle était sortie, on lui avait trempé les cheveux à l'eau minérale. Alors là, plus personne des spectateurs venus assister au tournage n'avait douté de son importance. Et il y en avait même qui lui avaient demandé des autographes... Pourquoi n'en avait-il pas demandé un, lui aussi ?

La chaleur de midi semblait monter de la terre. Une dizaine de jours auparavant, elle aurait fait craqueler la surface du sol et aurait fusé, bouillante, hargneuse, par les fissures, rendant toute promenade épuisante. Mais, à présent, elle s'étendait lentement en nappe, tiède, tendre et moelleuse comme une mie de pain juste défournée. Et leurs pas s'y enfonçaient sans fatigue.

S'ils l'avaient voulu, ils auraient pu ne pas repartir à pied.

Avant de les laisser, Bisson, pour qui la question ne se posait pas, avait proposé.

— Mon ouvrier va vous conduire à Vieillecombe. Ça prendra cinq minutes...

Pierre Gravepierre avait à peine hésité à répondre. Le temps d'échanger avec Pascal un regard où passait leur même impatience de se retrouver seuls ensemble tous les deux. Et il avait décliné l'offre.

Le garagiste avait fait mine d'insister. Puis il avait dit bon, qu'en coupant à travers champs, il leur faudrait un quart d'heure à tout casser. Et le Clément qui se lavait déjà les mains, avec dans ses yeux bleus une balade en camionnette, avait rengainé son sourire fade...

Ils ne coupèrent pas à travers champs.

Ils suivirent le bord de la route, tantôt sur la chaussée, tantôt sur le bas-côté. Sans se presser.

Biscotte les précédait par traite. Elle reniflait autour d'eux, puis détalait brusquement comme derrière un gibier, mais c'était uniquement pour leur montrer le bon exemple. Elle stoppait net très vite, déçue par la lenteur de leur allure, et attendait, les oreilles dressées, de les voir arriver à sa hauteur, pour détaler à nouveau.

Pierre Gravepierre ne prêtait pas attention à la chienne.

Il parlait. Il parlait d'Antoine. Un vieil ami. Qu'est-ce qu'il disait ? Plus qu'un ami. Un frère... Ils s'étaient connus, il y avait longtemps, pendant leur service militaire, en Algérie. Ils n'avaient pas sympathisé tout de suite. A l'époque, c'était la guerre et chacun se refermait en soi, se durcissait pour cacher sa peur... Mais une nuit qu'ils avaient subie, tassés dans un trou d'eau en terrain ennemi à se soutenir l'un l'autre, ils avaient appris à se connaître. C'était de là que datait leur amitié... Après, ils avaient eu un tas d'aventures ensemble... Antoine avait été rapatrié le premier d'Algérie avec une blessure à la cuisse ou à la hanche, à la hanche, oui, qui devait le faire boiter toute sa vie... Ils s'étaient revus par la suite, à deux ou trois reprises, à l'occasion de fêtes de médaillés ou autres... La dernière fois, c'était à Lyon, il y avait cinq ou six ans. Ils avaient passé la soirée ensemble à évoquer des souvenirs et à boire. Ils s'étaient soûlés. Ils s'étaient séparés au matin. Antoine avait redonné son adresse à Pierre Gravepierre qui avait renouvelé sa promesse de venir le voir. Mais là encore, les affaires, la vie... Le temps avait coulé. Et puis...

— Va savoir pourquoi les choses se décident comme ça, tout d'un coup... J'ai retrouvé l'adresse par hasard. J'avais du temps devant moi. Je me suis dit pourquoi pas?...

Pascal faisait oui, sans raison.

Il avait la tête un peu lourde. Il apprenait des détails nouveaux sur quelqu'un appelé Antoine. Et il ne parvenait pas encore tout à fait à imaginer que c'était de son propre père qu'il s'agissait.

— Il ne t'a jamais parlé de moi?

— Non...

Pourquoi n'en profitait-il pas pour placer la vérité? Qu'attendait-il?

Ses idées couraient dans tous les sens. Il n'essayait pas de les rattraper, de les immobiliser. Et elles se télescopaient, se remplaçaient l'une l'autre si vite qu'il n'avait pas le temps de les cerner.

Il y avait son père, bien sûr. Mais il y avait également la vedette de la télévision dont il venait sans le chercher de retrouver le prénom, Solange, toute l'équipe disait Sol et la regardait comme un vrai soleil... Il y avait encore la Bissonne et son parfum exaspéré de femme qui revenait par bouffées... Et revenaient aussi son réveil à lui, ce matin, avec son oreiller moite et la tension dans son bas-ventre... Et sa mère, près de la basse-cour... Et le moucheron qui se débattait, impuissant, dans la toile de la chardonnière...

Toutes sortes d'images, de sensations, qui défilaient sans signification, sans lien apparent, et qui ne servaient en fait qu'à l'empêcher de penser vraiment à l'endroit où il comptait entraîner l'homme qui l'accompagnait.

Quand ils prirent par les terres, un peu avant Saint-Girier, Pierre Gravepierre qui parlait toujours, ne parut pas se rendre compte qu'ils quittaient la route.

Ils débouchèrent bientôt au-dessus du village.

Vu d'en haut, serré par les bois qui l'entouraient et qui masquaient ses voies d'accès, Saint-Girier apparaissait avec son mélange de toits inégaux empiétant les uns sur les autres, ses murets et ses jardins enchevêtrés, comme un véritable accident naturel.

Il semblait avoir été sculpté dans la masse par les mêmes éléments qui avaient travaillé ce côté-ci de la montagne.

Au fil des temps, le gel et la sécheresse avaient raboté le versant et ses contreforts. Les pluies avaient creusé des ravines. Et les chaleurs avaient pulvérisé les couches de terre molle qui s'étaient envolées au gré des vents, dénudant par endroits le socle de rocaille et d'argile, dont quelques croûtes plates s'étaient cramponnées autour d'une saillie mal taillée pour former le village et son clocher trapu.

Il aurait fallu descendre s'y intéresser de plus près pour s'apercevoir combien la main de l'homme avait contribué à le modeler de la façon la plus fonctionnelle possible. Chaque construction, chaque ouverture, chaque habitation, chaque potager, à une place si bien déterminée, si bien pensée, qu'elle conférait à l'ensemble un caractère de solidité et de paix immuables, d'éternité.

Mais ils n'y étaient pas descendus.

Pierre Gravepierre avait demandé.

— C'est Vieillecombe?

Pascal avait répondu que non, Vieillecombe, c'est rien qu'une ferme. Et pour éviter d'autres questions, il s'était laissé entraîner plus rapidement par la sente inclinée, encombrée de genêts, qui courait entre les terrasses.

Il ne s'était arrêté, le souffle retenu, les pommettes brûlantes, qu'après la haie vive de chèvrefeuille qui bordait la partie haute du cimetière.

Pierre Gravepierre n'avait d'abord pas pris garde à l'endroit.

Il regardait bien les tombes autour de lui, mais c'était comme pour s'orienter, pour marquer des points de repère. Il devait penser qu'ils prenaient un nouveau raccourci et qu'ils ne tarderaient plus à parvenir à destination.

La traversée par les terres l'avait à peine échauffé. Ses vêtements n'étaient ni froissés ni défraîchis. Une trace légère de sueur mouillait son front et l'arête dure de son nez. Et dans les fentes noires de ses yeux brillaient deux gouttes de soleil.

Puis son regard était tombé sur la bonne tombe et les gouttes s'étaient éteintes.

Il avait lu et relu, incrédule, l'inscription gravée dans le marbre. Et il n'avait rien dit, rien fait. Il avait juste enlevé la cigarette non allumée qui traînait,

106

depuis un moment, au coin de ses lèvres. Et sa main en retombant, s'était posée, un peu crispée, sur l'épaule de Pascal pour le serrer contre lui.

*

— Comment ç'est arrivé ?

L'ombre de Pierre Gravepierre se découpait, informe, noire sur le marbre blanc de la tombe.

De toutes les odeurs de jardin qui montaient autour d'eux, dominait le parfum tiède du chèvrefeuille. Les fleurs de la haie gavées de lumière, bâillaient, mûres, et leur sève, moins sucrée qu'à la première éclosion de printemps, attirait toujours autant les insectes.

Des moucherons grésillaient. Beaucoup achèveraient leurs trajectoires dans les toiles d'araignée ou d'autres pièges. Combien de leurs semblables interrompraient alors leur activité insensée pour évoquer leur mémoire ?...

— Tu n'as pas envie de parler ?... Je comprends.

La main de Pierre Gravepierre, apaisante sur son épaule.

Trois ans plus tôt, à peu près à la même époque et à la même place, ç'avait été les doigts tremblants de sa mère qui s'étaient discrètement raccrochés à lui.

La dalle blanche ne recouvrait pas encore la fosse. Et le trou dans la terre obscure apparaissait béant, vertigineux. On avait caché les outils qui avaient servi à le creuser. Mais le manche d'une pioche dépassait derrière la croix la plus proche.

Le cercueil était superbe. Ce qu'on avait pu trouver de mieux. En chêne ambré, verni, où couraient des reflets de cuivre liquide. Des poignées dorées au couvercle lourdement ouvragé, tout avait été conçu pour aider à oublier que ce n'était qu'une boîte. Mais personne ne l'oubliait.

On n'avait pas utilisé de corbillard, ni de voiture pour le conduire de l'église jusqu'ici. On avait tenu à le porter à pied, comme la tradition le voulait pour les plus méritants. Et la plupart des hommes présents s'étaient relayés sur la montée caillouteuse qui grimpait de Saint-Girier au cimetière. Non par fatigue. Mais pour que chacun puisse s'associer à l'hommage.

Tous ceux qu'on attendait, avaient fait le déplacement. La famille Couvilaire de Malafontaine. Et les cousins lointains des Courbières qu'on ne rencontrait que dans les grandes occasions... Les voisins de la commune aussi. Les Fongarola au complet, avec Julia qui empêchait les gamins de trop remuer. Le maire, M. Borgeat. Les membres de la coopérative. Et tous les autres... M. Bourdière, le facteur, avait même amené sa fille aveugle. Et, raide entre ses parents, s'était également avancé Régis Bonname, ce salopard, ce vicieux de Régis Bonname sans lequel peut-être rien de tout ce malheur ne se serait produit...

C'était un dimanche. Un doux dimanche d'automne. Et dans son oraison, le curé, M. Laurienne, avait mélangé le beau temps, les choses de la Bible et celles de la coopérative et le pays qui se vidait petit à petit, les jeunes qui préféraient la ville, les filles aux ongles longs qui méprisaient les travaux de la terre... A un moment, le vrombissement d'un avion était descendu noyer sa voix. Et dans le silence qui avait suivi, on avait entendu les sanglots étouffés de la femme du

Parisien de Saint-Girier qui était là aussi et qui était la seule à pleurer, on se demandait pourquoi.

Ç'aurait pu être un dimanche de fête. La vie bruissait et ruisselait de partout. Mais son chant était aspiré par un trou long, étroit et noir, dans lequel on devait coucher un homme — Pourquoi n'enterrait-on jamais les gens debout?

— Trois ans déjà...

Pierre Gravepierre qui revenait à la date inscrite sur la tombe.

— Trois ans. Je n'arrive pas à y croire...

La surprise et la tristesse qu'il réprimait, lui défaisaient la voix.

— Je voulais partir, tu sais... Je ne sais pas comment t'expliquer. Juste avant de te rencontrer, quelque chose me poussait à m'en aller. C'est peut-être même pour ça que je ne trouvais pas le chemin... Tu comprends, Pascal?

— Oui.

— Je voudrais te dire tout ce que je ressens. Je voudrais pouvoir. Mais les mots que je connais, ne contiennent pas assez de choses... Pourtant, j'aimerais tellement que tu les entendes...

— Je les entends, dit Pascal.

C'était vrai. Il n'avait pas besoin de les percevoir clairement pour en comprendre le sens. Le contact de la main sur son épaule lui suffisait, l'emplissait de certitude.

L'élan instinctif, incompréhensible, qui l'avait porté au début de leur rencontre vers Pierre Gravepierre, se justifiait pleinement. Jamais depuis trois ans, il ne s'était senti aussi proche de quelqu'un.

— Viens...

Ils reculaient doucement vers le seul arbre de l'endroit.

Un bien bel arbre. Un saule au tronc penché et lisse et vieux, plus vieux que la plus vieille tombe du cimetière. Celui qui l'avait planté, avait bien choisi. Contrairement aux châtaigniers ou à d'autres espèces coriaces, le saule possédait des racines douces qui ne s'éparpillaient pas très profond dans la terre et devaient donc respecter la tranquillité des morts autour.

— Si ça t'ennuie de me raconter, je peux te...

— Ça ne m'ennuie pas, non.

— Dis-moi... Il a été malade ?

— Non.

— Un accident, alors ?

— Il... Il est tombé du toit.

Pourquoi cette hésitation, cette nuance de honte dans sa voix ? Etait-ce si ridicule de tomber d'un toit ? Les accidents ne se valaient-ils pas tous, aussi dégradants, aussi absurdes, aussi peu honorables les uns que les autres ? Des toiles d'araignée pour les moucherons. Et l'autoroute, au début de l'été, pour les Fongarola dont le carré se dressait à présent au bout de l'allée...

— Il était monté sur le toit de la maison. Et en redescendant...

— Il a perdu l'équilibre ?... A cause de sa jambe ?

— Non. Ce... C'était pas sa faute. C'est l'échelle...

— Elle était mal calée ?

— Elle a glissé.

Le cri brutal de son père qui basculait.

Le choc atroce, intolérable, sur la terre battue.

— Tu étais là, n'est-ce pas ?

Evidemment qu'il y était. Où aurait-il pu se trouver ailleurs que dans cette cour maudite, à trembler devant la fin du monde imminente, en serrant de toutes ses forces un caillou dans la main gauche pour s'empêcher de hurler ? Mais le sol ne s'était pas ouvert sous ses pieds. La nuit ne l'avait pas englouti. Et il s'était approché. Il s'était penché sur le corps immobile.

Le visage de son père, après la chute. Les traits étonnamment jeunes, reposés, vaguement souriants comme dans un sommeil idéal. Une impression de détente, de décontraction irréelle qui n'avait pas duré. Une onde de douleur l'avait brusquement effacée. Un frisson avait soulevé la peau, tordu les muscles des joues et des lèvres. Puis la sueur avait jailli. Et, entre les grosses gouttes poisseuses qui giclaient comme sous pression, les yeux s'étaient ouverts d'un coup, vivants, terribles.

« Antoine ! Mon Dieu, Antoine ! »...

Sa mère. Elle avait surgi de la maison, en s'essuyant les mains dans son tablier. Ses gémissements pointus avaient empli la cour pareils à une nuée d'oiseaux affolés.

Et il s'était retrouvé, lui, Pascal, sur son vélo. A pédaler avec des enclumes de cauchemar aux pieds, vers la ferme des Fongarola qui s'éloignait insidieusement dans l'obscurité à chaque poussée de pédale.

La famille Fongarola qui l'entourait enfin. Les aboiements des chiens qu'on renvoyait. Le vieux et son fils qui le secouaient pour l'aider à parler.

Ils s'étaient très vite désintéressés de lui. Et, après

leur départ en catastrophe, il était resté, épuisé, hébété et vide, dans le silence où tintait une sonnerie grêle, le timbre de son vélo que tripotait un des gosses.

Lorsqu'il était remonté à Vieillecombe, rien ne semblait s'y être passé. L'échelle était de nouveau droite contre le mur. La cour était vide. Et la maison, calme, sentait la soupe à l'oseille que sa mère, très pâle, préparait avec des gestes exagérément précis.

Il s'était assis à la table sans rien demander. Il n'avait pas besoin d'explications. Sur le chemin, en revenant, lui était parvenu à plusieurs reprises, l'écho du klaxon des Fongarola qui descendaient à toute allure vers Valence où se trouvait l'hôpital le plus proche.

Au retour de la voiture, sa mère qui faisait semblant de dîner, ne s'était pas levée. Elle n'avait même pas regardé vers la porte. Et le vieux Fongarola qui l'aimait beaucoup, était entré lui dire d'une voix fatiguée, avant d'accepter quelque chose à boire.

« T'en fais plus, Maryse. Il est entre de bonnes mains. Il s'en tirera. »

Le soulagement... Et la vie qui repartait. Un sursis.

Les premières visites à Valence. L'odeur sèche, métallique de l'hôpital à laquelle il avait fallu s'habituer. Les couloirs glacés. Les lits alignés... Le sourire amaigri de son père qui lui demandait des nouvelles du lycée où il venait d'entrer en sixième et dont on pouvait apercevoir, à quelques rues de distance, les bâtiments sévères par une des fenêtres de la salle...

— Il est resté longtemps à l'hôpital ?

— Cinq semaines seulement...

La dernière visite. La plus pénible. Ses parents qui

112

s'affrontaient à voix basse, au sujet d'une problémati-que intervention chirurgicale. Sa mère pleurant parce qu'elle n'avait plus d'autre moyen pour convaincre. Et son père, décidé, douloureusement décidé, qui le prenait à témoin, lui, l'air de s'excuser d'avance.

« Tu comprends, fils ? Ils ont beau dire que je reviens de loin, ça ne me suffit pas. A cette heure, frapper sur un clou ou me baisser pour arracher une patate m'épuiserait pour toute la journée... Alors, puisqu'ils ont la solution... »

Et le surlendemain, en plein cours de géographie, il avait été appelé chez le directeur du lycée, M. Cau-chois « l'anchois », qui portait des papillons d'avant-guerre à ses cols de chemise, et qui lui avait dit gravement avec un cheveu sur la langue.

« C'est vous, Couvilaire ? Entrez, entrez, mon petit... mon pauvre petit. »

La désolation.

— Il n'a pas supporté l'opération ?

— Non.

Le cimetière autour d'eux.

Des chiens, très loin, donnaient de la voix. Biscotte, par égard à la tranquillité du lieu, transmettait discrètement leur message à d'autres vents, puis se taisait.

— Ta mère avait raison de vouloir l'en empêcher. Les femmes savent sentir ce genre de choses...

— Oui.

— Seulement, tu vois, on a beau dire, je crois que j'aurais agi comme lui. J'aurais tenté ma chance.

— Moi aussi, souffla Pascal.

Un sanglot douceâtre le nouait tout entier.

En aval, derrière la dernière rangée de tombes, un contre-jour transparent enluminait le paysage. Et sa caresse dorée, vivifiante, animait la moindre couleur d'une beauté insupportable.

Moins de trois années plus tôt, par un aussi radieux dimanche, on avait enseveli son père. Le seul homme au monde. Et juste avant la mise en terre, une feuille de châtaignier, tombée à savoir d'où, avait mollement glissé dans le ciel et était venue se poser, comme une larme, sur le cercueil.

Il n'y avait pas de consolation.

*

Dure, l'écorce de l'arbre contre lequel il s'appuyait. Et dur aussi, le noyau dans sa poitrine.

La souffrance passait.

Ce n'était plus celle, fulgurante, des débuts, qui le suffoquait et le battait alors par vagues violentes, inhumaines et destructrices. C'était une douleur avec laquelle il avait eu tout le temps de se familiariser. Encore vive mais atone, continue, épuisante lorsqu'elle se réveillait, comme un hurlement silencieux impossible à évacuer.

Elle l'étreignait et l'habitait sans jamais déborder. Elle se contentait d'épaissir en lui et de figer son univers jusqu'à l'étouffement. Mais à l'instant de l'asphyxie, infailliblement, le trop-plein fonctionnait. Un fil surtendu cassait net quelque part dans l'espace pétrifié. Sa vibration se prolongeait, mélancolique, se communiquait aux choses. Et tout se remettait lentement à respirer.

Il pensait toujours à la feuille de châtaignier.

Ce dimanche-là, personne d'autre que lui, n'y avait prêté attention.

L'arrière-saison bien entamée clairsemait les verdures roussies. Qui se serait intéressé à une feuille de plus qui tombait ?

Lorsqu'il l'avait ramassée, d'un geste furtif et irréfléchi, on avait dû croire dans l'assistance, qu'il avait voulu toucher une dernière fois le cercueil de son père.

Il l'avait retrouvée dans sa poche, après la cérémonie. Il l'avait examinée, sans réaliser d'abord ce qu'elle y faisait. Puis son étonnement avait changé de nature.

La feuille n'était pas sèche. Elle était verte, souplement charnue et dentelée, le bout de la tige encore humide de sève. Elle n'avait aucune raison naturelle de s'être décrochée. Pas un oiseau ne s'en serait chargé. Et pas le moindre vent n'avait soufflé, qui aurait pu l'arracher de sa branche. Ni surtout la transporter de si loin. Car, chose incroyable, il n'y avait guère de châtaigniers autour du cimetière. On n'en rencontrait pas à moins de cinq cents mètres en amont. Il avait vérifié. Des heures durant, il avait arpenté les fourrés, les bois et les terrasses environnantes pour s'en assurer. Mais, au fond, il n'en avait nul besoin. Il était persuadé d'avance. Cette feuille ne pouvait être tombée devant lui par hasard. Elle devait avoir un rapport avec son père. Un rapport subtil. Un message, peut-être...

Mais il avait eu beau alors fouiller sa mémoire, l'unique chose qui avait resurgi à ce propos, datait d'un jour d'enfance où, pour le consoler de s'être profondément piqué à des bogues, son père lui avait confié.

« Je vais te dire un secret... Tu sais, le fruit défendu de la Bible. Le fameux fruit du Bien et du Mal. On croit que c'est la pomme. Eh bien, non. C'est la châtaigne. »

Et il avait expliqué qu'à l'époque de la Création, la châtaigne était pure, nue et blanche et avait la meilleure saveur du monde. Mais, après le premier péché, Dieu, pour ne pas que les autres animaux suivent l'exemple d'Adam et Eve, avait changé l'apparence de la châtaigne. Il lui avait donné ce goût âpre. Il l'avait recouverte aussi de cette gaine marron peu appétissante. Et deux précautions valant mieux qu'une, il avait enveloppé le tout d'une boule d'épines...

Une anecdote qui avait longtemps enchanté ses rêveries. Mais dont il n'avait pu tirer aucun enseignement concernant sa feuille de châtaignier.

D'autant que Julia, la seule à qui il en avait parlé, avait formellement affirmé :

« Pas du tout ! C'est pas le châtaignier, l'arbre du Paradis. C'est le noyer... A preuve, la noix ressemble encore à deux cerveaux opposés. Celui du Bien et celui du Mal qui s'affrontent. »

Le message, si message il y avait, était donc resté indéchiffrable. Et la feuille verte qu'il avait serrée dans un gros livre, avait depuis longtemps séché... Pourquoi pensait-il soudain que Pierre Gravepierre pouvait l'aider à comprendre ?

— Tu ne m'as pas dit ce qu'il allait faire là-haut.

— Là-haut ? Je... J'ai pas bien entendu.

— Pourquoi Antoine est-il monté sur le toit ?

— Il voulait arranger l'antenne de télé... Il y avait eu des orages la semaine d'avant. Et l'antenne avait bougé...

Pierre Gravepierre fit « ah », comme si la chose lui donnait à réfléchir.

La cigarette qu'il n'avait toujours pas allumée, était inutilisable, tordue et froissée entre ses doigts.

— Il avait plu, ce jour-là ?

— Un peu... Pourquoi ?

— Je n'arrive pas à saisir comment l'échelle a glissé... Antoine n'était pas homme à la poser à la légère. Et avec sa jambe raide, il devait redoubler de précautions.

— Elle a glissé, répéta Pascal sombrement.

Biscotte jappait en revenant vers eux.

Quelqu'un entrait dans le cimetière. Mme Lancolie, la veuve du boulanger de Saint-Girier. Depuis que son mari avec lequel elle n'avait cessé, sa vie durant, de se chamailler, était mort, disait-on, les poumons remplis de farine, elle venait tous les jours, par n'importe quel temps, s'excuser sur sa tombe.

La tête baissée, comme si elle comptait ses pas, elle traversa l'allée principale en se dandinant, sans paraître remarquer leur présence, ni même celle de la chienne qui, pourtant, alla flairer le panier qu'elle portait. Mais elle possédait les yeux et la langue les plus aiguisés du village. Rien ne devait lui avoir échappé.

Pierre Gravepierre la laissa s'éloigner, avant de reprendre.

— Tu viens souvent ici ?

— Pas très, murmura Pascal.

— Manque de temps ?

— Non, c'est pas ça...

— Je pensais qu'à ta place, j'aurais eu des tas de choses à dire à Antoine... Tu n'as pas envie des fois de lui parler, de lui raconter comment... comment ça se passe pour toi ?

— Si. Mais... jamais ici.

Une ambiance perdue revenait le traverser.

L'ambiance d'un soir funèbre, pluvieux, où quelques semaines après l'enterrement, sa mère, complètement débordée par le tourbillon de difficultés financières et autres qu'elle devait affronter toute seule, avait craqué. Elle avait lâché toutes ses occupations et s'était enfuie en courant.

Il se rappelait, lui qui s'apprêtait à se coucher, s'être rhabillé précipitamment pour la suivre, tordu d'inquiétude, jusqu'au cimetière. Il l'avait vue s'affaler sur la tombe encore fraîche. Elle avait pleuré. Elle avait prié. Elle s'était calmée peu à peu. Puis elle avait appelé doucement, Antoine, tu m'écoutes Antoine, pour qu'il l'aide à trouver la force de continuer.

Et lui, Pascal — tremblant de peur, tout près, dans le même trou de muret par où ils étaient passés tout à l'heure avec Pierre Gravepierre —, il avait eu alors l'impression hallucinée que sous la dalle de marbre, son père pouvait réellement entendre. Et une sensation horrible d'étouffement l'avait étreint, à croire qu'il avait brusquement respiré de la terre...

— Moi non plus, je n'aime pas cet endroit..., disait Pierre Gravepierre. Quand j'étais gamin, je vivais chez

118

mon grand-père. Et son métier c'était de travailler le marbre... Je t'ai déjà dit que je m'appelle Gravepierre?

— Oui.

— Pierre Gravepierre. Faut le faire, hein?... Il y en avait de toutes les couleurs. Des marbres, je veux dire... Des noirs, des gris, des roses. Même des bleus. Mais c'était toujours pareil. Toujours aussi froid. Il me semble que j'ai passé toute mon enfance dans un cimetière... Tu as vu comme elle nous regarde?

Derrière la croix de son mari, la veuve Lancolie les épiait tout en priant, la mine froncée, vaguement furieuse, comme s'ils troublaient la quiétude du lieu.

— Elle nous en veut ou quoi?

— Oh! elle est toujours comme ça!... C'est Mme Lancolie, l'ancienne boulangère. Elle est toujours comme ça quand elle prie.

— Tu crois qu'elle prie? Elle m'a plutôt l'air de prononcer des malédictions.

— Elle n'est peut-être pas contente de nous trouver là... Ici, les gens s'arrangent en général pour ne pas se rencontrer quand ils viennent visiter leurs morts.

— Pourquoi? Ça porte malheur?

— Je ne sais pas.

— Ils doivent se sentir tellement nus qu'ils ne tiennent pas à être surpris dans cet état. Tu ne crois pas?... Viens. On va lui laisser la place.

Ils s'écartaient du saule, marquaient une dernière pause devant la tombe où était écrit en lettres sobres Antoine Couvilaire.

Pierre Gravepierre bougeait d'un pied sur l'autre, levait un peu la main.

L'ombre de ses doigts apparut sur le marbre,

119

s'allongea jusqu'à l'inscription, puis se retira comme après un adieu discret.

— Je ne connais aucune prière. Quand j'avais ton âge, on m'a forcé à en apprendre, mais j'ai eu vite fait de les oublier... Tu veux bien en dire une pour moi?

— Oui, dit Pascal.

Quelques allées plus loin, la veuve Lancolie les surveillait toujours. Dans son visage revêche, sa bouche seule remuait. Elle semblait vraiment les maudire.

Et tout en se mettant à prier lui aussi, Pascal courait en pensée la rejoindre et l'arrêter et lui dire qu'ils ne faisaient rien de mal. Rien, Mme Lancolie. J'ai amené à mon père un de ses vieux amis, c'est tout. Je suis un bon fils, vous savez bien...

Elle le savait probablement. Elle ne devait d'ailleurs pas lui en vouloir, à lui ni à personne. Mais rien ne semblait autant compter pour elle que d'avoir toute la place à sa disposition pour se recueillir. Et son regard acéré qu'elle ne détourna à aucun moment, ne tarda pas à les chasser du cimetière.

Ils marchaient maintenant. Ils descendaient vers Saint-Girier.

Ils n'avaient rien de particulier à y faire. Mais ailleurs pas davantage. Ils n'avaient rien de particulier à faire nulle part. Un même sentiment de désœuvrement les enveloppait, les unissait, comme s'ils étaient parvenus à destination avant de l'avoir voulu. Ils n'avaient plus rien à atteindre, à présent. Ou plutôt si. Pascal le sentait obscurément. Mais ce qu'ils devaient atteindre, ils ne pourraient plus le trouver qu'en eux, dans leurs têtes, dans leurs souvenirs. Et, dès l'instant qu'ils restaient ensemble, la direction de leurs pas ne comptait plus.

— Ça ne te dérange pas que je parle ?

— Non.

— Je crois que je commence seulement à réaliser. J'ai la tête pleine de questions. Des pourquoi, des comment. Et qu'est-ce que je pouvais bien fabriquer, il y a trois ans, le jour où Antoine ? Et pourquoi je ne suis pas venu plus tôt ? Et ceci. Et cela... Je me suis toujours méfié de l'été.

Il s'interrompait une seconde, frappé par sa propre idée qui semblait lui avoir échappé.

— Oui. Je m'en suis toujours méfié. On croit que parce que tout brille, rien ne peut arriver. On se sent plein de force et d'énergie. Protégé. Invulnérable. Et puis... Qu'est-ce que tu as ?

— Rien, dit Pascal. Un caillou.

Il secouait son espadrille. Et Pierre Gravepierre près de lui, soupirait, fouillait son paquet de Gitanes, remarquait en sortant une cigarette.

— C'est la dernière...

Il jetait le paquet vide dans les hautes pailles au bord du chemin où crépitaient des sauterelles invisibles. Et il montrait le village en contrebas.

— Tu crois qu'on en trouvera là-bas ?

— Oui. Il y a un café qui fait aussi tabac sur la grand-place.

— De toute façon, je fume trop...

Ils parlaient comme ils marchaient. Sans y penser. Sans prêter d'autre attention qu'à leur présence respective. Parce que le principal avait été dit. Et qu'ils auraient beau échanger les considérations les plus diverses, ils savaient bien, tous les deux, que par-delà les mots, ce serait toujours du même sujet qu'il s'agirait désormais.

Ils parlaient. Et l'inclinaison du chemin les entraînait doucement vers Saint-Girier.

Dans la poussière de soleil qui palpitait alentour, les maisons brunes, roses et ocre, prenaient les couleurs de la terre asséchée. Et les tentes d'un bleu électrique, artificiel, des campeurs stationnés à proximité, tiraient moins les regards.

122

C'était le plus vieux village de la région.

On prétendait qu'il remontait au temps des Gaulois. Personne n'avait réussi à le prouver. Mais Mme Borgeat, la femme du maire qui était aussi institutrice, continuait à emmener sa classe gratter les ravins et les friches environnantes à la recherche de vestiges qu'on ne trouvait jamais... La seule date à laquelle on pouvait se référer, était celle découverte par le Parisien dans la baraque qu'il retapait depuis des années. Le jour où elle lui était apparue, grossièrement raclée dans un linteau de granit, il avait couru dans tout le village annoncer la nouvelle. Après examen, on n'avait pas réussi à déterminer si les quatre chiffres mal tracés étaient une série de « 1 », une série de « 7 » non barrés, ou un mélange des deux. Et comme on croyait le Parisien à peu près capable de n'importe quoi pour se faire remarquer, les gens étaient persuadés qu'il avait lui-même gratouillé son linteau...

« Je me suis toujours méfié de l'été », avait dit Pierre Gravepierre.

Pourquoi ces mots revenaient-ils ? Pourquoi résonnaient-ils comme une vérité première, inattaquable ? Pascal n'eut pas besoin de chercher longtemps la réponse. Tout ce qui lui était arrivé de pire, lui était arrivé en été.

Il eut brusquement l'intuition que cela pouvait encore continuer, mais se secoua pour s'en débarrasser.

Ce devait être parce que Saint-Girier paraissait vide tout d'un coup. Une torpeur douceâtre régnait, pesait sur les façades des maisons. La plupart des volets donnant au sud étaient clos. C'était normal. On ne les ouvrait que bien après déjeuner, dès que la lumière se faisait plus oblique. Mais une impression curieuse se dégageait. Dans l'inertie ambiante, les bruits ne se propageaient pas. A peine nés, ils se fondaient en une vibration monotone qui n'était autre que le frémissement du silence. Et quelque chose de lourd semblait planer.

Ça ne dura pas. Au premier tournant, des chiens qui s'ennuyaient dans un caniveau, firent fête à Biscotte qui leur répondit. Les aboiements ne dérangèrent personne. Mais la grand-place engourdie, parut émettre un bâillement de bienvenue. Une mobylette lointaine laissa échapper une pétarade. Et deux couples, des campeurs reconnaissables à ce qu'ils ne se baladaient qu'en maillot de bain, sortirent de l'épicerie Bouard. Ils faisaient leurs courses sur la musique d'un transistor qu'une des filles, celle qui avait le plus gros derrière, balançait à bout de bras.

Un peu avant le bistro des Bonname, une petite bande désœuvrée (les frères Chitaille, les Bouard et quelques autres) se tenait à l'endroit où d'habitude leurs pères faisaient cercle le dimanche ou les soirs après le travail. Les chiens qui se poursuivaient, filèrent entre leurs jambes. Et il y eut des cris et des rires vite réprimés lorsqu'ils le virent s'approcher, lui, en compagnie de Pierre Gravepierre.

— Salut, Pascal...

— Salut.

Il avait à peine tourné la tête. Et leurs regards et leurs questions muettes le suivaient jusqu'au bistro où il n'entrait pas, il ne tenait pas à entrer. Il s'était attardé un pas derrière Pierre Gravepierre, comme pour mieux surveiller de loin Biscotte qui gambadait au milieu des autres chiens. Mais, en fait, il préférait attendre sur le trottoir.

— Dis, Pascal...

Un de la bande, Olicier, l'aîné des Chitaille, s'avançait, indiquait le rideau de lanières plastiques qui bruissait après le passage de Pierre Gravepierre.

— C'est qui, lui ?

— Ça te regarde ?

— Euh, non... non... Tu sais, s'en est fallu d'un poil pour qu'il y ait une bagarre tout à l'heure. Le Parisien s'en est pris à un du camping... Non, pas ces quatre-là. Un autre. Un rouquin...

— Je m'en fous.

— Ouais, bon, ça va. On te voit avec Julia cet aprèm' au barrage ?

— Sais pas.

Il regrettait d'être descendu au village. Il avait envie de se retrouver isolé avec Pierre Gravepierre, le seul être capable de comprendre...

De l'autre côté de la place, Biscotte aboyait, toute à sa joie de courir.

Les campeurs, eux, s'éloignaient en flânant, bronzés, décontractés, libres. La fille au transistor était chaussée de sabots à semelles compensées, semblables à ceux qu'on accusait d'avoir provoqué l'accident des Fongarola. Un garçon qui portait un sac de pains, lui enlaçait la taille. Il l'entraîna pour tourner au coin de la rue de l'Eglise. Et avant de disparaître, on put voir, très distinctement, ses doigts glisser sur la hanche nue de la fille, passer sous l'échancrure du maillot et s'arrondir sans gêne sur la croupe large qui remuait en cadence.

Pascal en reçut comme un coup à l'estomac. Puis la surprise et le trouble qu'il éprouva, se nuancèrent d'amertume.

Son père s'en était allé depuis près de trois ans. Et ça n'avait jamais été un drame pour le reste du monde. La terre entière continuait et continuerait à marcher et à rire et à se tâter les fesses en musique. Il n'y avait rien à faire contre cela. Rien. Seulement se rappeler les jours perdus, les bons et les mauvais, et se laisser doucement imprégner et bercer par le passé, auprès d'un regard bienveillant, de Pierre Gravepierre qui devait en avoir autant envie que lui et qui ressortait justement le chercher.

— Tu n'as pas soif, toi?

Les lanières du rideau qui glissèrent sur son visage, le firent frissonner.

*

La pénombre fraîche du bistro, après tout ce soleil.

Le bruit des gens à l'intérieur. Pas beaucoup de monde. Des visages qu'il reconnaissait au fur et à mesure que ses yeux se faisaient à la différence de lumière. Le patron, M. Bonname, au comptoir arborant son éternel rire plat sous sa moustache. Le Parisien qui commentait pour lui, d'une voix encore énervée, sa bagarre avec le campeur rouquin qui n'avait dû étonner personne. Et derrière, au fond de la salle, des saisonniers qui déjeunaient, indifférents à tout ce qui n'était pas dans leurs assiettes.

126

— Qu'est-ce que tu prends, Pascal ? Une glace, peut-être ?...

Il n'aurait pas dû accepter d'entrer, ni de s'installer à une table. Même si c'était le plus à l'écart possible, dans le renfoncement près du réfrigérateur aux esquimaux glacés.

Il n'aurait pas dû accepter. Il ne savait plus exactement pourquoi. Ou plutôt, il le savait trop bien. Ce qui revenait au même.

Il se sentait la tête un peu lourde de soleil.

L'été qui brillait à l'extérieur, sur la place dont on voyait un morceau adouci à travers les voiles d'une fenêtre, brillait aussi sur la tombe de son père plus haut sur la colline... Il fallait se méfier de l'été.

— Hé ! Mais c'est Pascal. Ça fait longtemps qu'on t'a pas vu, dis donc !...

Mme Bonname qui arrivait de sa cuisine, accueillante autant qu'à l'ordinaire, comme si elle trouvait tout naturel de le voir assis là, en compagnie de Pierre Gravepierre, un étranger qu'elle ne pouvait pas connaître.

— T'aurais pu venir nous dire un petit bonjour quand même, depuis le départ de Régis...

Elle enregistrait leur commande, mais ne s'en allait pas.

Elle restait pour expliquer à Pierre Gravepierre qui s'en fichait, que Régis, son fils, était à Londres pour perfectionner son anglais, mais qu'il lui écrivait chaque jour. Des cartes postales, oui, qu'elle accrochait au miroir du bar, là, vous pouvez voir. Vingt-trois jours, vingt-trois cartes. A la fin du mois quand il reviendrait, on ne verrait plus le miroir...

127

— Un bon fils, ça oui. Et un bon ami aussi, hein, Pascal ?... C'est son meilleur ami, vous savez. Ils sont tout le temps ensemble. Au même lycée. Dans la même classe... Vous êtes en vacances dans la région ?

— De passage seulement.

— Ah ! bien. Très bien...

Elle faisait un saut au comptoir apporter leurs consommations. Une bière pour Pierre Gravepierre, un Coca pour Pascal. Puis rappelée au bout de la salle par un des saisonniers, elle repartait aussitôt, à regret, après avoir tout empoisonné avec son Régis, son pourri de Régis.

— Tu ne l'aimes pas ?

— Hein !

— Tu as fait une drôle de tête quand elle a parlé de son fils.

Pierre Gravepierre. Pierre Gravepierre qui devinait tout, à demi-mot, à demi-regard.

— Ce n'est pas ton meilleur ami ?

— Non.

— Tu peux me dire pourquoi ?

— Je... Je ne...

Il hésitait. Il ne pouvait pas poursuivre.

Son esprit, débordé, filait au-dessus du plafond, à l'étage, dans une chambre encombrée de bateaux, de maquettes de bateaux en miettes. Et dans cette chambre, Régis qui... Non ! Il ne fallait pas penser à ça. Pas devant Pierre Gravepierre qui savait lire en lui. Malgré tout ce qui les liait, il ne pouvait lui confier ce genre de chose. Il ne pouvait le confier à personne. Il fallait arrêter tout de suite, verrouiller sa mémoire, trouver une réponse inoffensive.

— Il... Il s'est moqué de mon père...

Ce n'était pas vrai.

Dans un coin de la fenêtre, Olivier Chitaille et son frère se bousculaient pour chercher à les apercevoir. C'était Olivier qui, un jour de bagarre, avait traité son père de patte folle et qui, depuis, en conservait une balafre au poignet, là où Pascal l'avait mordu...

— Il s'est moqué de mon père, oui... Il le singeait tout le temps pour me faire enrager. Il l'appelait le Boiteux et, et Patte Folle...

— Fallait pas le laisser, voyons. Tu ne pouvais pas le corriger ?

— Si. Mais... Mais il recommençait...

Il murmurait, honteux, comme si de l'autre côté de la vitre, Olivier pouvait l'entendre et le montrer du doigt.

Et il s'en voulait. Il s'en voulait de cette voix fausse. Il s'en voulait de mentir à Pierre Gravepierre qui le croyait, qui avait confiance en lui. Et il ne pouvait que s'excuser, mentalement, du plus profond de lui-même. Il se promettait de ne plus recommencer. Il le jurait. Il aspirait un peu de Coca pour sceller son serment. Une gorgée glacée, pétillante, qui lui râpait l'estomac... Pourquoi n'avait-il pas commandé un esquimau ?

— Allez, oublie ça, va...

Pierre Gravepierre se penchait sur la table, lui pressait la main, doucement, gentiment, pour l'aider à tout effacer.

— Tu veux que je te dise ?... Ton père avec sa jambe raide, il valait cent fois mieux que tous ces gens-là réunis... Je pourrais t'en raconter des histoires sur lui, sur ce qu'on a pu faire ensemble dans le temps. Ça te dit ?...

La gorge serrée, Pascal l'avait remercié d'un battement de cils, sans lâcher des lèvres la paille de son Coca, pour mieux contenir son émotion.

Puis il s'était apaisé. Il avait écouté.

La période de la vie de son père dont pouvait témoigner Pierre Gravepierre, lui était pratiquement inconnue. Il avait bien cherché parfois à se renseigner auprès de sa mère, ou plus rarement, chez la famille à Malafontaine ou aux Courbières. Mais il n'en avait pas tiré grand-chose. Et, au fond, il n'avait jamais beaucoup insisté.

Dans ce domaine, le manque d'informations, loin de constituer un inconvénient, permettait au contraire toutes les possibilités imaginables. Possibilités qu'il ne s'était d'ailleurs pas gêné pour développer en long et en large, à partir des films de guerre ou en renchérissant sur les racontars et les vantardises des copains. Le petit Jeanôt Massaigne, surtout, le cancre de la classe, qui une fois avait apporté en cachette dans son cartable, une vraie baïonnette dont les taches de rouille qui piquetaient la lame, étaient, juré-craché, des traces de sang séché...

Et ce qu'il avait imaginé jusque-là, ne différait pas tellement de ce que lui racontait, à présent, Pierre Gravepierre.

C'était le même univers aux contours flous, à la durée de temps indéterminée, et où dans la zone nette apparaissait, en gros plan, le visage de son père tendu par l'effort, la concentration, la douleur, mais toujours triomphant. Son père, entouré d'autres silhouettes

130

vêtues comme lui de treillis militaires, zigzaguant dans un enfer de balles traçantes et d'explosions de grenades, hurlant ses ordres, galvanisant ses compagnons, vengeant les morts, défendant les blessés à grandes giclées de pistolet mitrailleur, rampant dans les sables rouges d'Algérie pour lutter contre un ennemi rusé et insaisissable. Un tireur d'élite, un brave décoré pour son courage et ses exploits, un héros invulnérable qui finissait par tomber la hanche cassée par un projectile traître, mais qui se relevait aussitôt et se remettait à se battre, aidé par un de ses camarades...

Et c'était cela la seule différence. C'était qu'une autre silhouette, un autre visage, se détachaient de l'arrière-plan pour se préciser aux côtés de son père... Pierre Gravepierre !

Et le récit en prenait des proportions fabuleuses. Deux soldats inséparables dans le tumulte des combats. Deux frères d'armes s'associant, s'entraidant, se sauvant mutuellement la vie. Deux amis qui n'avaient pas besoin de parler pour se comprendre, qui luttaient côte à côte, sachant chacun dans la pire des tourmentes l'endroit exact où l'autre se trouvait et ce qu'il fallait faire pour le rejoindre et l'aider à se dépêtrer de ses difficultés. Car ils en avaient surmonté ensemble des difficultés. Un jour sur une corniche à découvert. Un autre, en nettoyant un camp retranché. Ou bien, coincés sous un camion dans un champ de mines. Ou encore, en se baignant dans un oued à l'abri pourtant derrière les lignes... Et les attaques-surprises. Les corps-à-corps à l'arme blanche. Les prisonniers... Et la dernière bataille... Et la cérémonie de remise des médailles, sous les roulements de tambours...

— Il ne t'en a jamais parlé?

— Oh! rien qu'une petite fois! A cause de la médaille...

Il ne s'en souvenait pas très bien de cette médaille. La seule fois où il avait eu l'occasion de l'examiner, il devait avoir six ou sept ans. Il courait dans les jupes de sa mère qui faisait du rangement. Et c'était celle-ci qui, Dieu sait pour quelle raison, pour se débarrasser de lui probablement, lui avait épinglé la médaille sur la poitrine. Mais lorsqu'il s'était mis à parader, tout fier, devant son père, ce dernier lui avait si violemment arraché la décoration, qu'un morceau de son pull-over était parti avec.

Il se rappelait le pull, en revanche. Le premier pull à col roulé qu'il avait jamais eu. Sa mère le lui avait tricoté elle-même pour son anniversaire. Bleu avec de larges rayures ou un empiècement, oui, un empiècement rouge qui couvrait les épaules.

Il se rappelait sa stupeur devant l'accroc. Quatre ou cinq mailles déchirées, des bouts de laine bleue dressés, hirsutes, incongrus, dans son cadeau d'anniversaire... Puis son père qui avait aussitôt regretté son geste, avait bougonné d'un ton d'excuse, en parlant de la médaille, que ce n'était rien qu'un rond de ferraille, un truc inventé par des salauds pour envoyer des imbéciles se faire estropier à leur place. Il avait dit alors pour sa hanche. Il avait dit aussi qu'il expliquerait mieux ces choses plus tard, après l'hiver, celui-là ou un autre, ils avaient le temps. Mais les hivers étaient passés. Il n'avait jamais abordé à nouveau le sujet. Et il ne l'aborderait plus jamais. Parce que, après avoir esquivé sa mort des centaines de fois en

Algérie, il l'avait rencontrée bêtement sur le toit de sa propre maison...

— C'est injuste, Pascal. Je sais... Mais il ne faut pas y penser. Pas de cette façon, en tout cas...

Quelle autre façon pouvait-il y avoir ? Pierre Gravepierre avait semblé la chercher dans son verre de bière.

— J'ai vu beaucoup de gens partir. Des parents. Des amis... Le plus dur, c'est de continuer après eux. On croit qu'on n'y arrivera pas. Et pourtant, on continue.

— On peut faire semblant aussi.

Pierre Gravepierre l'avait dévisagé une seconde, comme frappé par la pertinence de sa remarque.

— On peut faire semblant, oui... Tu fais semblant, toi, Pascal ?

— J'en sais rien... Des fois, oui.

— Quand, par exemple ?

— Je ne sais pas. Des fois...

— Et maintenant ?

— Maintenant, non. Je... Je suis content que vous soyez là.

Il avait lâché ses mots d'une traite, le visage gauchement baissé sur la paille dans son verre, l'impression d'avoir fait un aveu un peu excessif.

Mais il n'avait pas regretté.

Lorsqu'il avait relevé la tête, le regard de Pierre Gravepierre en le touchant, avait pénétré soudain plus profond en lui, dans des zones jusqu'alors inaccessibles, pour y remuer une douceur oubliée.

— Ça me fait très plaisir ce que tu dis là, Pascal. Tu ne peux pas savoir à quel point ça me fait plaisir. Je suis content moi aussi de t'avoir près de moi... On va continuer ensemble un moment. Tu veux bien?

Ils ne purent continuer longtemps.

Les premiers ennuis commencèrent avec la réapparition du facteur, M. Bourdière.

Comme précédemment, sur la route, devant l'ancienne bergerie des Fongarola, Pascal ne l'entendit pas arriver.

Une vapeur de soleil l'effleurait à travers le voilage de la fenêtre toute proche. Et il avait des poussées d'envie de s'y abandonner, de s'y emmitoufler, de s'y engourdir sans plus de réticences devant Pierre Gravepierre qui terminait sa bière.

Mais il n'y parvenait pas. Il se retenait.

En pénétrant chez les Bonname, il savait avoir rompu un pacte tacite avec lui-même. Quelque chose en lui se préparait à la perturbation qui devait infailliblement en résulter. Et c'était comme un chagrin indéfini qui allait et venait. Un chagrin diffus, très tendre, très agréable, qui émoussait tous les bruits alentour.

Tout à l'heure, Pierre Gravepierre lui avait adressé un clin d'œil par-dessus son verre.

— On a de la visite...

Le rideau de la porte avait à peine tremblé. Biscotte s'était coulée sous leur table, le temps de s'assurer de leur présence, et était aussitôt repartie joindre ses aboiements à ceux qui parvenaient, assourdis, de l'extérieur.

Et Pascal s'était retrouvé en train de parler de chiens.

De Marquise surtout, la mère de Biscotte, qui avait pris froid début août, en tombant dans la Bègue, une source à la limite des terres des Fongarola, nommée ainsi parce qu'elle donnait son eau par à-coups, sans qu'on ait jamais su pourquoi.

La chienne, en voulant boire, avait dû glisser dans la source et n'avait plus eu assez de forces pour en ressortir. Du moins on le supposait. On ignorait ce qui s'était réellement passé. Le vieux Fongarola qui l'avait ramenée, grelottante et transie, à la ferme, l'avait juste déposée sur le seuil et avait filé sans se retourner ni répondre aux appels de sa mère à lui, Pascal, qui nourrissait les lapins et qui l'avait aperçu trop tard. Depuis le malheur survenu à sa famille, le vieux Fongarola n'était plus du tout le même. Ne l'avait-on pas vu cracher trois fois de suite sur le calvaire près du pont de la Serre ? Encore un qui en avait du mal à continuer !...

— Tu veux boire autre chose ?

— Non, ça va...

Il aurait bien pris un esquimau. Mais la pensée de voir revenir Mme Bonname qui en profiterait pour leur tartiner à nouveau sur son Régis de malheur, lui coupait l'appétit.

Pour l'instant, Mme Bonname était au fond de la salle. Elle débarrassait la table des saisonniers.

L'un d'eux, un des Portugais employés par le maire,

M. Borgeat, lui proposait timidement de boire un coup.

Un autre, de dos, se balançait sur sa chaise, en se préparant à fumer. C'était le grand Micoulonges. Le jour où il avait perdu l'index de la main droite écrasé par le tambour d'une batteuse-lieuse, il avait décidé de rouler ses cigarettes, en guise de rééducation. Et à présent, il était devenu si habile à cet exercice qu'avec les quatre seuls doigts de sa main abîmée, il mettait presque aussi peu de temps qu'il en fallait à un autre fumeur pour sortir une toute cousue d'un paquet neuf...

— Tu vas retourner chez toi, maintenant ?
— Ben, c'est que...
— Ta mère doit t'attendre pour déjeuner, non ?
— Oh! c'est pas très pressé! Je... Je peux rester encore un peu.
— Tu sais ce que je me demande ?...

Six tables plus loin, Micoulonges avait fini d'allumer sa cigarette. Et Pierre Gravepierre qui regardait lui aussi dans sa direction, semblait uniquement se demander s'il allait suivre l'exemple du saisonnier.

— Je me demande si, oui ou non, je vais t'accompagner. Je ne sais pas si je devrais... Si on ne s'était pas rencontré, j'y serais bien allé. Mais, maintenant... Qu'est-ce que tu en penses, toi ?

Pascal haussa les épaules, interdit. Il n'en pensait rien. L'idée ne l'avait même pas traversé.

Il ôta la paille en papier de son verre vide, la pinça entre ses doigts pour l'aplatir, avec au fond des yeux l'image de son père accoudé au comptoir, près du percolateur, là où se tenait le Parisien aujourd'hui.

Lorsqu'il passait au bistro, son père avait coutume d'occuper ses mains en tripotant une paille de ce genre. Il rentrait toujours à Vieillecombe, un morceau de cette paille glissé le long de son annulaire, sous son alliance. Et c'était sa façon à lui de dire sans paroles l'endroit d'où il venait...

— Vous parlez d'Antoine, ta mère et toi?...

Pierre Gravepierre lui prenait doucement la paille. Mais il n'avait ni alliance ni bague, lui, pour la faire tenir.

— Vous en parlez ou bien elle ne préfère pas?

— Ça arrive... Pas souvent. Mais ça arrive.

— Parce que je pensais que ma visite pouvait lui faire de la peine, réveiller des souvenirs qu'elle aimerait peut-être oublier... Tu vois ce que je veux dire?

— Oui.

— Et puis aussi, tu imagines ce qu'elle croirait si elle apprenait que je suis passé dans le coin sans venir la voir?

— Ça, oui, dit Pascal. Ça lui ferait quelque chose.

Il ne pensait pas vraiment à sa mère. Il pensait à l'instant inévitable où il lui faudrait se séparer de Pierre Gravepierre. Et il comprenait que le sentiment d'attente qui battait confusément dans sa tête, provenait de ce qu'il regrettait déjà l'idée de cette séparation.

— Vaut peut-être mieux que je t'accompagne, alors...

— Oui, admit-il, soulagé.

La lumière voilée venant de la fenêtre s'était faite plus tiède, plus confortable.

Pierre Gravepierre s'était tourné pour faire signe à

138

Mᵐᵉ Bonname qu'ils allaient partir. Et celle-ci était accourue du fond de la salle. Mais elle ne s'était pas arrêtée à leur table. Elle l'avait dépassée. Et ils avaient entendu sa voix se mêler dehors à un bruit de voiture qui stoppait.

Puis, elle était revenue, très excitée, en brandissant une carte postale.

Et M. Bourdière était entré derrière elle.

*

« Il y a des yeux qui encrassent tout ce qu'ils touchent. »

Une réflexion que son père avait laissé tomber un jour, à propos d'il ne savait plus quoi. Mais qui convenait parfaitement au regard équivoque dans lequel le facteur les engloba.

— Tiens. On se retrouve.

Ce n'était pas un ton de surprise. M. Bourdière s'attendait à les rencontrer ici de nouveau. Jamais autant qu'aujourd'hui, il n'avait donné l'impression qu'en entrant dans un lieu, il savait exactement qui s'y trouvait et pourquoi.

D'ailleurs, lorsqu'ils en reparlèrent peu après, Pierre Gravepierre devait confirmer qu'il avait ressenti, lui aussi, cette certitude.

— Il est venu spécialement pour nous... pour moi.

Mais, sur le moment, il avait paru ne rien remarquer. Tout en jouant machinalement avec la paille entre ses doigts, il avait même souri au facteur.

— J'ai fini par suivre vos conseils. Je me suis adressé au garage.

M. Bourdière avait répliqué d'une voix faussement indifférente, qu'il savait, qu'il revenait juste de Croix-en-Terre. Et ç'avait été tout pour le début. Il s'était dirigé vers le comptoir où le Parisien l'apostrophait à bras tendus. Et on aurait pu imaginer que son attitude était correcte. Mis à part cette façon qu'il avait eue, dès l'entrée, de les regarder. Une façon oblique, détournée, comme s'il était plein de mauvaises pensées à leur égard qu'il n'avait pu empêcher de déborder par l'ouverture de ses paupières...

— Il y a des yeux qui encrassent tout ce qu'ils touchent, murmura Pascal.

Il le regretta aussitôt. Sa phrase parut se diluer dans le brouhaha ambiant, et tomba à plat, inutilement souillée.

Pierre Gravepierre, à qui elle était adressée, ne l'avait pas entendue.

— Qu'est-ce que tu dis ?

— Rien, rien... On peut partir si vous voulez.

— Oui. Une seconde...

Il n'était plus pressé de quitter le bistro.

Et puis, de toute façon, il était hors de question d'appeler Mme Bonname pour régler l'addition.

Elle ne s'occupait que de la carte postale de son sale Régis. Elle la montrait à la cantonade. Elle s'extasiait pour chacun des mots qu'il avait dû lui griffonner à la va-vite avec son je-m'en-foutisme habituel. Et le grand Micoulonges au doigt coupé se dressait à ses côtés pour lire par-dessus son épaule, en se coulant de tout son corps comme s'il saisissait en douce l'occasion de se frotter contre elle.

Au bar, son mari, lui, ne s'apercevait de rien. Sa

140

moustache retroussée par le sourire imbécile qu'il affichait en permanence et qu'il n'avait même pas perdu lorsque, fin juillet, on l'avait appelé pour ramasser son chien Otto écrasé par le touriste belge, il offrait à boire à M. Bourdière. Il trinquait avec lui.

Le Parisien qui levait aussi son verre, profitait de la présence du facteur pour repartir de plus belle sur sa bagarre contre le campeur.

Et Pierre Gravepierre qui les observait, pensif, se penchait un peu pour demander à mi-voix.

— Qu'est-ce qu'il a celui-là à s'agiter comme ça depuis tout à l'heure ?

La réponse ne lui importait pas tellement. Il ne s'intéressait au Parisien qu'à cause de M. Bourdière. Pascal le sentait bien. Mais autant le mettre au courant.

Le soir du 15 août, l'Assomption, une cartouche de gaz avait explosé dans le camping. Heureusement, il y avait fête au village. Tous les gens présents avaient entendu les cris, aperçu les flammes et couru prêter main-forte. L'incendie avait été rapidement éteint sans trop de dégâts. Une tente endommagée et quelques chevelures roussies. Plus de peur que de mal...

Le Parisien s'était alors levé pour affirmer, au nom de certains, qu'il fallait renvoyer les campeurs. La saison était sèche et la moindre imprudence risquait de tourner au drame... L'été dernier, Fondane, le bouilleur de cru, avait perdu onze hectares de forêt. Le feu avait soufflé trois jours durant. Et quand on passait encore du côté de Chantegrenouille, on pouvait voir les châtaigniers tordus et noircis comme des oliviers...

Il avait raison, bien sûr. Personne n'en avait douté.

Seulement, on n'oubliait pas qu'il râlait surtout parce qu'on avait installé le camping juste devant sa maison, sans sa permission. Et puis, tout bien considéré, les campeurs étaient plutôt sympathiques, ils n'ennuyaient personne et faisaient joliment marcher le commerce... Finalement, le maire qui leur louait le terrain, avait eu le dernier mot. Il leur avait construit un four à barbecue muni des sécurités que tout le monde voulait. Et les esprits s'étaient calmés. Sauf, bien entendu, le Parisien à qui tous les prétextes restaient bons pour chercher querelle aux campeurs...

On n'entendait pas clairement ce qu'il racontait. Sa voix était brouillée par celle de Mme Bonname qui commentait la carte postale. Mais il frappait catégoriquement à main plate sur le comptoir, à l'intention du facteur, pour montrer son indignation.

Il avait une drôle d'allure. Il portait un polo et un short de tennis trop étriqués qui mettaient en évidence son estomac rebondi. Il se croyait très sportif. Chaque matin, au lever du jour, il obligeait son asperge de femme à courir tout autour du village pour garder la forme. Il était aussi déplacé dans la région qu'un canard dans un poulailler. Mais lorsqu'il repartait, les vacances finies, il laissait un curieux vide derrière lui.

Comme la plupart de ceux qui lui prêtaient habituellement l'oreille, M. Bourdière semblait accueillir ses propos avec une indulgence amusée. Mais ce n'était qu'une apparence. Il ne l'écoutait pas.

Il buvait, en tenant son verre le plus loin possible, comme pour ne pas se tacher. Il faisait toujours très attention à sa tenue. Au plus chaud de l'été, alors que même les vieux sortaient en tricot, on le voyait apparaître, congestionné et soufflant, sanglé jusqu'au cou dans sa chemise réglementaire impeccablement repassée et dont il ne relevait jamais les manches... Pourquoi ne cessait-il pas de loucher de ce côté, vers Pierre Gravepierre?

— Toujours pareil. On fait confiance aux gens. Et ils en profitent...

Il n'avait pas levé le ton. Ses mots s'étaient assemblés, distincts, dans une seconde de silence. Il parlait des campeurs, évidemment. Une conclusion d'ordre général qui coupait court à la conversation du Parisien. Mais qu'on pouvait aussi croire adressée directement à Pierre Gravepierre devant lequel, trois minutes plus tard, il était venu carrément se planter.

— Paraît que c'est pas une mince affaire, votre voiture. Quand j'y suis passé, Bisson y était plongé jusqu'au cou...

Il se moquait bien de la voiture et du garagiste. Il s'était exprimé comme si quelque chose n'allait pas et qu'il tenait à ce que ça se sache, sans qu'il ait besoin d'en parler ouvertement.

Mais il n'en disait pas plus.

— Bourdière!...

Le Parisien s'avançait. Et, après une vague excuse en direction de Pierre Gravepierre, il renouait, sans gêne, son entretien avec le facteur.

— Dites, votre cousin, il pourrait pas venir faire un tour par ici?

— Mon cousin?

— Ce n'est pas son secteur, je sais. Mais il s'est bien déplacé pour les Vignolles, quand ils ont eu ce

143

problème avec le petit, le petit... comment s'appelle-t-il, déjà ?

— C'était pas pareil, voyons, affirmait M. Bourdière.

Et il précisait pour Pierre Gravepierre.

— Mon cousin fait le gendarme.

Une information donnée d'une voix aimable, polie, pour aider un étranger à comprendre une discussion qu'il était forcé d'écouter. Pourquoi sonnait-elle alors comme un avertissement ?

— Comprenez-moi, Bourdière...

Le Parisien qui insistait, sans se soucier de l'interruption.

— Je leur ai juré que cette fois j'allais porter plainte. J'aurais déjà téléphoné. Mais Bonname prétend qu'il vaut mieux que ça reste en famille... Je suis d'accord. A condition que votre cousin se pointe, histoire de marquer le coup. Sinon de quoi j'aurais l'air, moi ?

— Je vais voir ce que je peux faire, soupira M. Bourdière.

Il avait ôté sa casquette. Ses cheveux gris, coiffés en arrière, étaient tout aplatis. Et une ligne rouge marquait son front moite. Il semblait en avoir marre du sujet.

Mais le Parisien n'en tenait pas compte. Il prenait maintenant Pierre Gravepierre à témoin. Il lui résumait l'essentiel de sa bagarre avec le campeur rouquin qui l'avait insulté, parfaitement monsieur, insulté, après avoir eu le culot de se promener à poil sans vergogne sous ses fenêtres, il n'y avait pas de quoi s'énerver ?

Puis il s'interrompait en plein développement.

— Excusez-moi, monsieur... Nous ne nous sommes pas déjà rencontrés ?

Pierre Gravepierre qui tordait et retordait la paille en papier dans ses doigts, s'immobilisa.

— Pardon ?

— A Larques, rappela le Parisien. C'est ça. A Larques... Mercredi dernier. Non, attendez. Il y a deux mercredis. Au marché de Larques.

Et comme Pierre Gravepierre secouait négativement la tête.

— Vous n'avez pas un petit coupé gris ? Ou blanc ? Clair, en tout cas... Voyez-vous, je possède moi-même une Porsche. Et je ne peux m'empêcher d'avoir l'œil sur les voitures de sport que je croise.

— Vous faites erreur.

— Pourtant, il me semble bien...

— Je ne suis dans la région que depuis ce matin.

Le Parisien avait cillé, un peu déçu. Il avait dit, Ah ! bon, qu'il avait dû confondre, c'était normal après deux semaines. Il avait rappelé à M. Bourdière de ne pas oublier pour son cousin. Et il était retourné au bar.

— C'est pas tout ça, dit M. Bourdière. Faut que j'y aille.

L'intervention du Parisien semblait l'avoir perturbé. Il ne paraissait plus vouloir s'en prendre à Pierre Gravepierre.

Il salua de loin la compagnie au comptoir. (M. Bonname qui rendait la monnaie à Micoulonges, le saisonnier. Et Mme Bonname qui accrochait au miroir du bar la vingt-quatrième carte postale de son Régis, avec la ferveur qu'elle aurait mise à allumer un cierge à l'église.) Et il s'en alla.

Pascal le vit sortir, sans en croire ses yeux.

A quoi donc s'était-il attendu ? Toutes les craintes obscures qui l'avaient étreint depuis l'apparition du facteur, s'effritaient avec ce départ. M. Bourdière n'était rien venu faire d'autre que son métier. Il avait sacrifié au verre rituel de la maison. Il avait répondu aux jérémiades du Parisien. Et il était parti. Exactement tel qu'il l'aurait fait, si lui, Pascal, n'avait pas été présent en compagnie de Pierre Gravepierre. Quant au curieux coup d'œil qu'il leur avait lancé au début, n'était-ce pas seulement qu'il avait été intrigué de les retrouver là ensemble ?...

— Regarde.

Pierre Gravepierre lui montrait un objet sur la table voisine. Une casquette. M. Bourdière avait oublié sa casquette.

Pascal qui était le plus près, l'avait spontanément ramassée par la visière et, sans plus réfléchir, s'était précipité dehors pour la rapporter à son propriétaire.

L'éblouissement de soleil dans lequel il plongea, éveilla en lui l'intuition de commettre une erreur. Mais il était déjà trop tard pour reculer.

M. Bourdière lui souriait, appuyé sur la portière de la 4 L qu'il venait d'ouvrir.

— Hé ! Hé ! Je savais bien que tu me la ramènerais... Attends. Te sauve pas. J'ai à te parler...

Pourquoi ne s'enfuyait-il pas comme il en avait eu l'intention ?

M. Bourdière l'avait promptement saisi par le poignet pour l'en dissuader. Mais ce n'était pas

146

l'unique raison. Dans sa précipitation à se lever de table, il s'était cogné au réfrigérateur à esquimaux. Et la douleur incertaine qui montait de son coude, l'amollissait, le privait de toute capacité de résistance face aux yeux de nouveau soupçonneux du facteur.

— Qu'est-ce que c'est que cette histoire ? Bisson m'a dit qu' « il » voulait aller à Vieillecombe. C'est vrai ?

Il définissait son « il » d'un mouvement de menton vers la fenêtre du bistro dont le voilage ne laissait deviner que des formes vagues à l'intérieur.

— C'est vrai ?...

Tout autour la place était vide. Les frères Chitaille et le reste de la bande devaient être rentrés déjeuner. Quelques chiens traînaient encore à l'embouchure de la rue de l'Eglise. Et un gros bâtard fauve cherchait à s'acoquiner avec Biscotte qui lui permettait de la renifler sous la queue.

— Alors, tu réponds ?... Bisson ne peut quand même pas avoir inventé ça tout seul.

— Oui.

— Quoi oui ? Qu'est-ce que ce type veut faire à Vieillecombe ? Il te l'a dit au moins ?

— Il... Il voulait voir mon père... C'était un ami de mon père dans le temps.

— Un ami de ton père !

M. Bourdière lui en avait lâché le poignet. La stupeur diluait une seconde l'expression de méfiance sur ses traits qui redevinrent ceux du M. Bourdière, jovial et bonhomme, qu'on côtoyait tous les jours. Puis la suspicion revint l'emporter.

— C'est la meilleure! Les amis de ton père, je les connaissais tous. Et celui-là, je peux te dire...

— Ils ont fait leur service ensemble en Algérie.

M. Bourdière prit une longue inspiration, comme si le pilier sur lequel s'appuyaient ses doutes avait soudain craqué et qu'il cherchait à vérifier jusqu'où s'étendaient les dégâts. Il avait remis sa casquette sur la tête. Mais pas exactement à la même place. Et on voyait toujours l'ancienne marque rougeâtre à demi effacée qui creusait son front.

— En Algérie! Tu sais à quand ça remonte, ça?... Et c'est maintenant qu'il se ramène?

— Il pouvait pas avant.

— Et pourquoi donc?

— Je... Je sais pas. Il pouvait pas.

— Ouais... Il t'a dit son nom?

— Pierre Gravepierre.

C'était la première fois qu'il le prononçait à voix haute. Il en avait la sensation presque palpable que les deux mots sortis de sa bouche, s'envolaient, cabriolaient lentement dans l'espace ensoleillé. Et quelque chose d'aussi léger, de la fierté ou du plaisir, se libérait dans sa poitrine.

— Pierre Gravepierre...

Un bien beau nom que tous les M. Bourdière du monde ne pouvaient abîmer.

— Qu'est-ce qu'il t'a raconté d'autre? Il t'a parlé un peu de lui? De ce qu'il fait dans la vie?

— On a parlé de mon père. C'est tout.

— Tu ne me caches rien, Pascal?

— Rien, monsieur Bourdière. Il n'y a rien à cacher.

— Tu crois ça?... Tu es trop jeune pour comprendre. Il y a des gens qui portent en eux les embrouilles comme d'autres les germes des maladies. Et, tu peux me croire, j'ai appris à les renifler de loin...

Il insistait, oui de loin, en touchant sa casquette qui descendait d'un poil se replacer dans l'ancienne marque. Puis, il ajoutait d'un ton décisif.

— Ce type-là, il a une idée derrière la tête. Et une drôle d'idée... Sinon, pourquoi il aurait raconté des histoires?

— Quelles histoires?

— La voiture. La Ford avec laquelle il est venu. Elle n'est pas à lui... Il l'a louée, il y a deux jours. C'est écrit noir sur blanc, sur les papiers qu'il a laissés dans la boîte à gants.

Il en postillonnait d'excitation. Un vieux corniaud fouineur sûr d'avoir débusqué un gibier de choix avant toute la meute et qui en salivait d'avance.

Il était allé spécialement à Croix-en-Terre contaminer le crédule Bisson. Il l'avait entraîné à fouiller la Ford, dans l'espoir d'y découvrir un détail susceptible de confirmer ses soupçons. Et en ouvrant la boîte à gants, il avait dû avoir le même air de sombre satisfaction qu'il affichait maintenant... Quel mal y avait-il à louer une voiture?

— Il a dit qu'il avait cette voiture depuis un bout de temps. Tu te rappelles?

— Non.

— Mais si. Qu'il avait eu une panne du même genre, il y a plusieurs semaines.

Pascal sentit un frisson lui griffer la nuque.

— Je ne me rappelle pas, affirma-t-il dans un souffle.

De l'autre côté de la place, Biscotte aussi se défendait mollement. Elle repoussait son gros soupirant à poil jaune qui revenait à la charge avec la même insistance, la même certitude pesante que M. Bourdière.

— Je vais te dire une chose, Pascal. On ne fait pas de mensonge sans une bonne raison.

— Il a... Il a peut-être dit ça comme ça, monsieur Bourdière... Pour parler...

— Ah oui ? Pour parler !... Et pourquoi qu'il n'a pas téléphoné alors à la société de louage ? Quand on a une panne dans ces conditions, c'est la première chose qu'on fait en général... Non, non, il y a un truc de pas très clair dans tout ça... Pierre Gravepierre, tu as dit ?

Il ne poursuivait pas.

Des gens sortaient du bistro. Le grand Micoulonges et son équipe de Portugais qui se regroupaient sur le trottoir devant la 4 L, enveloppés dans une gaieté artificielle de fin de repas qui les empêchait de se rendre compte qu'ils dérangeaient.

Micoulonges étirait ses bras interminables dans un bâillement exagéré, et lançait au facteur une astuce sur la difficulté de reprendre le boulot.

— On en est tous là, répondait platement M. Bourdière, paupières baissées.

Et Pascal, silencieux, lui criait mentalement d'aller porter ses sournoiseries ailleurs. De s'occuper de ses propres affaires, de son courrier, de son cousin gendarme ou de sa pianiste de fille aux yeux blancs. Après tout, on ne lui avait rien demandé. De quel droit venait-il encrasser cette journée qui avait mis suffisamment de temps à s'annoncer exceptionnelle ?...

150

— Vous allez y monter à Vieillecombe ?

M. Bourdière qui posait une dernière question, mais sans insister, se contentant d'un signe de tête imprécis en guise de réponse, parce que les saisonniers tardaient à s'écarter.

Puis, comme pour leur montrer l'exemple, il grimpait à regret dans sa 4 L. Il démarrait au ralenti.

Et pendant tout le temps que la voiture mettait à disparaître, Pascal fut persuadé que ce n'était qu'un sursis. Que, pareil à la première fois sur la route devant la bergerie des Fongarola, le facteur allait stopper et le rappeler, hé ! Pascal, arrive un peu ici ! pour renouer sa malveillance.

La seule façon de l'éviter était de rentrer immédiatement dans le bistro. Mais il ne le faisait pas. Il restait figé au bord du trottoir, à regarder s'éloigner d'un côté Micoulonges et son équipe, et de l'autre, la 4 L qui semblait propulsée par les pétarades bleuâtres du tuyau d'échappement. Et il ne comprenait pas ce qui l'empêchait de bouger.

La voix basse de Pierre Gravepierre surgissant derrière lui, l'aida à se secouer.

— Il est venu pour moi, n'est-ce pas ?

Et brusquement, tout fut plus facile. Pierre Gravepierre savait que M. Bourdière avait oublié sa casquette exprès. Pas une seconde, il n'avait été dupe, lui. Il avait préféré jouer le jeu et attendre que le facteur vide son sac jusqu'au bout avant d'intervenir.

— Des comme lui, j'en ai croisé toute ma vie... Du premier coup d'œil ils se font une opinion sur vous. Et ils sont prêts à croire n'importe quoi, plutôt que de changer... Qu'est-ce qu'il voulait, au juste ?

— Je...

— Vas-y. Parle sans crainte... C'est à propos de ce Parisien qui s'imagine m'avoir vu à Larques ?

— Non. C'est pour... C'est votre voiture.

— Explique.

Et Pascal expliquait, en butant sur les mots. Parce qu'il surveillait en même temps les pétarades de la 4 L qui s'étouffaient progressivement dans le lointain. Parce que aussi il voulait absolument faire sentir sa conviction que M. Bourdière se trompait, que toutes ses insinuations reposaient sur rien ou presque, une idée bête qu'il se faisait du comportement des étrangers.

D'ailleurs, Pierre Gravepierre le confirmait.

— Il se donne vraiment beaucoup de mal pour pas grand-chose... Il se trouve seulement que le patron de l'agence qui me loue la Ford, est un ami. Alors, on s'arrange pour les papiers, les pannes et tout le reste...

Il souriait.

De la poche de son veston qu'il portait négligemment jeté sur son épaule, dépassait le haut de l'enveloppe sur laquelle au début de leur rencontre — des heures auparavant semblait-il — Pascal avait appris son nom.

— Il aurait dû avoir le courage de m'en parler directement, au lieu de se monter la tête... Va donc savoir ce qu'il est en train de mijoter maintenant. Avec un peu de chance, on va le voir rappliquer avec son cousin, le gendarme...

Puis, sur un ton différent, plus léger, comme s'il avait décidé de ne plus se laisser ennuyer par le contretemps.

152

— Enfin, chacun s'amuse comme il peut. On verra bien...

Ils s'étaient remis à marcher, sans s'être concertés, vers la sortie du village.

Derrière eux, des jappements plaintifs retentissaient. Le gros bâtard jaune qui courait toujours après Biscotte. Il n'avait aucun espoir de succès. Jusqu'à présent, Biscotte avait refusé les propositions de tous les prétendants qui l'avaient approchée. Pendant ses périodes de chaleur, elle préférait se lécher des heures entières, plutôt que d'accepter les avances d'un mâle. Le dernier en date avait été ce brave Otto, le griffon des Bonname, quelques semaines avant sa mort. Il avait tant insisté, le malheureux, que Biscotte lui avait à moitié déchiqueté l'oreille. Et Régis Bonname — toujours lui — en avait profité pour traiter la chienne de prétentieuse et d'allumeuse au cul serré. Ce qui avait failli déclencher une nouvelle bagarre...

On n'entendait plus le bruit de la 4 L du facteur. Une vague odeur de gaz brûlés traînait encore, mais elle se dispersait à chaque pas. L'air commençait à retrouver sa chaude limpidité. Et il ne fallait pas grand-chose de leur part pour que tout redevienne comme avant.

Mais ils n'avaient pas pu.

Au moment de quitter le village, presque au même endroit où ce pauvre Otto s'était laissé avoir par le touriste belge, le veston de Pierre Gravepierre avait glissé de son épaule. Il l'avait rejeté machinalement en arrière. Et dans le mouvement, la lettre était tombée de sa poche. Il ne l'avait pas rangée tout de suite. Il l'avait considérée, soucieux. Et il n'y avait pas beaucoup d'effort à faire pour comprendre qu'il pensait encore au facteur.

Puis il avait soupiré. Il avait dit qu'il lui valait peut-être mieux réfléchir avant de monter à la ferme.

Et Pascal était rentré seul à Vieillecombe.

Il déboula en trombe à l'intérieur de la maison.
La porte qu'il avait poussée de tout son élan,
rebondit contre le mur et faillit percuter Biscotte qui
cavalait sur ses talons. La chienne esquiva de justesse
par un bond comique de côté, s'aplatit par terre pour
freiner son envolée, les pattes raidies, les ongles
dérapant sur le carrelage lisse. Et ils filèrent ensemble
devant le visage ahuri de sa mère qui sortait de la
cuisine.

— Mais Pascal, en voilà une façon d'arriver !

Il ne l'écoutait pas, se précipitait pour déchiffrer le
cadran de la pendulette sur le vaisselier. Les aiguilles
dansèrent sous ses yeux, dans un bruit de sifflet crevé
qui n'était autre que celui de sa propre respiration. Il
mit la main dessus pour les arrêter.

— Mais qu'est-ce qui te prend ? Tu veux laisser ce
réveil à sa place !

Elle venait lui reprendre la pendulette qu'il s'obsti-
nait à secouer contre son oreille. Elle la reposait sur le
meuble d'un geste un peu sec. Et lui, à bout de souffle
et de forces, parvenait à articuler.

— Il... marche ?

— Evidemment qu'il marche !... C'est plus tôt que tu aurais dû t'en préoccuper de l'heure. Je commençais à croire que tu allais te passer de déjeuner.

Deux heures moins neuf. Il n'était seulement que deux heures moins neuf. Beaucoup plus tôt qu'il ne l'avait cru. Il lui restait encore pas mal de temps devant lui. Suffisamment pour déjeuner, s'occuper des bêtes et retourner à Croix-en-Terre, au garage Bisson où Pierre Gravepierre devait récupérer sa voiture... Il n'avait plus besoin de tant se presser...

— Quelle idée de courir de la sorte ! J'ai cru qu'il y avait quelqu'un après toi. Que tu avais fait je ne sais quelle bêtise.

— Non... Je... ne...

Il secouait la tête à chaque mot, grimaçait un sourire épuisé. Et sa mère l'interrompait, faussement exaspérée.

— Regarde-toi. Tu ne peux même plus parler. Tu es rouge. Tu es en nage...

Elle n'était pas en colère. Elle ne l'était jamais. Elle se forçait un peu par principe. Parce que depuis un moment, elle devait prêter l'oreille aux bruits annonciateurs de sa venue et que, lui tardant, un tas d'idées noires avait commencé à germer dans son esprit.

— Va te changer. Va.

Dans sa chambre, tout était frais, net et bien rangé. Exactement le contraire de l'agitation qui bourdonnait sous son crâne.

Il résista à l'envie de se jeter ainsi, en sueur, sur son lit et se reposer, les bras en croix, les yeux fermés, pour faire le point, ordonner ses pensées, reprendre calme-

156

ment les différents événements de la journée depuis le début, depuis le matin lorsqu'il s'était réveillé, la bouche sèche et le bas-ventre lourd, dans ce même lit.

La chemise qu'il choisit dans le tiroir de sa commode, sentait bon la lessive. Il l'enfila, après s'être hâtivement essuyé à l'aide de son tricot roulé en boule, mais ne la boutonna pas tout de suite.

Son regard venait de se poser sur sa feuille de châtaignier qu'il avait rangée dans un porte-carte transparent pour la tripoter à loisir sans risquer de l'abîmer.

En apparence, elle n'avait plus rien de celle qui, un dimanche d'octobre, avait glissé du ciel sur le cercueil de son père. Le temps lui avait sucé ses couleurs et sa souplesse, pour la rendre diaphane, cassante et tavelée comme une main de vieille femme. Mais sa provenance mystérieuse en faisait toujours un objet unique, précieux, chargé d'une signification presque religieuse, un objet de culte... Pourquoi n'en avait-il pas parlé à Pierre Gravepierre ? Cela l'aurait sûrement intéressé. Tout ce qu'ils pouvaient se raconter les intéressait. Ils avaient tant de choses à découvrir l'un de l'autre, tant de choses à échanger...

— Pascal ! Tu es prêt ?

— Oui, M'ma. J'arrive.

Il referma le tiroir et, boutonnant sa chemise, repartit à la cuisine.

De sous la table où elle s'abritait la plupart du temps, la chienne Marquise l'accueillit d'un œil terne, les babines retroussées par un bout de couenne de jambon que Biscotte, frétillant autour d'elle, essayait de lui chiper.

Sur la cuisinière, une poêlée de lardons crépitait, dégageant une appétissante odeur de jambon frit. Il en aurait bien piqué tout de suite un morceau, au risque de se brûler les doigts. Mais comme si elle avait prévu son intention, sa mère qui battait des œufs en omelette, versa le mélange dans la poêle qui crachota joyeusement.

« Devine qui j'ai rencontré, M'ma ? »

Oui, c'était ainsi qu'il allait commencer. Devine, M'ma. Devine un coup... Ce serait irrésistible. Tout en entamant le repas, elle se piquerait au jeu, réciterait le nom des voisins, battrait le rappel des gens qu'elle connaissait. Et à mesure que la liste diminuerait, sa curiosité augmentant lui donnerait cette mine pointue si agréable à regarder qu'il ferait durer exprès le plaisir jusqu'au dessert...

Il n'y eut pas de plaisir.

Tout en malaxant vigoureusement la purée qui accompagnait l'omelette, sa mère le devança d'un ton égal.

— Paraît qu'il s'en est produit de belles, ce matin, devant la bergerie des Fongarola.

La question qu'il se préparait à poser, lui resta dans la gorge. Tandis que lui sautait aux yeux, trop tard, depuis le coin du buffet de cuisine, le gros catalogue que le facteur avait amené.

— M. Bourdière est passé, dit-il bêtement.

— Il est passé, oui... Et je lui ai promis que je te sermonnerai. Combien de fois, je t'ai répété de ne pas laisser courir Biscotte ?

— Mais, M'ma...

— Elle l'a échappé belle. Et la voiture a failli se

158

renverser dans le fossé. Il ne nous aurait plus manqué que des ennuis avec des vacanciers de passage.

— D'abord, c'est pas un vacancier... J'aurais voulu l'y voir, lui, M. Bourdière. Toujours à dire du mal dans le dos des gens.

— C'est ça, oui. Tiens, passe-moi ton assiette. Ça vaudra mieux.

Elle le servait. Et il commençait à déjeuner. Sans goût. Le fumet des lardons si alléchant tout à l'heure lui semblait à présent affadi, abîmé. Et la faute en incombait totalement et une nouvelle fois à ce mêle-à-tout de facteur.

— Il faut se méfier de l'été..., murmura-t-il.

— Qu'est-ce que tu marmonnes encore ?

— Rien, M'ma. C'est... C'est trop chaud.

Elle n'aurait pas compris. Seul, Pierre Gravepierre pouvait comprendre. Pierre Gravepierre qui devait déjeuner, lui aussi, au bistro des Bonname, ainsi qu'il l'avait laissé entendre avant leur séparation.

— Ça m'a tracassée toute la matinée, cette histoire. Et je m'en serais bien dispensée... Je m'attendais tout le temps à te voir arriver avec... avec le conducteur de la voiture...

Elle soupirait. Elle ne lui en voulait plus, maintenant qu'ils étaient ensemble. Comme toujours, sa présence à lui effaçait les soucis qu'elle avait pu se faire. Ce n'était pas de leur faute si la conversation s'était mal enclenchée. Il pouvait encore la rattraper. Facile. Il savait exactement ce qu'il fallait dire. J'allais venir avec lui, M'ma. Mais il a préféré attendre. Pour te ménager. Parce que c'est un ami, M'ma. Un très vieil ami...

159

Il pouvait. Les mots chantaient doucement dans sa tête. Et, des kilomètres plus loin, à Saint-Girier, Pierre Gravepierre l'entendait, lui souriait, l'encourageait par-dessus son repas, le plat du jour du bistro sûrement, du gigot aux haricots, que Mme Bonname avait servi avant lui à l'équipe de saisonniers...

— Il est reparti ?

— Qui ça ?

— Ben, le conducteur... M. Bourdière m'a dit que c'était un Lyonnais... Sa voiture a fini par démarrer ?

— Non... Non. Il a fallu prévenir le garage Bisson.

Il se sentit rougir. L'image de la Bissonne, palpitante, un rien égrillarde dans la chaleur propice de la tonnelle, venait de resurgir. Il la repoussa aussi vite qu'elle s'était manifestée, avala une bouchée d'omelette pour dissimuler son trouble à sa mère qui, à l'affût de ses moindres réactions, le considéra rêveusement.

— C'est curieux... Mais quand M. Bourdière m'en a parlé, j'ai eu une impression bizarre. Comme s'il me cachait quelque chose. Et quand je te regarde, j'ai un peu la même impression... Il ne s'est rien passé de grave, Pascal ?

— Non, M'ma. Je te jure.

— M. Bourdière avait pourtant un drôle d'air en m'en parlant..., insista-t-elle.

— Il est toujours comme ça... Il vous scrute jusqu'au fond de culotte. C'est pour cette façon de regarder que le Bon Dieu l'a puni en lui donnant une fille aveugle.

— Tu as fini de dire des horreurs !

— C'est pas moi qui les dis. C'est le vieux Fongarola. Même que Julia...

— Julia n'a pas à te rapporter ce genre de choses. Et puis ne dis plus le « vieux » Fongarola ! Ça t'écorcherait la bouche de dire le grand-père ?

Il piqua du nez dans son assiette.

Avec l'état d'esprit qui animait sa mère, il ne se croyait plus assez capable de prévoir ses réactions. Comment aurait-il pu l'amener à partager ce qu'il ressentait à l'égard de Pierre Gravepierre, alors qu'il ne parvenait même pas à lui faire comprendre que chaque allusion au facteur les éloignait l'un de l'autre ?... D'autant que leur nervosité se communiquait aux chiennes qui, sous la table, ne cessaient de grogner et de se chamailler.

Il se leva, chassa Biscotte hors de la pièce. Puis, parce que d'un mouvement maladroit il avait fait tomber le catalogue qui dépassait du buffet, la discussion changea d'objet.

Tout en labourant distraitement de sa fourchette la surface de son plat de purée, il écouta sa mère expliquer qu'il s'agissait d'un nouveau catalogue de semis. Un répertoire très détaillé qu'elle avait commandé en commun avec la pauvre Mme Fongarola et qui avait mis du retard à lui être expédié. Au printemps dernier, elles avaient toutes deux envisagé de semer derrière les châtaigniers, sur une planche oblique difficile à exploiter, une espèce de lavande frisée qui ne nécessitait pratiquement aucun soin. Mais quelques semaines après, Mme Fongarola avait commis l'imprudence de conduire à cent à l'heure avec des semelles compensées. Et son mari n'était plus de ce monde pour aider à nettoyer la planche noyée de broussailles et de genêts. Alors, à moins de demander peut-être au grand Micoulonges...

— Non. Pas Micoulonges !

— Pourquoi ? De toute façon, faudra bien l'employer comme tous les ans pour les travaux d'avant-hiver... Qu'est-ce que tu as contre Micoulonges ?

— Il... Il lui manque un doigt.

Ce n'était pas ce qu'il avait voulu dire. Et elle levait les yeux au ciel, comme excédée par un caprice incompréhensible.

— Qu'est-ce que c'est que ces âneries ? Tu sais bien qu'avec les neuf qui lui restent, il se débrouille mieux que personne... Je me demande ce que tu as, aujourd'hui ?

Il avait eu tort de s'engager sur ce point sans réfléchir. Il n'avait pas le droit de répondre par la vérité. Cela ne regardait que Julia...

Il grava une traînée têtue de fourchette dans sa purée, remarqua les sillons entrecroisés qu'il avait tracés jusque-là sans y prêter attention. Le dessin ressemblait à une feuille de châtaignier fortement nervurée. Ou plutôt non, à une toile d'araignée. Une toile de chardonnière, tiens, comme celle de ce matin...

— Qu'est-ce que tu as, Pascal ? Depuis que tu es arrivé, tu ne fais que... Hé ! Où tu vas ?

Il s'était dressé d'un bond. Il courait jusque dans sa chambre, ouvrait le tiroir de la commode, sortait le porte-carte transparent où était rangée sa feuille de châtaignier.

Il ne s'était pas trompé. Sous une certaine lumière, les nervures de la feuille desséchée s'apparentaient à la

162

toile de chardonnière. Elles formaient le même treillis vaguement triangulaire, momifié, couleur poussière. C'était fou comme coïncidence. Mais était-ce vraiment une coïncidence ?... Il lui sembla brusquement entrevoir la signification du message qu'il avait vainement cherché depuis l'enterrement de son père.

— Pascal ! Qu'est-ce que tu fais ? Tu viens, oui ou non ?

Il retourna devant sa mère, l'esprit en feu. La feuille de châtaignier annonçait la toile d'araignée. Et sans cette toile dont il s'était occupé ce matin, il n'aurait pas rencontré Pierre Gravepierre. Tout était lié...

— Te voilà à rire, maintenant !... J'aimerais bien que tu m'expliques.

— Oui, M'ma...

Il s'asseyait de nouveau à table. Et il expliquait. Il voulait tout expliquer. Il commençait par le début. Il racontait la toile morte. Le moucheron. Et l'araignée. Une vieille chardonnière rusée. Une tricheuse qui avait fait exprès de laisser mourir sa toile. Et il voyait les yeux de sa mère s'arrondir de surprise. Et c'était une histoire incroyable, édifiante. Un petit moucheron de rien du tout qui décidait de résister courageusement à son ennemie héréditaire, et qui se débattait, qui tirait, qui tirait de toutes ses forces sur les fils qui l'emprisonnaient...

— Et l'araignée ? Elle l'a laissé faire ?

— Elle l'a attaqué encore. Et encore. Mais il s'est secoué et il est reparti de plus belle. Il a tiré sur les fils. Et... Et...

— Il n'y est quand même pas arrivé ?

— Si !

— Pas possible.

— Si M'ma ! Si ! Je l'ai vu.

— Il s'est libéré ?

— Oui, M'ma. Il s'est libéré.

— Qu'est-ce que tu me chantes là ? Tu ne l'as pas aidé ?

— Pas du tout. Il l'a fait tout seul. Il a cassé tous ses fils un par un. Et il s'est échappé.

Il avait un peu chaud. Mais pas à cause du mensonge.

Il ignorait ce qui l'avait poussé à modifier la fin de l'histoire. Il n'avait pas prévu de le faire. Ça s'était passé au dernier moment. Une impulsion aussi puissante, aussi incompréhensible que celle qui l'avait poussé ce matin sur la colline à détruire la toile.

Il n'essayait d'ailleurs pas de comprendre. La vraie fin n'importait plus. Même si sa mère ne le croyait pas tout à fait, et qu'elle ne voulait plus l'entendre, qu'elle haussait les épaules, prenant de nouveau le ciel à témoin de ces enfantillages.

Il s'en moquait. Il n'y avait plus d'autre fin. Il n'y en avait jamais eu. Le moucheron avait gagné. Il s'était défendu jusqu'au bout, opiniâtre. Malgré les efforts de l'araignée, il avait triomphé. Il avait cassé tous les fils et s'était évadé. Une seconde désorienté d'avoir vaincu sa propre mort, il se reprenait. Il entamait le vol le plus joyeux de son existence.

Et Pascal, tout aussi libéré, le sentait bourdonner d'excitation dans sa propre poitrine.

*

Entre ses doigts, de nouveau, la feuille de châtaignier.

L'impatience de la revoir l'avait démangé toute la fin du repas. Le déjeuner expédié, il n'avait plus résisté au plaisir de foncer dans sa chambre et de la retirer, avec émotion, de sa protection plastique. Et il la touchait, la caressait pour une fois sans intermédiaire, délicate, tendre et précieuse comme une paupière. Il la tournait, la retournait dans la lumière, à la recherche de l'exposition qui mettait le mieux en évidence le dessin de la surface.

Entre les nervures saillantes, la texture végétale paraissait infiniment friable. Il suffisait de la gratter du bout de l'ongle ou à l'aide d'une pointe fine, une épingle par exemple, pour la réduire en poussière et dénuder la charpente ligneuse qui rappelait celle de la toile d'araignée.

L'idée le séduisait. Ainsi ajourée, l'empreinte aurait fait davantage illusion. Et si l'opération n'avait eu pour conséquence la destruction de la feuille, il l'aurait tentée, malgré la fébrilité qui l'électrisait, incompatible avec la minutie d'un tel découpage. Mais il était hors de question de détériorer le dernier message de son père.

« J'ai compris, P'pa... »

Il avait envie de sauter de joie, de courir en parler immédiatement à quelqu'un. Mais ni sa mère qui lavait la vaisselle dans la cuisine ni Julia avec laquelle il avait tant cherché la signification du message, n'étaient disponibles. Restait Pierre Gravepierre qui devait maintenant avoir terminé de déjeuner et qu'il allait retrouver tout à l'heure. Il lui aurait bien amené la feuille. Mais comment la transporter sans risquer de l'abîmer ? Le porte-carte était trop large pour tenir dans une de ses poches. Et l'attraper tout le temps en main pouvait s'avérer gênant à la longue. Dommage. Pierre Gravepierre aurait sûrement apprécié le geste. Peut-être qu'un autre objet...

Dans le même tiroir de la commode, un coffret contenait justement d'autres trésors tous aussi appropriés.

Le vieux couteau solide qui avait appartenu à son père et qui, paraît-il, venait de précédentes générations de Couvilaire. La lame, usée par les aiguisages successifs, avait perdu la moitié de sa largeur et le pivot qui lui permettait de basculer du manche avait été remplacé par un clou en cuivre, de ceux qu'on utilisait autrefois pour les charpentes

Ou bien cet écrin plat, sans aucune inscription, au fermoir un peu rouillé, à l'intérieur capitonné d'un lit de soie mauve et fané, au creux duquel — Pierre Gravepierre pourrait éventuellement le confirmer — avait dû reposer la médaille que son père détestait tant qu'il n'en avait laissé trace.

Ou bien alors, une photo. Quelques-unes traînaient au fond de la boîte. Son père, bien sûr, en compagnie d'amis, de voisins, dans les champs, ou debout sur la place de Saint-Girier avec d'autres chasseurs autour d'un sanglier frais abattu.

Des photos de groupe, bâclées, prises de trop loin, floues pour la plupart, qui ne restituaient pas fidèlement l'image de son père telle qu'il la portait en lui, et

166

dont aucune, pour cette raison, ne méritait d'être montrée à Pierre Gravepierre.

Une seule à la rigueur pouvait convenir, mais elle ne se trouvait pas dans le lot. Il alla y jeter un coup d'œil dans la chambre contiguë. Serrée dans un sous-verre, sur la table de nuit de sa mère, elle datait du mariage de ses parents. Son père, en habit de fête, cravaté, y paraissait un peu guindé, mais sous les cheveux aplatis pour la circonstance, les yeux ressortaient, fixes, intelligents, étonnamment présents.

Combien de fois s'était-il planté devant pour se fondre dans ce regard ? Combien de fois était-il venu se réfugier, se recueillir comme d'autres sur une tombe, dans cette pièce où la pénombre qui souvent l'y surprenait, donnait aux choses une ampleur, une résonance de cathédrale.

« Tu vois, P'pa, j'ai compris. J'ai fini par comprendre... »

Sur le mur contre lequel il s'appuyait , se trouvait le fusil de son père, soutenu par deux crochets.

Pas une arme perfectionnée à canons superposés et viseur de tireur d'élite comme celui qu'exhibait le Parisien et qui était censé, d'après lui, étendre raide un éléphant. Non. Un modeste fusil à canons jumeaux dont le noir de l'acier avait, avec le temps, viré au gris, mais qui restait néanmoins aussi capable qu'une carabine ultra-moderne d'accomplir son office.

Il le prit en main. Son pèlerinage l'amenait toujours à le décrocher. Il en aimait le poids qui l'étonnait de moins en moins, le contact de la crosse en noyer patinée, au vernis écaillé et terni où chaque marque, chaque entaille, possédait une histoire.

Il n'avait jamais tiré avec. Mais il connaissait le bruit des détonations. Il se rappelait l'odeur piquante de la poudre brûlée qui, la première fois, lui avait gratté les paupières au point de le faire larmoyer. Cette première fois, son père avait tordu le cou d'un perdreau blessé pour abréger ses souffrances et lui, Pascal, en avait ressenti un tel creux à l'estomac qu'il aurait pu être définitivement dégoûté de la chasse, si les reprises suivantes ne l'avaient endurci...

Il épaula, visa un sanglier qui s'apprêtait à foncer sur lui derrière la porte du placard.

Le fusil sentait la graisse à machine. Même s'il n'avait pas servi depuis près de trois ans, il ne serait venu à l'idée de personne de le laisser sans soin. On le conservait en parfait état de marche. Et en attendant d'avoir l'âge requis pour l'utiliser à son tour, Pascal avait obtenu de sa mère de le nettoyer lui-même.

Le matériel nécessaire se trouvait dans le placard, avec la gibecière et le sertisseur à cartouches. Il y avait aussi des cartouches toutes prêtes. Les dernières que son père avait fabriquées, assis à la grande table de la cuisine, sa jambe raide étendue devant lui, et ses gestes empreints alors de la lenteur et de la gravité propres à un rituel religieux.

Pascal en glissa deux dans les canons, visa de nouveau le sanglier qui, entre-temps, s'était déplacé au fond de la pièce.

Les détentes semblaient plus dures à actionner, mais c'était une illusion due à ce qu'il raidissait son index pour ne pas tirer vraiment. Il savait bien que, le moment venu, tout fonctionnerait à merveille. Les coups partiraient droit au but, l'un après l'autre. Leurs fracas quasi simultanés se confondraient en se répercutant dans la forêt. Et les gens des environs dresseraient l'oreille, interrompant leurs travaux pour murmurer en connaisseurs.

« C'est Pascal, le fils d'Antoine Couvilaire. »

Sur la table de nuit, le regard de son père parut s'embrumer de fierté... Oui, c'était cette photo qu'il montrerait à Pierre Gravepierre. L'ôter de son cadre ne présentait aucune difficulté. Il suffisait de soulever une lamelle en carton au dos du sous-verre pour la dégager. Il aurait tôt fait de la ramener. Et en plaçant la lampe de chevet devant la vitre, sa mère ne s'apercevrait même pas qu'il l'avait empruntée...

— Pascal !

L'appel de sa mère le fit sursauter.

Les chiennes aboyaient, annonçant une visite. Marquise, sans élan, depuis la cuisine. Et Biscotte, plus frénétiquement, dans la cour d'abord, puis à l'intérieur de la maison où elle escortait le nouveau venu, quelqu'un de familier à en juger d'après la qualité de l'accueil... Pourquoi pensait-il soudain à Pierre Gravepierre ?

Il raccrocha en vitesse le fusil, ferma le placard et se précipita hors de la pièce, transporté par l'évidence qui le lâcha aussitôt, douché par la voix qui lui parvint de l'entrée. Pierre Gravepierre n'était pas venu le retrouver plus tôt que prévu.

C'était Julia.

Elle portait la même tenue que la veille. Un tee-shirt rouge, informe, avec l'inscription *Pepsi-Cola* en blanc, distendue et à demi effacée par les lavages répétés, mais qu'elle affectionnait entre tous ses vêtements et qu'elle arborait fièrement, un peu déhanchée, la main enfoncée dans la poche arrière de son jean.

Avant l'accident survenu aux Fongarola, les gens du village disaient d'elle les pires choses. Que c'était un garçon manqué, une bohémienne, une effrontée. Pas étonnant que ce vieux sauvage de grand-père Fongarola l'ait quasiment adoptée, elle lui ressemblait tant avec son caractère cabochard et ses mauvaises manières. Une vraie graine d'ortie.

Mais depuis l'accident, les bouches ne se tordaient plus à son encontre. Les regards coulaient de pitié, découvraient sous les piquants de l'ortie qu'on n'avait jamais été voir de très près, une tige frêle. On se répétait bien haut, entre adultes, qu'il fallait prendre des mesures, on ne pouvait laisser une gosse de quinze ans en la seule compagnie d'un maudit qui n'avait plus sa tête à lui. Et on lui adressait, à tout bout de champ, des « ma pauvre petite » dont elle n'avait que faire et qui la hérissaient.

Il n'y avait que sa mère à lui, Pascal, pour ne pas continuer à lui parler comme à un bébé malade.

— Et le grand-père, comment il va ?

— Ça dépend des fois, madame Couvilaire... Ce midi, il n'a pas mangé grand-chose. Mais hier, au dîner, je lui ai fait comme vous avez dit, une roustade. Elle était un peu noircie d'avoir cuit trop longtemps. Mais il l'a toute avalée sans chichis... Vous croyez que je peux lui dire à l'assistante sociale ?

— Ah ! c'est demain qu'elle revient !

— Oui. Et je lui dirai... J'ai briqué toute la maison. J'ai rangé les armoires et j'ai lavé tout le linge sale, ce matin. Elle le verra. Elle verra comme tout brille et comme je peux m'occuper de lui.

— Elle le sait, Julia. Elle le sait déjà, mais ça ne change rien. Tu ne peux pas rester éternellement avec le grand-père, tu sais bien.

— Mais je veux rester avec lui, moi ! Je veux pas aller ailleurs. Chez des gens que je ne connais pas... Et lui aussi il veut me garder. Il le lui dira demain, à l'assistante. Il m'a promis. Il parle à personne mais, à elle, il le fera... Et je resterai, hein, madame Couvilaire. Il commande chez lui. Ils pourront pas m'emmener.

— Comment savoir, Julia ? Je voudrais bien que tout se passe comme tu le souhaites. Seulement...

Elle ne continuait pas, embarrassée, préférait appeler.

— Pascal ! Pascal !... Ah ! tu es là !

Il les observait depuis un moment, caché à leurs

172

yeux par l'énorme vaisselier qui empiétait sur le couloir qui desservait les chambres.

Hier, au dîner, il avait demandé :

« On ne peut pas la prendre en placement chez nous ? »

C'était Julia qui, sans y paraître, lui avait suggéré cette possibilité, alors qu'ils revenaient du barrage de Croix-en-Terre où ils avaient assisté au tournage de télévision.

« Tu crois que j'y ai pas réfléchi ? avait soupiré sa mère. Seulement il y a des conditions à remplir. Qui sait si l'Administration se contenterait de nous ? »

En d'autres termes, les enquêteurs chargés de l'affaire exigeraient probablement une famille d'accueil mieux appropriée. Une vraie famille, plus complète quoi, avec un homme à sa tête pour diriger. Les imbéciles !...

— Julia dit que les bêtes sont descendues plus loin que la bergerie... Je me demande si c'est une solution de les laisser aller de ce côté-là. Je ne voudrais pas que le grand-père Fongarola croie qu'on en profite pour...

Il la coupa.

— Oh ! lui, il n'en est plus à compter ses touffes d'herbe !

— Mais Pascal, qu'est-ce que c'est encore ces façons de parler !

— Il... il a bien bradé son troupeau au beau-frère de M. Borgeat, non ?

— C'est pas une raison !

Elle s'emportait, irritée par ses écarts étourdis de langage devant Julia, qui intervenait juste à propos.

— Le grand-père vous aime beaucoup, madame

173

Couvilaire. Vous et Pascal. Il irait jamais penser à mal
à votre sujet... Et puis, je lui ai dit que, de l'autre côté,
avec la clôture en miettes, les bêtes ne font qu'aller sur
la route.

— Tu es gentille, Julia...

Elle lui toucha la joue du bout des doigts. Un sourire
doux commença d'étirer ses lèvres, puis une pensée
triste parut le dissiper. Et elle s'en défendit en
congédiant tout le monde.

— Allez, filez et ramenez-moi ces vaches avant
qu'elles ne se retrouvent au fond de la vallée.

*

Dans la cour ensoleillée, une poule blanche au dos
déplumé par les assauts amoureux d'un coq, s'écarta
sur leur passage. Le souffle qui dilata ses ailes et
sembla la déporter, joua dans les cheveux de Julia.

— Il ne le fera pas... J'ai pas osé le dire à ta mère.
Mais il le fera pas.

— Quoi ?

— Le grand-père, il lui dira rien à l'assistante
sociale. Il s'est remis à divaguer. Il me prend pour
Louise, des fois. Il me dit : « Louise fais ci ou apporte-
moi ça. » Et quand je réponds : « Mais Louise elle est
pas là, grand-père. Elle est au cimetière avec les
autres », il se met à rire...

Pascal ne fit aucun commentaire. Il n'avait pas
envie de parler du vieux Fongarola.

Le courant d'air qui les enveloppait, dépassait avec
eux le mur du potager et filait, bruissant comme de
l'eau, à travers les champs, les friches et les bois, vers

l'est, vers Croix-en-Terre. Si Pierre Gravepierre prenait en ce moment la route pour se rendre chez Bisson, il devait le sentir contre ses épaules...

— Je veux pas aller dans leur centre. Ni dans une autre famille. Ils ont pas le droit de me forcer...

En principe, il approuvait. Sur ce plan, il n'avait jamais contredit Julia. Mais aujourd'hui, il ne voulait pas rabâcher le sujet. Il avait d'autres choses en tête et aucune solution à proposer à Julia.

Il chercha des mots d'adultes pour clore la discussion prévisible.

— D'abord, ça sert à rien. Le vieux est bien trop vieux pour s'occuper de la ferme.

— Mais je l'aiderai.

— Vous ne pourriez pas tenir longtemps tous les deux seuls.

— Et toi et ta mère ? Vous y arrivez bien !

— C'est pas pareil. On a beaucoup moins de terrain.

— Mais on peut en vendre du terrain ! s'exclamat-elle. J'y ai réfléchi. On en garderait juste ce qu'il faut. Il y a des tas de gens qui demandent qu'à acheter...

Elle avançait, têtue, ses talons battant le sol, prête à piétiner les arguments les plus sensés. Aucun obstacle ne semblait pouvoir l'arrêter sur sa lancée.

Il essaya encore.

— Ça suffira pas. Nous, il y a la coopérative qui nous donne un coup de main. Et puis...

Il entrevit brusquement le moyen d'en finir une fois pour toutes. Un rude moyen, pas très propre, mais le seul qu'elle ne saurait contrer.

— Et puis, faut payer des saisonniers pour les gros

travaux. Tu ne peux quand même pas demander à Micoulonges !

Il eut un pincement de honte tardif, à l'idée des dégâts qu'il venait de provoquer en elle.

Elle s'était immobilisée, la tête tournée vers lui. Les mèches brunes qui flottaient sur son visage, la couvraient comme un capuchon de misère, derrière lequel filtrait l'éclat noir, brûlant, de ses yeux.

— Ça ne me gênera pas, affirma-t-elle, doucement.

— Ça ne... Tu...

Il en bafouillait, estomaqué.

— Tu demanderais à Micoulonges !

— Oui.

Tout près, le signal flûté d'un vanneau résonna, plaintif, comme un appel égaré.

*

Ils s'étaient remis à marcher en silence.

Devant, sur le sentier, Biscotte faisait la folle, heureuse de courir en liberté. Et les sauterelles, réveillées de leur sieste, sursautaient comme des étincelles dans les bruyères et les genêts.

Mais Pascal ne s'en réjouissait pas. Il se revoyait l'année passée, au début des vacances de Pâques, où dans la saulaie près de la Bègue qui était à sec alors, il avait surpris, par le plus imprévu des hasards, Julia se débattre sous le grand Micoulonges.

Atterré, il n'avait pas osé intervenir, ni même manifester sa présence. Il avait attendu, tremblant d'impuissance dans un fourré, pendant que le saisonnier s'acharnait sur Julia.

176

Après un siècle d'horreur, Micoulonges avait fini par se relever et laissé apercevoir, pointant hors de sa braguette, son sexe énorme, violacé, tendu et brutal comme un plantoir. Il avait pissé en ricanant. Et Pascal avait entendu le bruit du jet qui claquait contre les feuilles du buisson où il se dissimulait.

Julia, toujours affalée par terre, décoiffée, sa petite jupe retroussée sur ses cuisses meurtries, n'avait pas bougé quand, Micoulonges parti sans jeter un coup d'œil en arrière, il s'était approché.

Elle était restée un moment à regarder dans le vague sans rien voir. Puis elle s'était assise avec précaution. Et elle avait fait quelque chose d'extraordinaire.

Elle avait ramassé une graine volante de pissenlit qui était venue s'arrêter contre son bras. Elle avait caressé son aigrette. Elle s'en était chatouillé doucement la joue. Puis, un sourire pâle sur son visage défait, elle avait creusé un trou dans le sol en fredonnant une chanson très douce, une mélopée à peine audible. Et elle avait enterré la graine.

Plus tard, en la raccompagnant à la ferme Fongarola, il avait risqué :

— C'était quoi que tu as chanté tout à l'heure ?

— Un secret avait-elle répondu. Si tu me jures de rien répéter, je te le dirai.

— Je le répéterai pas. Parole.

— Jure !

— Je le jure.

— Sur la tombe de ton père !

— Sur... Sur la tombe de mon père. Voilà. Tu es contente, maintenant ?

— J'ai dit : « Casse-assiette, casse-assiette, quand tu lèveras qu'il en reste miette. »

— Qu'il en reste miette ? avait-il répété, impressionné.

— Oui. C'est le chant des casse-assiette.

— Et ça veut dire quoi ?

— Si tu comprends pas, je peux pas t'expliquer.

— Je comprends... Tu es sûre que ça marchera ?

— Sûre et certaine.

— Pourquoi ?

— J'ai le signe ! avait-elle affirmé.

Dans un geste tout aussi surprenant, elle avait alors ouvert sa chemisette. Et, bouche bée, les yeux écarquillés, il avait remarqué que si le téton gauche de Julia gonflait, arrondi comme un sein de jeune fille, le droit était plat, aussi plat que sa propre poitrine.

— Je peux rien dire de plus, avait conclu Julia, en se reboutonnant. Mais quand la « casse-assiette » germera, tu verras ce que tu verras.

Il avait vu.

Aux moissons suivantes, la punition était tombée. En voulant décoincer le tambour d'une lieuse, Micoulonges s'était sectionné l'index. Et de l'avis des plus compétents, il pouvait s'estimer heureux d'avoir pu retirer sa tête à temps.

Mise au courant, Julia n'avait pas triomphé. Elle avait seulement laissé tomber, farouche.

« C'est pas ce doigt-là qu'il aurait dû perdre ! »...

C'était la dernière allusion précise qu'ils avaient échangée à ce sujet.

Depuis, ce secret qu'ils partageaient, avait renforcé leur ancienne complicité, laquelle, au début, leur avait souvent valu les moqueries de la bande ou les remarques ou les sourires entendus des adultes. Leur connivence s'était fortifiée en une entente profonde, naturelle, sans réserve.

Une entente qu'il venait, à présent, de compromettre. Parce que, contrairement aux jours précédents, il n'avait pas eu la patience d'écouter Julia. Il avait en tête tant de choses autrement plus intéressantes que le vieux Fongarola qui devenait gâteux perdu... En voyant Julia arriver à Vieillecombe, il s'était fait une joie à l'idée de lui raconter tout ce qui lui était survenu à lui depuis ce matin. La toile de la chardonnière, la feuille de châtaignier, et sa rencontre avec Pierre Gravepierre devant la bergerie en ruine qu'ils venaient justement d'atteindre... Il ne comprenait pas comment la discussion avait viré à l'aigre, un peu comme avec sa mère. Mais la seule façon de la rattraper, était de ne pas laisser le silence s'éterniser.

— Tu sais, reprit-il, hier soir je lui ai demandé, à ma mère, si c'était pas possible de te prendre chez nous.

Julia saisit au vol les balais du premier genêt à sa droite pour stopper sa descente.

— Qu'est-ce qu'elle a dit ?

— Elle a dit que même si ça marchait, ça se ferait pas du jour au lendemain. Faudrait quand même que tu y ailles dans leur centre...

— J'irai pas !... Je me sauverai. Je me cacherai dans les mines... Personne ne me trouvera.

Elle parlait des mines de plomb percées avant-guerre dans la région. Très vite abandonnées, personne n'en tenait plus le compte exact. Et, en furetant

179

dans les ravins où peu d'adultes avaient des raisons de s'aventurer, on découvrait parfois derrière une entrée complètement envahie par les ronces et les éboulis, un tronçon de galerie oublié que la montagne n'avait pas encore digéré.

— Tu m'aideras? Tu m'aideras, dis, Pascal?

— Je t'aiderai.

— Il faut que tu m'aides. Je n'ai plus que toi maintenant.

— Je t'aiderai.

— Alors, ils m'auront pas!

Elle répéta encore tout bas entre ses dents, ils m'auront pas, ils m'auront jamais.

Puis elle le hurla en lâchant le genêt et en se mettant à courir pour dévaler la pente. Elle le hurla au monde entier. Et ses cris de défi et d'espérance se fracassèrent dans les ruines de la bergerie et sur la route et dans le creux de terrain verdoyant en contrebas où les bêtes insouciantes, elles, les attendaient.

*

Ils n'eurent aucune peine à ramener le troupeau.

Armés de branches souples qu'ils avaient effeuillées en chemin, ils le poussèrent à contre-pente, aidés par Biscotte qui, cabriolant sans répit d'une vache à l'autre, taquinait les jarrets des plus paresseuses.

Le concert habituel d'encouragements, d'aboiements et de mugissements réprobateurs, ne s'apaisa qu'une fois atteints les bas châtaigniers où finissait l'étape la plus critique de l'ascension. Puis les clochet-

180

tes au cou des bêtes tintèrent tranquillement le retour à la ferme.

Avant de quitter le couvert, Julia qui traînait la jambe depuis un moment, avait fait une pause pour se déchausser.

— C'est les chaussures de Louise. Elles sont un peu serrées pour moi. Mais elle pourra plus les mettre, alors faut bien que je m'habitue... Qu'est-ce que tu cherches ?

Il ramassait des feuilles mortes qu'il examinait fébrilement, sous le coup d'une idée désagréable.

Il en avait arraché d'autres aux branches tombantes des arbres, les avait comparées, puis en avait tendu une à Julia.

— Tu vois quoi là ?

— Ben rien... Seulement une feuille cassée.

— Oui, mais dedans, à l'intérieur, le dessin, ça représente quoi ?

Assez perplexe, Julia avait inspecté plus attentivement le tracé des nervures, puis avait annoncé au hasard, comme pour répondre à une devinette, qu'elle y voyait un fleuve, oui, avec des ruisseaux affluents, ou peut-être une maîtresse branche et ses ramures, ou plutôt des racines, ou carrément un arbre...

— Un arbre, oui. Chaque feuille porte l'image de son arbre. Un peu comme nous on a nos lignes de la main... C'est pas ça ?

Il lui avait souri, rassuré. Aucune autre feuille que la sienne ne portait un dessin de toile d'araignée, ainsi qu'il l'avait redouté une minute plus tôt, ce qui aurait désagrégé son interprétation du message attribué à son père.

Et il avait pu enfin embrayer sur sa feuille de châtaignier. Cela faisait longtemps qu'ils n'en avaient parlé, mais il n'avait pas fallu beaucoup pour rafraîchir la mémoire de Julia et lui révéler la signification de ce message qu'ils avaient tant cherché à comprendre ensemble.

— C'est clair. Ça veut dire : un jour quelque chose d'important arrivera et tu reconnaîtras ce jour grâce à ce signe.

— Une toile de chardonnière ?

— Eh oui.

— Mais il y en a partout des toiles comme ça. Comment tu...

— Attends, j'ai pas fini...

Et il lui avait expliqué la découverte, ce matin, de la toile morte qui précédait la rencontre avec Pierre Gravepierre. Rencontre apparemment fortuite, mais dictée, guidée, en réalité, par des forces obscures, immatérielles. Les mêmes puissances magiques dont elle, Julia, lui avait appris à sentir et à rechercher le frisson.

Mais, contrairement à son attente, Julia n'avait pas frissonné. Ses traits n'avaient pas pris cette illumination particulière qu'il espérait. L'ardeur de son regard qui, dans ces cas-là, semblait l'éclairer de l'intérieur, n'avait pas varié d'intensité.

Il avait eu beau insister.

— Tu ne comprends pas ? Pierre Gravepierre, c'est mon père qui me l'a envoyé. Mon père, tu entends ?

Rien ne s'était produit. Le courant qui aurait dû s'établir, ne s'était pas établi. Julia avait dit d'une voix inchangée.

— Pour quoi faire ?

— Comment pour quoi faire !

— Pourquoi ton père te l'aurait envoyé ?

Il n'avait plus répondu. Parce que ce n'était pas Julia qui posait la question. Pas sa Julia. Celle qu'il était seul à connaître. Celle qui portait la marque de l'Invisible sur la poitrine. Les préoccupations dont elle était remplie, avaient rempli aussi son téton plat. Et la magie des choses lui échappait.

En vue de la ferme, l'ancienne Julia eut pourtant un dernier soubresaut.

— Tu me la montreras ta feuille d'araignée ?

Mais là non plus, le raccourci amusant qui, la veille encore, les aurait enchantés, ne suffit à ranimer le charme.

A Vieillecombe, il ne lui montra pas sa « feuille d'araignée ».

Sitôt arrivé, il fonça droit sur le vaisselier où les aiguilles presque à l'équerre du réveil l'affolèrent. Et il ne pensa plus qu'à filer sans tarder, avant la demie de trois heures, à Croix-en-Terre où son rendez-vous approchait.

Il courut fermer les bêtes dans l'étable, y bâcla sa minuscule part de travail quotidien, répondit oui, sans hésiter à toutes les questions de sa mère qu'il n'entendit pas, se rappela au tout dernier instant ce qu'il s'était promis de prendre dans la chambre de ses parents, et alla batailler avec le sous-verre qui était plus difficile à ouvrir qu'il ne l'avait cru.

En repartant, il oublia d'enfermer Biscotte. Et à une centaine de mètres de la maison, il se retourna surpris par ses jappements joyeux. Il essaya de la renvoyer tout en sachant qu'il n'y parviendrait pas, parce qu'il ne pensait qu'à une seule chose, ce qu'il devait dire encore à Julia et qu'il ne savait comment aborder sans lui faire de peine.

Il s'énerva donc contre la chienne qui, dès qu'il tournait le dos, revenait, mine de rien, le narguer. Il ramassa même un caillou pour la chasser. Et, pour finir, Julia lui freina le bras.

— Laisse-la, va. Elle nous dérangera pas beaucoup au barrage.

Elle lui souriait, une flamme dorée dans ses yeux sombres. Elle ne pouvait se douter de ce qu'il préparait. Et lorsqu'il affirma qu'il n'y allait pas au barrage, elle ne parut pas le comprendre. Et il dut répéter d'un ton plus ferme, presque brutal.

— J'y vais pas, moi.

Il croyait exactement savoir ce qu'elle ressentirait. Mais ce fut pire.

Elle se recroquevilla soudain comme un animal injustement blessé. Et il vit son sourire s'effacer tandis que le véritable sens des mots la pénétrait. Il vit le feu de son regard se consumer d'un coup en un abîme opaque et profond où s'éteignait le soleil. Il vit sa surprise et sa tristesse et toute sa solitude.

Puis il ne vit plus rien. Une pointe de vent rabattant les cheveux de Julia, brouilla aussi son visage. Et il en profita lâchement pour s'enfuir à toutes jambes.

A Croix-en-Terre qu'il atteignit au plus court à travers champs, une tronçonneuse rythmait les pulsations du village.

Elle fonctionnait dans la maison des Mallard, une des premières de la rue principale, à la barrière de laquelle il s'accrocha au passage pour souffler un coup et présenter un visage convenable à Pierre Gravepierre.

Sous l'appentis ouvert accolé au bâtiment, le père Mallard fit semblant de ne pas remarquer son excitation, ni celle de Biscotte qui l'encourageait à poursuivre leur course.

Depuis cette vieille histoire de vente de terrain où il s'était fâché avec la moitié de la région, le monde se serait écroulé qu'il aurait fait semblant de ne rien remarquer. C'était lui qui coupait du bois. Et avec une technique plutôt amusante. Au lieu de trancher proprement la branche de part en part, il dégageait au dernier moment sa lame dont la chaîne sifflait en l'air et il achevait le travail, d'une tape sèche de la main sur la bûche que quelques fibres retenaient. N'importe qui à sa place aurait utilisé une simple égoïne. Mais, c'était bien établi, les Mallard de Croix-en-Terre ne faisaient jamais rien comme les autres...

Et le bourdonnement continu de la machine s'étirait le long de la rue tournoyant dans l'espace comme la vibration d'un insecte heureux de vivre.

Un insecte amical et joyeux qui escorta Pascal jusqu'à chez Bisson où brusquement il se perdit, solitaire et déçu.

L'endroit était vide. La haute silhouette qu'il prévoyait de retrouver illuminée de soleil, ne se dressait pas dans la cour inanimée. Le regard chaleureux qu'il s'apprêtait à rencontrer, ne bloqua pas le sien qui erra sur les murs déserts et indifférents. Il s'était pressé pour rien.

Serrant la photo sous sa chemise, il repoussa la pointe d'inquiétude dont l'ampleur l'avait un peu surpris. Si Pierre Gravepierre n'était pas présent pour l'accueillir, c'était qu'il avait dû être probablement retardé. Certainement même. De quoi pouvait-il s'agir d'autre ? Il n'était qu'en retard, voilà tout. Il allait apparaître d'un instant à l'autre...

D'ailleurs, sa Ford se trouvait toujours là, à l'endroit précis où on l'avait tractée en fin de matinée. Sous le capot relevé, le moteur se hérissait de fils et de tuyauteries déconnectées. Et dans la rigole au-dessus de la calandre, des pièces démontées attendaient, alignées de façon à être aisément réutilisées le cas échéant.

La réparation était loin d'être terminée. Pourquoi personne ne semblait-il s'en soucier ?...

Dans son atelier, le garagiste s'était remis au travail

sur l'ancien modèle encombrant de moissonneuse dont il avait fini par dégager le bloc-moteur tout entier au bout d'un palan.

— Tiens ! C'est toi, Pascal...

Sa grosse voix roula dans toute la bâtisse.

A trois pas derrière lui, sa fille aînée pencha la tête pour voir à qui il s'adressait. Elle jouait à se maintenir en équilibre sur la carcasse d'un vieux pneu que Biscotte s'empressa, évidemment, de renifler de plus près.

— Approche, Pascal. Approche... Je tiens à te remercier. C'est gentil à toi de m'avoir amené un client. Pas que le boulot manque par les temps qui courent, mais qui irait cracher sur un petit supplément ?

— C'est rien, monsieur Bisson. C'est normal.

— Non, non, je sais ce que je dis... Gravepierre qu'il s'appelle, hein ?

— Oui. Pierre Gravepierre.

— C'est bien le nom qu'il m'a donné... Dis-moi, tant que je me rappelle, il voulait pas y aller à Vieillecombe ?

— Si, mais il a changé d'avis. Il...

— Quoi ?

— Rien. Il a changé d'avis. C'est tout.

Comment Bisson savait-il que Pierre Gravepierre n'était pas monté à la ferme ? Qui d'autre pouvait-il l'avoir renseigné sinon Pierre Gravepierre lui-même, qui était donc passé au garage, qui s'y trouvait encore peut-être. Dans la maison, qui sait, en compagnie de la Bissonne, ou bien sous la tonnelle où lui, Pascal, n'avait même pas eu la présence d'esprit de vérifier, et

dont on voyait un morceau verdoyant par-dessus le
museau éventré de la moissonneuse...

Bisson le lui confirma sans retard.

— Oui, il y est sous la tonnelle. Alors pas besoin de
te dévisser le cou. Attrape-moi ça plutôt.

Et avant de se rendre compte, Pascal se retrouva
coincé sur la pointe des pieds à tenir une tige plate que
le garagiste venait d'enfoncer dans le bloc-moteur.

Bisson s'éloigna vers son établi et se mit à chercher
un outil.

— Il m'a dit qu'il vendait des meubles. C'est vrai ?

— J'en sais rien, moi, monsieur Bisson.

— Il m'a dit qu'il achetait des vieux meubles dans
les fermes et les villages et qu'il les revendait en ville.
C'est pour ça qu'il préfère les voitures de louage.
Avant, dès qu'il se pointait dans un coin, on se passait
le mot de patelin en patelin et les gens augmentaient
les prix. Alors pour pas qu'on le repère d'une fois sur
l'autre, il change de voiture... Malin, hein ?

— Oui, dit Pascal.

Il s'en moquait. Il s'en fichait complètement de ce
que pouvait vendre ou acheter Pierre Gravepierre. Ce
qu'il voulait, c'était lâcher ce bout de ferraille et filer
sous la tonnelle où il croyait distinguer la tache
blanchâtre d'une chemise entre le feuillage.

Mais Bisson prenait tout son temps, soupesait un
outil allongé, une sorte de levier, puis un autre,
revenait au premier qu'il finissait par choisir.

— Chacun a ses petits trucs de métier... Moi, par
exemple, tu vois ce boulon, là. Faut que je le serre à
vingt-deux kilos. Pas une goutte de moins. Pas une
goutte de plus. Eh bien, mon truc, le voilà, une clef

dynamométrique... Vous avez des meubles à vendre, là-haut ?

— Des meubles ? Non.

— Alors pourquoi qu'il voulait y monter à Vieille-combe ?

Pascal grimaça sans répondre. Son bras levé s'anky-losait rapidement. Il pensa changer de main. Mais les poulies noires du palan grincèrent au-dessus de lui. Et il resserra instinctivement les doigts sur la tige qu'il tenait, se plaignit.

— Ça tire.

Au lieu de le soulager, Bisson pointa le levier vers lui.

— Qu'est-ce que tu caches là ?... Une photo ?

De sa main libre, Pascal voulut réduire le bâillement de sa chemise que sa position difficile agrandissait. Mais les doigts rugueux du garagiste le devancèrent. Il se tordit pour leur échapper, sentit glisser le papier glacé contre sa peau, et reçut le gros rire triomphant de Bisson qui levait la photo dans la lumière pour mieux la lire.

Alors, d'un sursaut éperdu, il la lui rafla aussi vivement et bondit hors de sa portée, jusque dans la cour, les oreilles transpercées par la clameur démesu-rée que son geste allait immanquablement déclencher. Le vacarme des catastrophes en série provoquées par la tige qu'il avait lâchée, le bloc-moteur qui s'effon-drait, la fureur de Bisson. Et tout ça pour rien, pis même, puisqu'il avait nettement entendu la photo craquer et se déchirer, lorsqu'il l'avait arrachée des mains du garagiste.

Puis le bruit dans sa tête se dissipa. Et il jeta un coup d'œil par-dessus son épaule.

Le moteur pendait encore au palan, lourd et inerte comme une bête abattue. La tige brillante qui y était enfoncée, pouvait se passer de tout soutien. Bisson ne l'avait utilisée que pour le retenir lui, Pascal, dans l'atelier. Et si sa carrure impressionnante et la longue clef dans sa main donnaient au garagiste une attitude vaguement menaçante, il ne semblait pas décidé à entamer des représailles. D'ailleurs, il remua à peine quand Biscotte fila entre ses jambes. Et derrière lui, sa fille aînée toujours sur son pneu, se pencha davantage pour regarder dehors.

Pascal respira. Toutes ses craintes lui paraissaient, après coup, dérisoires. Même la photo était intacte, un peu cornée mais intacte. Il la lissa pour éviter une pliure. Et tournant résolument le dos à l'atelier, il se dirigea vers la tonnelle.

*

Il aurait aimé apparaître autrement devant Pierre Gravepierre.

Il aurait préféré jaillir brusquement à ses côtés, sans précipitation, ni raffut, tel qu'il se l'imaginait en courant par les terres pour le rejoindre.

Il agissait souvent ainsi, autrefois, avec son père. Il s'arrangeait pour surgir près de lui au moment où il s'y attendait le moins. Non pour éviter de le déranger, pour vérifier sa réaction, ni pour prendre un élan. Mais afin de ne rien laisser échapper des secondes qui suivaient. Le regard occupé, constamment cligné, de

190

son père, finissait par le toucher. Et l'onde de plaisir et de fierté tacite qui en débordait alors, colorait leurs retrouvailles d'un bien-être impossible à oublier... Oui, il aurait aimé surprendre Pierre Gravepierre.

Non seulement il ne le surprit pas, mais l'effet joua contre lui.

Pierre Gravepierre n'était pas seul. Un fils Bisson lui tenait compagnie, se balançant comme lui sur une des chaises pliantes de jardin qui meublaient la tonnelle.

Ils parlaient d'une voix basse et rieuse, comme s'ils échangeaient des secrets. Et Pascal éprouva l'impression désagréable de pénétrer en intrus dans leur univers.

Une traînée de jalousie lui piqueta la peau et grilla sur sa langue tous les mots de salut qu'il avait préparés. Et il faillit rester muet et interdit, les bras ballants et la photo inutile au bout des doigts.

Puis tout reflua.

Pierre Gravepierre ébouriffa les cheveux du gamin près de lui.

— Il s'appelle Richard. Et il veut être garagiste comme son père.

Sa voix chaude et souple contenait un frémissement amusé, une pointe affectueuse.

Et en la recevant, Pascal comprit aussitôt ce qu'il devait comprendre, qu'il fallait dire n'importe quoi, la première chose qui lui passait par la tête, parce que les mots n'importaient pas. Seul comptait le courant qui les portait. Un courant assoupi par leur séparation et qu'il leur appartenait de réveiller et de fortifier.

Il murmura à son tour, presque sans y penser.

— La voiture. Elle n'est pas réparée.

Et Pierre Gravepierre dit encore sur le même ton détendu.

— Eh non. Paraît qu'il manque une pièce. Le mécano, Clément je crois, est allé la chercher... Il ne va plus tarder maintenant.

Il ne se balançait plus sur son siège. Les rayons émoussés du soleil qui parvenaient à traverser le feuillage serré de la vigne, mouchetaient son sourire et allumaient dans les fentes de ses paupières les étincelles que Pascal souhaitait y trouver.

Alors, le courant enfla sous la tonnelle et s'amplifia et souffla si fort, si violent, qu'il ne pouvait laisser place à nul autre qu'eux. Sa poussée invisible toucha le petit Bisson qui en rit d'abord, intimidé, puis bondit de sa chaise et détala d'une traite, poursuivi par Biscotte qui, croyant à un nouveau jeu, lui fonça dans les jambes.

C'était le plus âgé des deux garçons qui, en fin de matinée, se douchaient au tuyau d'arrosage. A cette heure, il était habillé comme pour une fête. Et ses cheveux secs qui rebiquaient, taillés par une main non professionnelle — celle de la Bissonne qui s'en était un jour vantée — lui donnaient l'allure sympathique d'un artichaut sauvage.

Pierre Gravepierre qui l'observait aussi se débattre joyeusement avec Biscotte, eut un petit rire.

— Garagiste... Il a tout le temps de changer d'idée. La plupart des gosses veulent faire comme leur père. Mais dès qu'ils apprennent à regarder autour d'eux, ils choisissent un autre modèle... Qu'est-ce que tu veux faire plus tard, toi, Pascal ?

— Moi ?

— Tu n'y as jamais réfléchi ?

— Si. Mais...

La question l'avait pris de court. Il essaya de se rappeler ce qu'en disait son père. Sans résultat. Son père s'attendait certainement à le voir reprendre Vieillecombe et à en faire la ferme la plus importante de la région, sinon du monde. Et jusqu'à cette minute, Pascal aurait été fier de cette succession.

Seulement, à présent, une petite phrase, en apparence inoffensive, le retenait.

« Ils choisissent un autre modèle. »

Pour ne pas contredire Pierre Gravepierre, il chercha un autre métier. Le seul qui lui vint à l'esprit, comme par hasard, fut vétérinaire. Mais c'était l'ambition dont se gargarisait à la moindre occasion Régis Bonname. Et il ne pouvait pas prendre pour modèle ce pourri de Régis Bonname, même si c'était un bon métier.

Finalement, des rires et des aboiements, dehors, le dispensèrent de répondre.

La fille aînée des Bisson avait rejoint son frère Richard dans la cour. Et ils tournaient autour de la Ford, en se renvoyant un objet mou, un morceau de chiffon ou de caoutchouc que Biscotte cherchait à intercepter au passage.

La voix criarde de leur mère, invisible depuis une fenêtre, les avertit brusquement de se tenir tranquilles et de faire attention à leurs habits propres, sinon elle ne les emmènerait pas avec elle faire les courses.

Puis, comme ils tardaient à obéir, la Bissonne sortit sur sa lancée les engueuler.

Elle tenait encore son bébé à pleins bras. Mais

c'était l'unique élément qui pouvait rappeler à Pascal l'image ardente, équivoque, qu'elle lui avait donnée d'elle quelques heures plus tôt.

Les traces de laisser-aller sensuel de la matinée avaient été soigneusement corrigées. La Bissonne s'était changée. La robe verte qui avait remplacé son déshabillé à fleurs mauves, la boudinait et comprimait parfaitement ses gros seins. Et un chignon enroulait sa chevelure assagie, accentuant la sévérité de son profil crispé de colère.

— Elle n'a pas l'air commode...

Le chuchotement de Pierre Gravepierre le chatouilla, rafraîchissant et silencieux comme un courant d'air.

Il souffla en retour.

— Pas très, non. Elle mène tout son monde à la baguette.

Et un rire secret monta en lui. Celui qui secouerait aussi Pierre Gravepierre, dès qu'il lui révélerait la double vie de débauche de la Bissonne. Elle et son Clément aux yeux bleus comme ceux du dernier-né, dissimulés, croyaient-ils, dans les roseaux de Malafontaine.

« Il lui tirait les mamelles... »

Le souvenir d'une odeur moite lui piqua le nez et la gorge. Puis se dissipa, effritant les visions voluptueuses qu'elle commençait de susciter. Et il ne resta plus rien devant lui, qu'une femme un peu forte, aux chairs molles, une mère de cinq enfants qui rassemblait sa marmaille autour d'elle et après un coup d'œil indifférent à la tonnelle, se dirigeait vers l'atelier prévenir probablement son mari qu'elle partait.

194

— Qu'est-ce qui te fait rire?

— Oh! rien...

Il avait trop attendu. Il n'était plus sûr de rendre par des mots toute la drôlerie de l'affaire. Il préféra poser la photo sur la table ronde qui les séparait.

— C'est pour moi?

Pierre Gravepierre ne s'y attendait pas. Il s'était remis à se balancer. Ses longues jambes calées au sol l'aidaient à incliner en souplesse son siège contre le fond de la tonnelle. Et à chaque fois qu'il s'y enfonçait, les vrilles noires de la vigne bouclaient autour de sa tête.

Il raidit à peine le mouvement en voyant la photo, puis se pencha.

— Bon Dieu. Mais... Mais c'est Antoine...

Il en resta presque saisi, ses doigts effleurant le papier comme pour s'assurer de son existence. Un reflet de soleil miroita puis s'éteignit dans son bracelet-montre. Et il murmura.

— Antoine... C'est bien Antoine... Antoine et sa femme.

— Maryse, dit Pascal.

— Comment?

— Maryse. Elle s'appelle Maryse.

Pierre Gravepierre répéta le prénom tout bas. Et ses lèvres en demeurèrent arrondies de douceur.

— Tu lui as parlé de moi?

Pascal fit non de la tête.

Il voulut préciser pourquoi, que sa mère en commençant avec M. Bourdière lui avait coupé ses envies. Puis il pensa que ça ne valait pas la peine de gâcher la beauté de l'instant en rappelant le facteur et ses agissements.

D'ailleurs, Pierre Gravepierre ne lui en demandait pas plus.

D'une poussée de jambes, il avait repris sa position première, le dos collé au fond de la tonnelle, les vrilles et les feuilles de vigne couronnant son visage, le regard troublé, à la fois précis et absent, enfermé dans un monde intérieur où la photo l'aidait à replonger.

Et son émotion contenue enveloppait les choses d'une délicatesse incomparable.

— Antoine...

Dehors, les ombres étaient bleues sous le soleil.

Biscotte, à qui plus personne ne prêtait attention, revenait, désœuvrée, à la tonnelle, ramenant dans sa gueule l'objet qui avait servi à jouer tout à l'heure.

C'était un bras de poupée en chiffon dont le corps mutilé gisait dans un coin près du perron, parmi d'autres menues affaires au rebut. Le tissu sale, imprégné de bave, laissait dépasser la bourre de laine rousse comme de la barbe de maïs. Une fourmi, cachée à l'intérieur, fit son apparition et se fraya un chemin entre les fibres rêches.

Dans la rue, la Bissonne s'était arrêtée au milieu de la chaussée pour échanger des potins avec Mme Charron qui logeait une partie de l'équipe télé. Parmi sa couvée bien groupée autour d'elle, un des garçons s'agrippait aux épaules du grand frère, Richard le futur garagiste, pour lui murmurer à l'oreille des secrets qui avaient l'air de les réjouir. Leur entente faisait plaisir à voir.

Pascal ne se rappelait pas avoir éprouvé un pareil

sentiment. Comment l'aurait-il pu ? Lorsqu'il avait leur âge, quatre ou cinq ans, sa mère dont le ventre avait grossi au cours des mois précédents, sa mère avait bondi soudain devant lui, catastrophée. Sa jupe était mouillée, un liquide ruisselait entre ses jambes et faisait une flaque sur le carrelage de la cuisine. Et elle criait des choses incompréhensibles. Et son excitation provoquait un tourbillon qui ne s'apaisait pas pendant des semaines. Et plus tard, elle s'énervait encore contre lui.

« Quel bébé ? C'était que de l'eau ! De l'eau, tu entends ! »

Son père lui avait-il réellement expliqué quelque temps après, qu'il n'y aurait plus de petit frère, mais que ça ne faisait rien, qu'ils s'arrangeraient encore mieux seuls tous les trois ; ou bien l'avait-il rêvé ?... Le souvenir s'assombrissait, ni heureux ni malheureux, opaque, simplement opaque comme une aube tardive... Il n'avait jamais eu de poupée.

— Je te remercie, Pascal.

Pierre Gravepierre qui remuait près de lui.

— Une riche idée que tu as eu d'amener cette photo. Une riche idée et une attention, une attention... Je peux te dire que...

Puis, forcé de changer de sujet.

— Ah ! voilà l'autre.

Un coup de klaxon dehors venait de tordre la tranquillité ambiante. La camionnette, lancée à fond de train par Clément, dépassa les Bisson qu'elle avait obligés à reculer précipitamment sur le trottoir, et vira en grinçant dans le garage où elle stoppa devant la Ford.

Clément en descendit d'un bond, une pièce de moteur neuve à la main. On entendit Bisson lui crier sur le seuil de l'atelier.

— Eh ben, c'est pas trop tôt! Qu'est-ce tu glandais?

— Rien, patron. C'était juste la cote.

— La cote? Quoi, la cote?

La suite se perdit dans une confusion emballée.

Le garagiste examina la pièce, rugit que ce n'était pas celle qu'il voulait et se mit à injurier Clément qui, larmoyant de tous ses yeux bleus, brandissait un papier, en geignant vers l'assistance abasourdie que c'était pas sa faute, que les chiffres marqués par son patron n'existaient pas.

Personne, pas même la Bissonne, n'eut le courage de lui venir en aide. Finalement, hurlant et râlant, Bisson lui arracha le papier, le lui envoya à la figure et, se retenant visiblement pour ne pas l'écrabouiller, expédia le pauvre Clément mortifié au fond de l'atelier, en le traitant de tous les noms et con et abruti et je t'en foutrais, moi, des cotes!

Lorsqu'il cessa, Pierre Gravepierre qui s'était approché, demanda.

— Qu'est-ce qu'on fait, alors?

Bisson ne répondit pas tout de suite.

Il affronta, encore rouge et teigneux, le silence de tous ceux qui l'entouraient, jusqu'à Mᵐᵉ Charron qui n'y comprenait rien. Puis il récupéra le papier que sa fille venait de ramasser et se mit à le déchirer tout en grommelant.

— Vous pouvez téléphoner au concessionnaire à Valence. C'est votre droit. Ils vous enverront une dépanneuse... Mais je vous préviens, ils ramassent toutes celles qui ont des pannes sur l'autoroute. D'une bricole, ils font des montagnes. Et ils stockent du boulot pour la saison creuse.

— Vous avez une meilleure solution ?

— C'est selon... Je comptais sur un échange standard qui nous aurait fait gagner du temps. Mais avec votre permission, je peux aussi usiner cette camelote et l'adapter... Je dis pas qu'un spécialiste trouvera ça parfait, mais vous pourrez repartir avant ce soir... C'est à vous de décider.

Les dernières miettes qu'il avait déchirées, descendirent se poser un peu en retrait sur le sol, devant Pascal qui empêchait Biscotte de se manifester et qui observait le garagiste d'un œil nouveau.

En deux minutes, Bisson, ce soi-disant lourdaud, avait rabaissé le beau Clément aux yeux de la Bissonne. Il avait montré qui était le vrai patron, le vrai chef du groupe, et tout en s'arrangeant pour faire des excuses sans les prononcer, il avait rétabli sa réputation professionnelle compromise. Et ses enfants levaient vers lui des visages rayonnants d'orgueil. Les mêmes que lui, Pascal, se rappelait avoir levé vers son propre père à maintes occasions beaucoup plus valables.

Et il lui semblait brusquement que c'était pour ces visages que Bisson avait fait tout ce cinéma. Et il réalisait que quels qu'aient pu être les mérites d'un père, c'était le regard de ses enfants qui lui donnait sa véritable valeur, qui le rendait digne ou non d'admiration...

— C'est à vous de décider, répéta Bisson.

Pierre Gravepierre que l'incident semblait plutôt avoir diverti, bougea d'un pied sur l'autre. Puis, à la surprise générale, il adressa un clin d'œil à Pascal toujours accroupi près de sa chienne.

— Qu'est-ce que t'en dis, toi ?

— Moi ? souffla Pascal.

D'abord étonné et gêné de se retrouver le point de mire de toute la compagnie, il mit un temps pour comprendre.

Pierre Gravepierre n'attendait pas sa réponse. Il la connaissait déjà. Il se fichait bien de la voiture, de la réparation et de tout ce qui les entourait. Mieux, le contretemps les libérait, leur donnait du champ pour profiter pleinement de leur présence respective. S'il avait posé sa question, c'était par jeu. Un jeu de reflet comme celui de Bisson avec ses enfants, mais plus subtil, plus passionnant, parce qu'à première vue moins naturel. Un jeu de connivence magnifique qui les associait, au fond, depuis ce matin...

Il se redressa alors, illuminé d'une fierté qui se répandait en lui et sur laquelle il se refermait avec délices pour n'en rien laisser échapper. Il remua seulement la tête.

Et Pierre Gravepierre, bien sûr, comme s'il venait de recevoir l'autorisation, déclara d'accord, que le délai lui convenait, qu'après tout ça lui ferait du temps pour visiter le patelin.

Juste avant de quitter le garage, Mme Charron, plus curieuse que trente-six pies, leur donna l'occasion de jouer encore.

Comme elle tendait sans discrétion le cou pour voir la photo qu'il tenait toujours en main, Pierre Gravepierre la rendit à Pascal qui se la glissa de nouveau entre peau et chemise.

Puis, riant en douce de sa mine déconfite, ils s'en allèrent ailleurs vers d'autres triomphes.

Ils se renvoyaient un caillou.

C'était Pascal qui avait commencé. Sans le faire exprès. En sortant du garage, il avait buté dessus et l'avait expédié à deux mètres devant au milieu de la chaussée. Pierre Gravepierre, en parvenant à la bonne hauteur, l'avait repoussé d'un large coup de pied. Et ils avaient continué, le propulsant chacun son tour, faisant au besoin un crochet pour le ramener lorsqu'il roulait un peu trop près des talus.

Et cette façon d'avancer, irrégulière, déteignait sur leur conversation.

Ils sautaient de Bisson à M\ue Charron. Puis au neveu du maire qui réparait son vélo de course devant la mairie. Puis au père Mallard qui, toujours dans son jardin, avait cessé de jouer de sa tronçonneuse.

Des propos futiles, plutôt drôles, qui ne les concernaient pas vraiment, mais qui étaient nécessaires parce qu'ils les libéraient peu à peu de leur excitation, qu'ils les préparaient aux vraies choses qu'ils tenaient en réserve et qu'ils échangeraient plus tard.

Et le caillou, comme animé d'une vie propre, bondissait sous leurs pieds et rebondissait sur la chaussée et paraissait décider du chemin à leur faire suivre.

Et les bruits du village s'éteignaient derrière eux, tandis qu'ils descendaient vers le barrage dont seule la pointe sud du lac s'apercevait en aval du relief qui limitait l'horizon. Et le vent léger qui montait des terres basses, apportait des rumeurs de l'animation qui y régnait.

C'était une minute de grâce. Une sorte d'apaisement éblouissant, universel et cristallin. Une certitude totale que Pascal ne se rappelait pas avoir déjà goûtée, mais qui, curieusement, allait de soi, qui lui était due — lui semblait-il — depuis longtemps, depuis trois ans presque, et qu'il avait attendue avidement tout ce temps sans jamais s'en rendre compte.

Lorsque le caillou les amena au bord du dénivellement qui leur masquait la vallée, ils virent, en contrebas, très loin, sur les lacets de la route, monter une voiture bleue de la gendarmerie. Et ils pensèrent en même temps au facteur, M. Bourdière, et à son cousin gendarme.

Puis la voiture disparut dans un tournant vers Saint-Bénédict.

Et dans le ciel immense courant au-dessus d'eux, Pascal crut sentir la présence rayonnante qui les accompagnait, les guidait et les préservait, de la même façon sûre et bienveillante qu'elle les avait réunis.

*

Le talus qui bordait la plage artificielle du petit lac, était hérissé de vélos couchés à même l'herbe rase et de mobylettes dressées sur leurs béquilles.

Ce n'était plus la grande affluence des débuts, mais on venait encore de loin grossir la foule des spectateurs. La plupart de ceux qui, à Saint-Girier, Croix-en-Terre, Saint-Bénédict et dans les fermes environnantes, n'avaient rien à faire ou pouvaient différer leurs travaux, se retrouvaient là.

S'arrêtaient aussi parfois quelques inconnus, des campeurs de passage, des touristes, des observateurs occasionnels qui laissaient leurs voitures sur le bas-côté de la route pour se dégourdir les jambes, prendre des photos et demander du feu aux spectateurs ou aux machinistes, histoire de lier conversation.

Aujourd'hui, pour accéder au chemin de la plage, il fallait contourner une caravane et sa voiture-tractrice dont le conducteur, la nuque congestionnée, terminait de changer un pneu. Il eut un sursaut quand Biscotte le frôla, mais n'en fit pas un drame.

Une ambiance de fête, irrésistiblement communicative, allégeait l'atmosphère.

Comme chaque après-midi depuis le commencement de la semaine, l'assistance qui grouillait plus bas, donnait l'impression de vouloir acculer l'équipe de télévision au bord de l'eau. Le bain général paraissait de plus en plus inévitable. Et hier encore, le metteur en scène, un gros chauve complètement enrhumé, avait fait reculer tout le monde en hurlant, manière de plaisanter, qu'un succès s'arrosait une fois le film terminé et pas avant.

Dans la région où les occasions de se distraire restaient plutôt minces, l'annonce seule de la venue des comédiens avait déjà en elle-même fait sensation.

La suite n'avait pas déçu. Il y avait bien eu un moment critique, lors du vin d'honneur offert à la mairie pour accueillir la troupe, quand le metteur en scène avait trop solennellement déclaré.

« C'est une histoire d'amour et de mort ! Que ça se passe à la campagne ou ailleurs n'a pas vraiment d'importance ! Les hommes sont les mêmes partout ! Ils aiment, ils souffrent, ils espèrent et ils meurent ! Arrangez ça comme vous voudrez, c'est la seule vérité ! »

On avait pensé alors que ça serait moins amusant que prévu.

Mais heureusement, ce n'avait été qu'une fausse alerte. L'événement s'était vite révélé à la hauteur des premiers espoirs. Chaque phase de tournage avait ramené sa moisson de surprises et de réjouissances.

Au village, d'abord, dans lequel on avait créé d'emblée un embouteillage de bêtes à cornes qui avait viré à la débandade. Puis dans la montagne, sur un sentier impraticable où on avait dû creuser exprès des fondrières qu'on avait recomblées ensuite. Puis à la ferme des Vageante où il avait fallu, moyennant paiement bien sûr, tuer le cochon avant la saison pour les besoins d'une scène qu'en définitive on avait abrégée, parce que l'actrice principale, la lumineuse Solange, avait tourné de l'œil.

Aussi, quand l'équipe s'était fixée au barrage de Croix-en-Terre, nul ne s'était plaint qu'à partir de treize heures on ait décrété les baignades interdites. Le spectacle payait le dérangement. Sans compter que, depuis que la fille Vageante avait été recrutée pour jouer dans le film, chacun mine de rien attendait secrètement sa chance.

Elle était là, d'ailleurs, la fille Vageante, au premier rang des spectateurs, près d'un machiniste qui mâchait un chewing-gum.

Casquée d'une nouvelle coiffure bouffante et maquillée comme une perdue, elle levait le nez d'un air distant, pour bien montrer comment il fallait la considérer dorénavant. Dans la scène qu'elle avait tournée, elle se faisait culbuter sur un tas de foin par le héros, un beau blond au sourire élastique, qui avait fait le chirurgien dans un feuilleton l'année passée. Et certains juraient que ça lui avait tellement plu, que la nuit venue, elle avait essayé pour de vrai et que, tant qu'à faire, elle avait continué avec les autres gars de l'équipe. Sinon pourquoi son fiancé, le doux Simon de Grangettes qui voulait devenir coureur cycliste, avait-il repris sa parole ? Il n'y avait pas de fumée sans feu…

— Ils jouent aux boules, on dirait…, chuchota Pierre Gravepierre.

Ils atteignaient sans hâte le premier rang. Et le machiniste au chewing-gum, derrière lequel ils débouchaient, se retournait, la joue déformée, pour leur faire signe de se taire.

C'était bien une scène de pétanque. Mais même sans la caméra, les techniciens aux appareils et la grande perche du micro surplombant le tout, on n'aurait pu vraiment y croire. Qui aurait jamais eu l'idée saugrenue d'organiser une partie de boules si près de l'eau et à deux seulement ?

Car on n'y voyait que deux joueurs. Le blond de la fille Vageante, gentil et rose, tout le temps avec la même chemise propre. Et un brun frisé, jaloux et teigneux, toujours prêt à la bagarre. Les deux gars qui, dans l'histoire, se disputaient les faveurs de la jolie Solange. Laquelle les surveillait près du metteur en scène, ses lunettes noires relevées en diadème sur sa chevelure chatoyante.

Leurs boules ne roulaient pas beaucoup dans le sable. Chacun les balançait pourtant d'une façon différente. Le blond pointait trop en cloche, d'une main négligente, et l'autre tirait de toutes ses forces, sans méthode, comme s'il cherchait à dégommer des quilles. Non seulement ils ne savaient pas jouer, mais le jeu ne les intéressait pas. L'important c'était l'affrontement, la tension sournoise que l'opposition entre leurs manières faisait monter. On n'entendait pas clairement ce qu'ils se disaient. Mais on n'en avait pas besoin pour deviner qu'une catastrophe couvait.

Elle se déclencha soudain, alors que les deux hommes traversaient la plage pour rechercher les boules.

Le blond, décontracté, lui, puisqu'il gagnait la partie, regarda le lac vide et déclara pensivement qu'il achèterait un bateau. Il se pencha pour ramasser ses boules. Et brusquement, le brun qui en avait conservé une dans sa main, s'en servait pour l'assommer par-derrière et, toute sa haine enfin libérée, il s'acharnait sur le corps étendu et lui défonçait la tête à grands coups furieux.

Un frisson secoua les spectateurs. Des cris de surprise, des exclamations à peine étouffées, se confondirent. D'indignation d'abord, d'hostilité au traître, puis d'admiration pour le jeu des comédiens. La fille

Vageante, tout émoustillée, roucoula, heureusement que c'est truqué. Et le machiniste en profita pour se rapprocher davantage d'elle et lui flatter le gras du coude, en attendant mieux.

Sur la plage, l'acteur assassiné se relevait en souriant, aidé par son partenaire. Toute l'équipe qui semblait d'un coup s'être mise en branle, ronronnait autour d'eux. On les félicitait. On les tripotait. On nettoyait le sable de leurs vêtements. On les repoudrait, les repeignait. On reportait leurs boules au point de départ. Le metteur en scène, une casquette d'officier de marine sur sa calvitie, leur donnait des indications en agitant le mouchoir avec lequel il s'épongeait sans cesse les bajoues. Il se retourna, annonça fortement à ceux qui s'occupaient de la caméra.

— Cette fois-ci, on la prend !

On lui posa une question et il se confectionna une mine épuisée pour répéter des consignes d'ordre technique. Puis il parut subitement se rendre compte de l'importance du grouillement qui les entourait. Il fit une grimace effrayée, comme si les spectateurs allaient personnellement lui sauter dessus et hurla de faire reculer tout le monde.

La houle de protestations traditionnelles couvrit son propos. Il tenta de la surmonter en criant plus fort. Mais sa voix déjà éraillée s'enroua définitivement. Et il se prit à tousser et à suffoquer en fouettant l'air de courts battements de mouchoir affolés comme pour chasser une nuée de mouches qui l'auraient assailli.

Son agitation finit par se communiquer aux membres de son équipe qui s'empressèrent aussitôt de reprendre le mot d'ordre à leur compte. Les commandements fusèrent de tous côtés, se mêlant à la réprobation de l'assistance qui s'ébranla avec une lourdeur réticente.

Le machiniste au chewing-gum fut un des derniers à bouger. Le bras de la fille Vageante qu'il pétrissait en cachette, lui ôtait toute envie de s'intéresser à autre chose. Il finit quand même par le lâcher à regret, poussa un profond soupir et dit gentiment à l'intention des gens tassés derrière lui.

— Vous avez compris ? Allons, reculez, s'il vous plaît...

Il toucha l'épaule de Pascal pour l'encourager.

— Qu'est-ce que t'attends, petit ? Faut reculer.

Et à Pierre Gravepierre.

— Emmenez votre fils, monsieur.

Puis, comme son manque évident de conviction n'impressionnait personne, il cracha copieusement son chewing-gum de côté et se mit à beugler à l'unisson de ses camarades.

Mais Pascal qu'il était le premier à repousser sans ménagement, ne lui en voulait pas du tout. Au contraire, il le trouvait marrant et gentil et sympa, et il lui souhaitait même de parvenir à ses fins avec la fille Vageante.

Et le mouvement de reflux qui embrassait la foule, le gagnait aussi et l'emportait, pareil au rire qui lui creusait le ventre. Un rire nouveau, dansant, qui lui montait aux yeux et rendait le monde beau et irisé entre ses cils.

— Tu as entendu, Pascal ? Il t'a pris pour mon fils...

Et il acquiesçait pour Pierre Gravepierre qui riait du même rire.

Et il ne reculait plus, non. Il ne marchait plus. Il glissait. Il glissait sans effort, libre, absolument libre de toute pesanteur, de toute contrainte. Il s'échappait. Il s'élevait. Il respirait en plein ciel. Il traversait l'espace sur un fil de lumière.

*

Ce fut en partant qu'il la vit.

Il venait juste de récupérer Biscotte qui traînait entre les vélos sur le talus et qui faisait craquer avec délices quelque chose dans ses mâchoires. Il essayait sans succès, devant Pierre Gravepierre, de savoir ce que la chienne avait encore chipé, lorsqu'une forme loin sur sa droite, une tache soudain rouge à la lisière de son champ de vision, attira son regard. Et c'était le tee-shirt de Julia.

Il ne l'avait pas remarquée jusqu'ici à cause du minicar de la technique qui lui avait caché une partie des spectateurs.

Il la reconnut sans plaisir. Parce qu'elle était escortée par la bande de Saint-Girier, Olivier Chitaille et les autres, qui, massés dans son dos, semblaient l'avoir poussée à se montrer. Bien que, fidèle à ses habitudes, Julia n'ait certainement répondu à aucune de leurs questions le concernant, lui, ils devaient croire, à les avoir vus débarquer séparément au barrage, que la confrontation provoquerait une réaction intéressante. Et leur curiosité paraissait vaguement narquoise comme s'ils attendaient le résultat d'une mauvaise blague.

Et puis, même à cette distance, on pouvait constater que Julia le blâmait.

Sa façon déhanchée de se tenir, mi-butée mi sur la défensive, la tête sombre et trop droite, ne trompait pas.

« Son allure de replantée », comme disaient les gens. « Elle a toujours l'air de vous rappeler que la bouture a pris de travers. »

Elle lui en voulait, c'était sûr. Elle lui reprochait de l'avoir laissée tomber aussi abruptement à Vieille-combe, au moment où elle avait le plus besoin de sa présence, de son soutien. Mais aurait-il pu agir autrement? Ne réalisait-elle pas qu'il vivait des circonstances exceptionnelles? Elle qui n'avait plus de famille, n'était-elle pas la mieux placée, la plus apte à comprendre ce que ça représentait de retrouver un... Oui, un père, parfaitement, une sorte de père. Pourquoi aurait-il peur du mot?

« Emmenez votre fils, monsieur... »

Plus bas sur la plage, l'équipe de télévision s'était ressoudée. Une distance d'au moins dix pas la séparait du public. Le vent d'ouest qui frôlait la surface du lac, amenait la voix effritée du metteur en scène qui commandait.

— Attention. Vous êtes prêts? Partez!

Comme pour une course à pied.

Et au bord de l'eau, les deux acteurs, sans se presser, se remettaient à lancer leurs boules. Dans un instant ils s'entretueraient pour rire, puis se relèveraient et recommenceraient encore, toujours suivis par le pré-

212

posé au son qui pêchait placidement son micro au-
dessus de leurs têtes. Le monde était bourré de
couleurs folles... Dommage que Julia ne fût plus
d'humeur à s'en apercevoir.

Il se détourna.

Entre ses genoux, Biscotte qui se tortillait, avait
avalé ce qu'il essayait de lui faire cracher. Et elle
jappait, joyeuse, la gueule aussi fendue qu'Olivier
Chitaille et les autres qui le surveillaient près du
minicar bleu de la technique. Il n'y avait plus de
raison de rester ainsi accroupi sur le talus.

Tout en remontant la pente qui ondulait vers la
route, il raconta pour Pierre Gravepierre comment la
chienne avait une fois failli s'étrangler en avalant d'un
seul coup une tête d'os qu'il cherchait par jeu à lui
reprendre. Mais ce n'était pas très drôle. Parce qu'il ne
pensait qu'à Julia qui le suivait des yeux. Julia qui
devait se sentir abandonnée une deuxième fois et dont
l'image battue altérait la sérénité de l'instant.

A mi-hauteur, malgré ses efforts pour ne pas se
retourner, il ne put se retenir davantage. Peut-être
parce que, passé cette limite, les genêts qui ombraient
les coudes du sentier l'auraient empêché définitivement de jeter un coup d'œil en arrière.

Julia le regardait. Elle ne faisait que le regarder.
Elle s'était détachée de la foule. Le vent qui palpitait
doucement, soulevait les pointes de ses cheveux,
comme les plumes d'un oiseau un peu frileux. Et son
tee-shirt rouge flottait, triste, pareil à l'écho d'un
adieu.

De loin, on pouvait toujours croire qu'elle n'avait

plus besoin de rien, ni de personne, qu'elle se cantonnait dans son attitude de refus, fermée, inaccessible.

Mais il n'était pas si loin. Il se rappelait combien ce n'était qu'une apparence. Sa manière à elle de se défendre, de se protéger. Une carapace fragile derrière laquelle elle se réfugiait pour lécher ses peurs et ses blessures. Une coquille d'escargot qu'il regrettait d'avoir fêlée un temps plus tôt, à Vieillecombe.

Elle était seule, Julia, et frêle et désarmée. Mais personne ne le savait. Personne ne s'en doutait. Sauf lui, Pascal, qui s'était longtemps senti aussi perdu, aussi exclu qu'elle. Et maintenant qu'il ne l'était plus, il avait failli oublier à quel point elle, le restait...

— Tu la connais ?

Pierre Gravepierre qui s'était également retourné.

— Elle a l'air de t'attendre. Elle a peut-être quelque chose à te dire. Tu veux qu'on redescende ?

— Non... Non, c'est pas la peine.

Julia bougeait. Elle levait juste la main. Un petit signe gauche, à demi esquissé. Un salut intimidé.

Et il n'en fallait pas plus pour qu'il comprenne tout à fait.

Il s'était trompé. Complètement trompé. Julia ne lui en voulait pas. Elle ne lui en avait jamais voulu. Elle le connaissait tellement. Elle savait mieux que quiconque ce qu'il ressentait, l'importance de cette journée et la valeur inespérée de Pierre Gravepierre. Elle en était contente pour lui. Elle souriait même, comment avait-il pu ne pas le remarquer ? Elle l'encourageait. Elle n'était venue que pour cela. Pour les voir ensemble Pierre Gravepierre et lui. Pour admirer l'évidence, la qualité de leur accord. Et si les gens de télévision n'avaient pas fait refluer les spectateurs, elle aurait continué à les observer de derrière le minicar de la technique, sans se montrer afin de ne pas les déranger. Julia. Sa Julia...

— C'est ta petite amie?

— Oui... Non. Oui, enfin, oui. C'est...

Il hésitait. Parce qu'il ne trouvait pas les termes exacts pour exprimer tout ce que représentait véritablement Julia pour lui. Et qu'il ne voulait pas se contenter de demi-mesures vis-à-vis de Pierre Gravepierre.

Puis il lâchait, comme si cela résumait tout.

— C'est Julia.

Et en atteignant la route doucement poudrée de soleil, il expliquait Julia, sa fidèle, sa confiance, sa sœur d'incertitudes...

Julia au reflet noir, à la naissance obscure. Julia dont on ne disait jamais que le prénom, parce qu'elle n'avait pas de parents connus, qu'elle était replantée chez les Fongarola, lesquels, après des années d'attentions, lui avaient fait le sale coup de partir tous ensemble se promener sans elle, début mai, par l'autoroute...

Julia qu'à présent, l'Assistance, dont elle dépendait toujours, ne voulait plus laisser avec le vieux Fongarola qui devenait lentement fou d'avoir mangé de la terre...

— De la terre? s'exclama Pierre Gravepierre, incrédule.

— C'est vrai, n'empêche. Tout le monde le sait...

C'était Julia qui avait conduit à travers champs les gendarmes jusqu'à la planche d'avoine que le vieux préparait. Et celui-ci qui ne respectait rien, s'était adressé le premier à M. Borgeat qui s'était spécialement déplacé pour lui adoucir la nouvelle. Il avait dit.

« Ça va, accouche, monsieur le maire. On dirait que tu as bouffé ton écharpe et le képi de ces deux oiseaux par-dessus. »

Lorsqu'il avait su, il avait cessé de ricaner. Il s'était jeté à quatre pattes sur le sol. Et il avait fallu le relever de force, et nettoyer, de force aussi, son visage et sa bouche pleins de terre.

Il n'avait pas dû en avaler des quantités. Mais d'après Julia qui le surveillait de très près, ça lui était passé directement dans la cervelle. Et telles ces boules de verre serrées sur un paysage qu'il suffisait de renverser pour y faire tourner la neige, dès que le vieux Fongarola bougeait la tête, la poignée de terre au repos sous son crâne, se mettait en mouvement et lui embrumait l'esprit et la raison, avant de se redéposer à nouveau pour un bref moment d'accalmie.

Ce n'était certainement pas très gai pour Julia. Mais elle voulait supporter cela et bien plus encore, que de se retrouver repiquée ailleurs chez une famille inconnue, dans une autre région sans doute...

— On va peut-être la prendre en placement chez nous.

— Ah bon ?

— Ma mère s'est renseignée. Il faut faire des démarches, des dossiers... Avec... Avec mon père, ça aurait été plus facile.

— Je comprends... Antoine devait sûrement l'aimer beaucoup.

216

— Julia? Pour ça, oui... C'est même lui qui me l'a apprise.

— Apprise? Comment ça, apprise?

Un jour, sans raison particulière, simplement pour agir comme les autres, il avait traité Julia de noiraude et bâtarde. Et son père qui avait surgi sur ces entrefaites, l'avait pris à part pour lui expliquer combien il avait tort, que tous se trompaient sur Julia et son air rébarbatif, que c'était dans les ronciers les plus noirs et épineux qu'il fallait chercher les meilleures mûres...

— Il t'a dit ça? Les meilleures mûres.

— Oui. Je me rappelle tous ses mots...

Et pas seulement les mots il se rappelait. Mais aussi la voix qui les donnait. Une voix sourde et profonde, raclée, comme prudente des fois, altérée par toutes les émotions, toutes les joies ou les fatigues.

Il se rappelait les gestes aussi, la façon particulière de son père de bouger, d'avancer, de se baisser, sans se presser jamais, afin de ménager sa jambe raide, et qui semblait provenir d'un respect immense pour les gens et les choses.

Il se rappelait sa silhouette penchée dans les blés blonds. Il se rappelait l'odeur de son tabac, de ses vêtements, de sa transpiration, différente suivant les saisons. Et ses accès de rire. Et ses colères. Et ses silences. Le pli de sa moustache tiraillée par un sourire invisible. Et son regard. Son regard, surtout. Un regard curieux de tout, droit et lumineux. Un regard propre, que rien, ni l'absence, ni la distance, ni le temps, ne pourraient effacer...

— Tu te souviens de tout, hein?

— Oh! oui. Tout... Tout.

— Les bonnes choses comme les mauvaises?

— Oh! il y en a pas eu, des mauvaises!

— Ah?

— Enfin... Pas tellement.

— Et tu préfères les laisser de côté?

— Non, euh, non. C'est pas ça. Je...

Il bafouillait. Il ne savait comment expliquer que ces choses-là, justement, il les avait tellement repoussées, tellement enfouies et aplaties dans sa mémoire, qu'il lui fallait un plus grand effort pour les ramener à la surface.

Mais ça n'y faisait rien. Pierre Gravepierre le comprenait à demi-mot, l'encourageait.

— Alors, vas-y, raconte. Ça m'intéresse, tu sais... Tout ce que tu dis m'intéresse.

— Je sais, dit Pascal avec gratitude.

Il avait tant envie de parler. N'était-ce pas pour cela qu'ils étaient réunis?

Plus tard, bien plus tard, après le drame, il devait réaliser que c'était à cet instant précis que tout avait commencé imperceptiblement à basculer. Mais il n'avait rien senti en lui, ni autour de lui, aucun signe, aucun avertissement, qui lui aurait permis de s'en apercevoir, de s'en préserver.

Au contraire.

Le soleil qui les prenait maintenant aux épaules, allongeait leurs ombres pâles sur la route devant eux. Et à chaque pas, elles vibraient, se rapprochaient, s'écartaient, se rapprochaient davantage l'une de l'autre, comme si elles retenaient jusqu'au bout le plaisir de se toucher.

La mauvaise chose la plus lointaine dont il se souvenait.

Des poussins. Un grouillement incroyable de poussins presque à peine éclos. Des dizaines, des centaines de boules jaunes, tous les jaunes possibles jusqu'au blanc, piaulant, s'égosillant, entremêlés dans un carré de grange spécialement aménagé pour les recevoir, grillage de protection, lit de paille meuble et rampe d'éclairage doublée d'un circuit de secours branché sur batteries de voiture. Car — son père le lui avait bien expliqué — la lumière devait brûler vingt-quatre heures sur vingt-quatre, garante de chaleur et de vie pour l'élevage qui en était encore au stade le plus fragile de son développement.

Les poussins, jusque-là, il croyait en avoir épuisé tous les spectacles, toutes les curiosités.

Depuis le temps que les poules de la ferme se reproduisaient, il pensait ne plus rien avoir à apprendre sur le sujet. Il en avait ramassé comme tout le monde, au hasard des couvées, chatouillant du bout des doigts leur duvet pour sentir la palpitation émouvante du petit cœur qui s'affolait. Il en avait vu naître et mourir de toutes les façons. Pépiant de frayeur dans la gueule d'un chat hilare ou entre les serres d'un épervier débutant. Il en avait vu assommés par le coup d'aile jaloux d'un coq, ou rabougris et tordus dans des oeufs qui avaient mal pris. Il en avait vu des déformés, des malades aux pattes molles, des étendus raides par le bang trop soudain d'un avion à réaction, même qu'un jour son père en avait ressuscité un, en lui soufflant et salivant dans le bec.

Mais jamais il n'en avait tant vu.

Ils se bousculaient à qui mieux mieux, roulaient, se battaient, se picoraient, grimpant les uns sur les autres, piaillant et agitant leurs moignons d'ailes pour gagner un millimètre d'espace qu'ils reperdaient aussitôt. Un pullulement incessant et si perçant, si criard, que la grange fermée, on l'entendait encore.

Le bruit couvrait tous ceux de la ferme, continu, tenace. La nuit venue, par rapport aux autres qui s'apaisaient, il avait semblé décupler.

Et Pascal n'avait pu s'endormir comme d'ordinaire.

Très excité, il s'était rendu en chaussettes et pyjama dans la grange. Il avait tenu compagnie aux poussins, les étudiant, les comptant et recomptant sans y parvenir, les agaçant de mille différentes manières, jusqu'à ce que les premiers frissons du sommeil l'atteignent et le renvoient se coucher.

Le cauchemar n'avait éclaté qu'à l'aube.

Le réveil d'abord. En sursaut. Pis. En cataclysme. Son père l'avait jeté hors du lit avec une brutalité incroyable, d'autant plus inoubliable qu'elle était inusitée jusqu'à ce jour. Et la peur, aussitôt. Le visage à peine entrevu de sa mère à laquelle il ne pouvait s'accrocher. Les chiennes qui gémissaient. La braguette ouverte de son propre pyjama défait par la traction terrible qui s'exerçait sur lui. Le pas haché, boiteux, de son père qui le traînait de force à l'extérieur. Sans parler. Sans prononcer un mot. Et plus que la contrainte et l'incompréhension, c'était cela, ce silence, le plus pénible, le plus terrifiant.

Puis il avait roulé à terre, projeté sans ménagement sur le sol battu et paillé de la grange. Et le silence était aussi entré avec lui et avait tout contaminé. Le carré le plus bruyant du bâtiment quelques heures plus tôt, le carré des poussins, ne grouillait plus, ne bougeait plus, ne vivait plus.

Et ce, par sa faute à lui, Pascal !

Oh ! il en avait eu du mal à admettre sa responsabilité ! Jamais il n'avait réussi à comprendre par quelle imprudence, quel geste malheureux, irrémédiable, il avait pu en quittant la grange cette nuit-là, couper l'éclairage. Mais le fait crevait les yeux et les oreilles. La lumière était éteinte. Et les poussins, privés de chaleur, n'étaient plus qu'une étendue de victimes innocentes. Ses victimes !

La punition s'était révélée à la mesure de la catastrophe.

Son père ne l'avait pas frappé. Il lui avait jeté un vieux sac à engrais vide et lui avait ordonné de plumer les poussins.

A première vue, la besogne ne présentait pas de difficultés majeures. Et il s'y était attelé sans délai, trop heureux de pouvoir, croyait-il, réparer à peu de frais sa faute.

Il avait vite déchanté.

Le duvet à recueillir était si fin qu'il ne pouvait en arracher plus d'une pincée à la fois. Et au bout d'une heure, ses doigts gourds et recroquevillés lui refusant tout service, tandis que commençait à monter déjà l'odeur de charogne, il avait entrevu la portée de la punition.

La plumée avait duré trois jours.

Trois jours pleins, à haleter, sans cesse au bord de la nausée, dans une odeur de pourriture suffocante où seules les mouches s'aventuraient. Trois jours de calvaire à patauger, les mains tordues de crampes, dans la chair décomposée des petits cadavres qui s'effritait et s'en allait avec les plumes.

Si seulement on s'en était tenu là ? Mais non. Le tas de duvet obtenu, dérisoire en regard du nombre de poussins plumés, avait juste été suffisant pour confectionner un oreiller sur lequel il avait été obligé de dormir.

Le châtiment s'était ainsi prolongé pendant des semaines. Des semaines à mesurer les conséquences de son imprudence. Des semaines avant que Marquise, la chienne, affolée par l'odeur rance des plumes qu'on avait négligé de laver, ne déchiquette le coussin et en éparpille le contenu dans toute la maison...

— Quel âge tu avais à cette époque ? demanda Pierre Gravepierre.

— Cinq ans. Non, six.

— C'est tout ?... C'est bien trop dur comme punition pour un gamin de six ans.

— J'avais qu'à pas aller dans la grange. J'étais prévenu.

— N'empêche... C'est exagéré. Tu n'as pas fait

exprès de couper le courant. Plumer des poulets, je veux bien. Et encore! Mais l'oreiller, c'était trop.

Puis, sans transition.

— Au fait, la photo. La photo que tu m'as apportée. Tu l'as toujours?

— Sûr.

— Montre un peu.

Ils abordaient le pont de la Fendue.

Un pont minuscule. Une jetée en pierre, étroite comme la chaussée et à peine incurvée sur un fossé herbeux où, certains gros hivers, un filet d'eau nostalgique rappelait qu'un affluent de la Serre avait circulé là, avant d'être détourné pour renforcer l'alimentation du barrage.

Et Pierre Gravepierre s'appuyait contre le parapet afin de mieux examiner la photo à laquelle il s'adressait à mi-voix.

— Ah! Antoine, je ne pensais pas que tu pouvais être si injuste!

— C'était pas injuste, réagit Pascal. J'étais prévenu.

— Tout de même... Et ta mère, qu'est-ce qu'elle en a dit, elle? Elle ne t'a pas défendu?

— Si.

— Tu vois bien.

— Mais, mais non. Malgré ça, elle était d'accord avec mon père. Ils avaient mis toutes les économies dans ces poussins... C'était pas injuste comme punition.

— Ouais. Drôlement sévère quand même.

— Sévère, oui... Sévère, mais pas injuste.

La nuance était importante. Il y tenait. Peut-être

avait-il mal rapporté l'histoire des poussins. Mais on ne pouvait pas en tirer une telle conclusion. On ne pouvait pas traiter son père d'injuste. Son père réputé pour sa droiture, son équité. Son père qu'on venait consulter le premier en cas de litige. Son père dont les exploits résonnaient encore dans toute la contrée. Même les Mallard de Croix-en-Terre, les Mallard qui, exprès, par tradition, affichaient et cultivaient l'opposition à tout et à tous, avaient reconnu, en son temps, sa rectitude et la loyauté de ses jugements.

En attestait, entre autres, un des premiers affrontements pour la coopérative, quand son père avait tapé du poing sur la table en direction du clan Mallard au grand complet.

« Ça vous va bien de parler de la terre ! s'était-il emporté. Elle en a marre la terre ! Elle déborde des pesticides et de toutes les saloperies qu'on y met. Elle est dure et grise. Et ce qu'elle produit, elle ne le donne pas, on le lui arrache ! Alors, si vous ne croyez pas qu'il est temps de changer, allez-y, personne ici ne vous retient ! »

Une affaire qui en avait fait du bruit.

Tous les témoins s'attendaient que les Mallard quittent la pièce d'un seul bloc. Les respirations étaient restées longtemps suspendues. Puis le père Mallard, le plus intraitable de la tribu, s'était retourné vers ses fils pour maugréer à sa manière qui valait tous les éloges.

« Il parle pas beaucoup, l'Antoine. Mais quand il parle, il parle. »

Et depuis, les Mallard avaient plutôt filé doux et n'avaient quitté la coopérative que lorsque M. Borgeat, le maire, en avait repris la direction. Et tout le monde s'était alors accordé à soupirer que s'ils avaient tenu le coup aussi longtemps, on savait bien à qui on le devait, va. Et les visages, en se rappelant, s'illuminaient encore de l'intérieur.

« C'était quelqu'un le grand Antoine... »

Quelqu'un, oui — M. Borgeat l'avait répété à l'enterrement, lors de son hommage. Quelqu'un dont la commune n'avait eu qu'à se féliciter de le compter parmi les siens. Quelqu'un dont personne n'avait jamais eu à redire, dont tous regrettaient la valeur, les mérites et l'exemple. Un ami, un conseiller, un guide, un homme, hors du commun. Bon voisin. Bon chasseur. Bon mari. Et bon père surtout. Oui. Même après l'histoire des poussins. Bon père. Le meilleur, le plus formidable des pères...

*

La curiosité d'un groupe de Saint-Bénédict, trois vélos et une mobylette surchargée qui rentraient du barrage à la même allure flemmarde, les avait poussés à quitter le pont.

Ils avaient longé l'ancien lit de la Fendue jusqu'au moulin enfoui dans la verdure, une centaine de mètres plus bas, complètement à l'abandon depuis qu'on avait court-circuité cette boucle de rivière, et dont la solitude convenait à leur besoin d'isolement.

Et ils s'étaient installés sur le petit escalier surplombant la roue à aubes aux pales noires et craquelées. L'endroit le plus ombragé, le plus propice à la confidence.

— Et ta mère ? disait Pierre Gravepierre. Ça n'a pas dû être très facile pour elle.

— Oh ! non..., confirma Pascal. Surtout au début...

Sa mère, sur la photo, intimidée et souriante dans sa robe de mariée joliment évasée en tulipe à partir des hanches. Une robe blanche qu'il n'avait jamais vue autrement que rangée en haut de l'armoire, avec l'odeur vieille et confite des choses qui ne quittaient plus leur emballage.

— Une fois, le vieux Fongarola a dit qu'une veuve de par ici, c'était pareil qu'une poule blessée.

— Comment ça, une poule blessée ?

— Ben, toutes les autres du poulailler s'acharnent sur elle... Pas méchamment. Dès que la blessée passe à portée, tac ! un petit coup de bec dans la blessure. Elle a beau se méfier, il s'en trouve toujours une pour la surprendre. Tac ! un coup de bec. Et la blessure ne se referme jamais...

— On fait quoi alors dans ces cas-là ?

— Faut l'isoler, c'est tout. On la met à part, derrière un grillage jusqu'à ce qu'elle guérisse.

— Evidemment, c'est le plus simple... Et... Et elle en a encaissé beaucoup, comme ça, des coups de bec, ta mère ?

Comment aurait-elle pu y échapper ? Les difficultés s'étaient très vite abattues de toutes parts. Aucune femme n'était préparée à faire un travail d'homme. Et chaque détail de la vie aux champs était apparu comme un obstacle épuisant, insurmontable.

Apprendre à conduire, à maîtriser, à entretenir, le tracteur et les autres machines. Et soigner les bêtes. Retrouver le mélange exact des engrais, variant en fonction du sol, du temps, du mois, de l'exposition et de la graine à semer. Mélange qui mal respecté pouvait conduire aux pires désastres et dont le secret était l'un des plus jalousement gardés par les familles.

Et puis, ce n'était la faute à personne, mais la saison n'ayant pas donné ce qu'on attendait d'elle et la réorganisation de la coopérative occupant davantage les esprits, les amis de la veille, prompts pourtant à s'apitoyer sur son deuil, avaient mesuré leur aide.

Les échéances des emprunts à rembourser étaient rapidement devenues problématiques. Il avait fallu vendre des bêtes, se restreindre sur tout. D'autant que les banques avaient renvoyé de semaine en semaine les nouvelles demandes de crédits. Pour finalement refuser, malgré toutes les démarches, sans donner de raisons, mais sans cacher cependant qu'elles se méfiaient des capacités de gestion d'une femme seule.

Ç'avait été alors l'humiliation devant les ricanements et les je-te-l'avais-bien-dit, de sa propre famille à elle, deux frères et une sœur, odieux, qui n'étaient même pas venus à l'enterrement, installés en ville depuis des années, et qui n'avaient pas levé le petit doigt pour la soulager.

Et M. Borgeat qui revenait sans cesse à la charge, avec son vautour de beau-frère qui voulait en profiter pour acheter Vieillecombe...

— C'est vrai, au fait, elle aurait pu vendre.

— Jamais !... Elle avait juré. Elle l'avait juré à mon père... Et puis même, elle n'aurait pas accepté.

— Pourquoi ?

— Elle n'aurait pas accepté.

Il ne savait pas comment l'expliquer, mais il le sentait.

Il connaissait sa mère. Il se rappelait ses réactions face aux propositions de vente, cet air buté qu'elle prenait en servant la goutte à M. Borgeat qui venait prétendument pour chercher de ses nouvelles... Non, elle n'aurait jamais admis de se séparer de Vieille-combe.

Et il se sentait très fier, très proche, de cette obstination, de cet acharnement à lutter seule contre tous, un peu comme l'avait fait son père pour monter la coopérative.

Et il disait pour finir, comment après une première année effroyable, elle avait réussi à remonter petit à petit le courant, à force de ténacité et encouragée, aux pires moments, par les cousins Couvilaire de Malafontaine. Et surtout par les Fongarola, dont le vieux l'avait toujours considérée comme sa fille...

— Elle n'a jamais pensé à se remarier ?

— Se rem...

— Non, non, te fâche pas. Je plaisantais.

— Je ne me fâche pas, dit Pascal.

La question l'avait ébranlé plus qu'il ne l'avouait. Une hérésie pareille ! Oser envisager de remplacer l'Irremplaçable !

Mais l'effet ne durait pas. L'idée qu'il aurait considérée, venant de n'importe qui d'autre, comme un outrage, un sacrilège, lui apparaissait absurde, rien qu'absurde. Risible même. Une énormité, un clin d'œil entre initiés.

Et il se détendait, la tête levée vers le ciel où des traînées roses commençaient à glisser.

Au-dessus de la ligne de crête dentelée des montagnes, le soleil, supportable à regarder, se découpait parfaitement rond, cuivré, magnifique. Une cible idéale qu'un avion, si haut qu'on ne l'entendait pas, essayait d'atteindre.

Un tout petit avion, brillant dans l'immensité, et dont le sillage blanc s'effilochait loin derrière lui, signe que le beau temps allait durer. Un point minuscule, mais tellement accrocheur, tellement plein d'espoir et d'énergie, tellement tendu vers son objectif, qu'il devait, qu'il méritait d'y parvenir.

Il n'y parvint pourtant pas.

Quelque chose, une branche, un oiseau, craqua et dégringola dans le feuillage le plus proche. Et une centaine de mètres à l'horizon, sur le pont qui se dessinait nettement dans une trouée de verdure, s'immobilisa la 4 L jaune du facteur.

*

Certitude immédiate, leur tranquillité était menacée. Sinon quelle autre raison M. Bourdière aurait-il eu de stationner au seul endroit d'où on pouvait les repérer de la route ?

La distance et les reflets de lumière sur les vitres empêchaient de distinguer sa silhouette au volant. Mais ils savaient qu'elle était tournée de leur côté, que le regard fouineur et efficace du facteur traversait espace et feuillée pour venir les atteindre par la même ouverture d'où ils apercevaient la fourgonnette.

Lorsque celle-ci finit par quitter le pont et disparaître à leur vue, Pierre Gravepierre soupira.

— On va avoir de la visite.

— Peut-être pas, dit Pascal.

Il n'eut pas le temps d'espérer. Aux toussotements de moteur qui suivirent aussitôt, il comprit que la 4 L s'approchait en cahotant sur le chemin malaisé qui bordait l'ancien lit de la Fendue.

Puis tout bruit cessa. Et Biscotte qui, les oreilles dressées, écoutait aussi, poussa un jappement et se perdit d'un bond, dans la bonne direction, derrière une haie vive d'acacias.

Quand elle réapparut, M. Bourdière l'accompagnait.

Il écarta les derniers buissons qui le séparaient du découvert et fit semblant de chercher un peu autour de lui, avant de lever la tête vers l'escalier au-dessus de la roue à aubes.

— Ah ! vous êtes là... Je me demandais du pont là-haut qui ça pouvait être. Mais dès que j'ai vu Biscotte...

Il flattait la tête de la chienne qui était bien la seule, l'idiote ! à se laisser prendre à ses airs hypocrites.

— Vous savez, on en a délogé des importuns par ici. Ils viennent pique-niquer en famille et ils repartent avec tout ce qu'ils peuvent démonter. On en a même pincé une fois qui s'attaquaient à la roue là, carrément...

Sa jovialité ne trompait personne. L'introduction qu'il avait préparée, lui échappait sur un ton faux qu'il ne prenait pas la peine de corriger, trop occupé à deviner ce qui se passait ici avant son intrusion. Quelque chose de pas très catholique, il ne le cachait pas. Et son regard soupçonneux tournoyait à la recherche de détails susceptibles de le renseigner.

— Il a l'air de rien ce moulin. Mais c'est pas un motif de se le laisser abîmer par des mal-intentionnés... Vous n'êtes pas de cet avis ?

Il s'en moquait bien du moulin et de leur avis. Il leur tendait la perche. Il avait besoin de leurs réactions pour savoir comment manœuvrer. Le mieux était de se taire, de ne répondre à rien, de lui présenter un front lisse, impénétrable, sur lequel il ne trouverait aucune prise. Gêné de parler dans le vide, il finirait par abandonner le terrain, c'était sûr...

Mais Pierre Gravepierre en décida autrement. Il eut un petit rire silencieux qui lui souleva la poitrine.

— Vous en avez mis du temps.

M. Bourdière qui caressait toujours Biscotte, en resta la main suspendue.

— Qu'est-ce que vous voulez dire ?

— Vous le savez ce que je veux dire. Ça fait un bon moment que vous patrouillez dans le secteur. Beaucoup trop pour le courrier que vous devez avoir à distribuer, non ?...

Il avait descendu tranquillement l'escalier pour se planter devant le facteur qu'il dominait d'une bonne tête.

— Qu'est-ce que vous me voulez ?

— Pardon ?

— Vous avez très bien compris. Je trouve que la comédie a assez duré. Dites ce que vous êtes venu dire. Et finissons-en.

— Faut... Faut pas le prendre comme ça, voyons...

M. Bourdière avait reculé d'un pas maladroit, en butant sur Biscotte qui lui frétillait autour.

— C'est à Pascal que je suis venu causer. Oui... Ça vous dérange pas que je lui dise un mot?

Les deux hommes se tournèrent vers lui, en haut de l'escalier. Deux visages totalement différents. D'un côté, la face sanguine du facteur comme étranglé par son col de chemise réglementaire. Et de l'autre, celle, attentive, confiante, de Pierre Gravepierre qui répondait, après un temps.

— S'il en a envie.

— Très bien, admit M. Bourdière. Descends un peu, Pascal...

Puis, incrédule.

— Pascal! Tu as entendu?

Pascal ne broncha pas. Mieux, il détourna les yeux.

A ses pieds, une cohorte de fourmis traînaient une abeille morte. Et dans ses mains, la photo de ses parents n'était plus qu'une image plate, sans couleurs ni contenu. Et son silence obstiné était la seule façon d'aider à punir le responsable, M. Bourdière, qui l'appelait encore, rouge de colère rentrée.

— Pascal!

— Il n'en a pas envie, dit doucement Pierre Gravepierre.

Cela ne fit que tout empirer.

Au lieu de s'en aller, M. Bourdière s'entêta. Il écarta les jambes, puis se campa dessus, de biais, la tête butée, bien rentrée dans les épaules comme pour se préparer à un affrontement. Il respira un bon coup et amorça, l'air finaud.

— Chacun est libre de faire comme il l'entend, c'est sûr. Seulement...

— Continuez.

— Vous comprenez, c'est petit par ici. C'est pas la ville. Tout le monde s'intéresse à tout le monde. Et quand il y a une nouvelle tête de passage, c'est forcé qu'on la regarde.

— Et alors?

— Alors, il y en a qui s'étonnent... C'est pas dans les habitudes du pays de voir certaines choses...

Il se lécha prudemment les lèvres avant de poursuivre.

— Il s'en trouve qui pensent qu'il y aurait mieux à faire pour quelqu'un de passage que de perdre des heures entières avec un gamin.

Pierre Gravepierre ne sembla pas le prendre au sérieux.

— Tiens donc! Il s'en trouve pour penser comme ça?... Pascal vous a pourtant bien dit qui j'étais. Ça ne vous suffit pas?

— C'est que...

M. Bourdière dansa d'un pied sur l'autre.

— C'est que les amis vieux de vingt ans qui vous tombent droit du ciel, on n'y croit pas trop par ici... On se demande entre autres ce qui les a fait tant tarder.

— Et qu'est-ce qu'on imagine?

— Oh! rien. On n'imagine rien. On cherche. On se renseigne. On pose des questions à droite à gauche. Et on demanderait pas mieux que les réponses coïncident.

— Ça va, inutile de finasser. C'est à cause de ce Parisien qui croit m'avoir vu à Larques?

— Pas qu'il croit. Il le jure. Il a reconnu votre voiture.

— Il y a beaucoup de monde les mercredis à Larques. Il peut avoir confondu.

— Paraît que non... Surtout qu'y a pas que lui qui vous aura vu là-bas.

— Et qui d'autre? Votre ami gendarme, peut-être.

— Mon cousin?... Oh! non, dit M. Bourdière.

Il ricanait. Un rire serré, craquant de nervosité, mais un rire quand même. Un rire de gagnant.

— On le sait va, que vous y étiez, fit-il. C'est pas la peine de faire le cachottier.

Puis.

— On sait même avec qui vous étiez!

Une phrase toute simple en apparence. Mais prononcée d'une manière telle qu'elle ne permettait plus aucun doute. C'était l'argument maître. Celui qui avait motivé son intervention et sa manœuvre. L'atout choc assené pour détruire, et que Pierre Gravepierre accusait en sifflant, la voix rétrécie, si blême qu'elle en devenait à peine audible.

— Allez-y. Continuez... Pourquoi vous ne continuez pas?

— Vous y tenez?...

M. Bourdière indiquait du pouce l'escalier, sûr de son effet.

— Vous tenez vraiment à ce que je le dise devant le petit?

— Tirez-vous!

— Hein?

— Tirez-vous, répéta Pierre Gravepierre.

Il ne criait pas. Il ne paraissait pas énervé. Seule-

234

ment résolu. Et la détermination qui raidissait les muscles de sa nuque et de ses épaules, chauffait à blanc sa voix et tous ses mots.

Et il avançait sur le facteur. Il lui disait marre à la fin. Marre de ses questions, de ses sous-entendus. Marre de sa casquette aussi, tiens, qu'il balançait à terre d'une tape sèche, inattendue, sur la visière. Des emmerdeurs en uniforme, il en avait plus que son compte. Il sortait d'en prendre. La taule, oui, parfaitement, il n'avait pas peur de le dire devant le petit. Ah! on voulait savoir pourquoi il ne s'était pas ramené plus tôt, eh bien, la voilà la raison. La prison! Ça allait comme ça? Quinze mois pleins qu'il avait tirés. Si c'était ce qu'on cherchait à lui faire dire, on était maintenant servi. Et on pouvait le raconter à qui voulait l'entendre, il n'en avait rien à foutre. Rien! Alors salut et bon vent!

Et M. Bourdière, débordé, nu-tête, reculait, ramassait précipitamment sa casquette sous le nez de Biscotte qui comptait se l'approprier. Mais il ne s'en recoiffait pas. Il la plaquait des deux mains sur sa poitrine, la protégeant à reculons jusqu'aux acacias où il s'adossait, congestionné, pour une ultime tentative de résistance.

Il les frappa de son œil étroit, l'un après l'autre, pinçant et remuant les lèvres comme s'il assemblait, derrière, ses injures les plus blessantes.

Mais rien ne put rattraper sa défaite. La terre entière, rangée de leur côté, s'organisa contre lui. Et la haie souple d'acacias qui ne le supportait plus, elle aussi, s'ouvrit dans son dos pour l'obliger à disparaître.

*

— J'aurais pas aimé que tu le saches, Pascal. Pas de cette façon...

Pascal se redressa, un peu étourdi par la bouffée de violence et la dernière révélation de Pierre Gravepierre dont la voix semblait lui parvenir, à présent, d'aussi loin que la pétarade assourdie de la 4 L qui s'en allait.

— Enfin ce qui est fait, est fait, soupira Pierre Gravepierre. Faut pas regretter... La vérité finit toujours par vous bousculer...

La vérité, elle tenait en deux mots. Ni simple ni compliquée. Bête surtout, oui, bête.

Pierre Gravepierre qui travaillait dans le meuble, avait accepté un beau jour d'acheter un lot à bas prix. Un lot dont il ignorait la provenance, et... Non, c'était faux. En réalité, il n'avait aucune excuse. Il savait d'où les meubles venaient. Il s'en doutait. Il avait cru pouvoir réaliser une bonne affaire. Mais ça lui était retombé dessus. Et il avait écopé de quinze mois pour recel de marchandise volée. Voilà. Il n'y avait pas de quoi s'étaler. Même si depuis, des casse-pieds comme ce facteur s'acharnaient à le lui rappeler...

— Tu crois qu'il va revenir ?

— Ça m'étonnerait. Il a compris maintenant.

— Je n'aurais peut-être pas dû le secouer comme ça. Mais tu avoueras qu'il l'a bien cherché.

— Ça, c'est sûr.

— Tu veux que je te dise ?... Au fond, je trouve qu'il a bien fait de passer. Finalement, sans lui, je me

236

dêmande si je t'en aurais parlé. C'est vrai, je ne sais pas. Il y a des choses qu'on préfère garder pour soi...

Pascal acquiesça. Il comprenait. Oh! oui, qu'il comprenait! Il en gardait des choses lui aussi. Des choses terribles qu'il n'avait jamais eu le courage de révéler à personne, pas même à Julia. En parlerait-il jamais?

« La vérité finit toujours par vous bousculer », avait dit Pierre Gravepierre.

Si cela devait arriver... Si cela devait arriver...

— Mais tu vois, Pascal. Je suis content maintenant que tu sois au courant.

— Je suis content aussi, dit Pascal.

Si jamais cela devait arriver, qui d'autre pourrait mieux l'entendre, qui pourrait mieux comprendre que Pierre Gravepierre?

Tout près sur la dernière marche d'escalier, les fourmis tiraient toujours l'abeille morte. Elles ne semblaient pas savoir où se diriger. Une brindille sèche les avait détournées de leur route. Et d'autres saletés les attendaient qui les détourneraient encore. Mais elles avançaient. Elles avançaient avec confiance.

Et le souffle de vent qui nettoyait l'air des derniers échos de la 4 L, bruissait doucement dans les arbres apaisés.

A quel moment réalisa-t-il que cela se produirait ?
Ce fut d'abord une sensation incertaine. Un frisson
lointain semblable à la vibration d'une attente presque
comblée et qui prenait insensiblement forme à la limite
obscure de sa mémoire. Une image qui se précisait des
profondeurs, tremblotante comme une lumière noire.

Quand il l'identifia, il chercha aussitôt à s'en
débarrasser, à l'écarter, à la repousser d'où elle venait.

Il essaya d'utiliser la photo de ses parents et tout ce
qui l'entourait.

Il écoute avec émotion Pierre Gravepierre lui décrire
son temps de prison. Quinze mois derrière les hauts
murs de la maison d'arrêt de Larques. Une éternité
morne, stérile, avilissante, dont l'empreinte avait brûlé
la liberté qui avait suivi. Piètre liberté. Le travail fichu.
Les anciennes relations qui lui avaient tourné le dos.
La solitude. Les petits boulots de fortune qui s'étaient
succédé. Puis l'envie grandissante de tout plaquer, de
se raccrocher à un passé plus heureux, de retrouver
son vieux copain perdu de vue depuis des années, son
vieil ami Antoine qui l'aurait aidé, lui, qui ne l'aurait

sûrement pas lâché comme les autres, n'est-ce pas, Pascal ?

Il parla alors de son père qui n'avait jamais laissé tomber personne et encore moins un ami. Il raconta toutes les fois dont il pouvait témoigner. Notamment celle où son père en était arrivé à mentir aux gendarmes pour couvrir un parent éloigné des Fongarola, presque un inconnu, qui vendait de la poudre pour fabriquer du pastis clandestin.

Il rit. Il se rappela d'autres histoires. Mais cela ne suffit pas. Au contraire.

Les images auxquelles il voulait échapper, continuaient de palpiter dans sa tête. L'échelle contre le mur de la maison. Son père qui grimpait en s'arrêtant à chaque échelon à cause de sa jambe raide. Et les bateaux. Le visage de Régis Bonname.

« Touche, Pascal »...

Dans le ciel qui rougissait vers l'ouest, des nuages se rassemblaient au-dessus des montagnes. Mais ils crèveraient bien avant de descendre par ici. Et on verrait le rideau de pluie, diffus comme un voile bleuté, brouiller le dessin net des versants.

La fin du jour s'annonçait d'une pureté étourdissante, inégalée, qui s'étendait doucement sur les êtres et les choses. Elle s'étendait aussi sur lui, Pascal, au fur et à mesure qu'il parlait. Elle le rendait limpide, transparent, d'une transparence à laquelle — il s'en apercevait à présent — il avait toujours rêvé d'accéder.

Mais il n'y parvenait pas totalement. Il ne pouvait y parvenir. Une tache l'en empêchait. Ce tremblement à la périphérie de sa mémoire. Une souillure secrète qu'il y avait immergée le plus profond possible et qui réapparaissait parce qu'il ne restait qu'elle.

« Touche, Pascal. »

Une souillure indélébile, mais qu'il pouvait tenter de laver, qu'il pouvait traiter avec l'aide de Pierre Gravepierre.

Il pensa très fort à son père qui attendait aussi plus haut sur la colline au-dessus de Saint-Girier.

Si les cimetières surplombaient les villages, c'était, assurait-on, pour que les défunts puissent regarder ce qui s'y passait. On racontait également que des dizaines d'années plus tôt, à Saint-Prix-Le-Rocher, un patelin reculé à la lisière du département, il y avait eu un glissement de terrain, et les morts étaient sortis de leurs tombes pour se mêler aux vivants... « La vérité finit toujours par vous bousculer », avait dit Pierre Gravepierre...

Il résista encore pourtant.

Dans la roue à aubes devant lui, le rougeoiement du soleil qui mettait en évidence des toiles d'araignée tendues entre les pales, lui donna l'occasion de gagner un peu de temps. Il parla de la toile de ce matin. La toile prétendue morte de la vieille chardonnière rusée. Et du moucheron qui se débattait, qui luttait, comme lui, contre l'inévitable.

Puis sa vérité acheva de le bousculer.

*

C'était trois ans plus tôt, à Saint-Girier.

Toute la bande jouait sur la place devant le bistro, quand une pluie soudaine, un court orage de fin d'été, les avait contraints à abandonner le ballon. Le petit groupe s'était peu à peu éparpillé, désœuvré. Et lui, Pascal, était resté avec Régis Bonname.

En ce temps, il aimait bien suivre Régis Bonname. Il se réjouissait en pensant qu'à la rentrée ils commenceraient le lycée à Valence dans la même classe. Ça promettait d'être passionnant. Régis Bonname qui était le plus âgé des garçons de Saint-Girier, possédait un culot inébranlable et fourmillait d'idées épatantes pour amuser son monde... Pas plus loin que la veille, toute la bande s'était encore écroulée de joie, lorsqu'il s'était fixé un bout de miroir au pied, afin de vérifier, mine de rien, la couleur des culottes des filles. Et la grande Bouard qui n'en portait pas sous sa jupe, leur avait couru après autour de la place pour faire cesser les rires.

Et puis, il y avait les bateaux.

La première chose qui sautait aux yeux, en entrant dans sa chambre au-dessus du bistro. Une bonne vingtaine de bateaux alignés sur les meubles, les murs, et même un — le bâtiment d'exploration américain au nom impossible — suspendu au plafond pour une meilleure vision de son fond transparent.

Des modèles réduits de grande taille, à assembler pièce par pièce comme un puzzle, et d'une telle fidélité à l'original, d'une telle minutie dans la reproduction, que Pascal découvrait toujours des détails nouveaux qui lui avaient échappé lors de ses précédentes visites.

Les formes les plus diverses voisinaient. Mais du porte-avions au drakkar viking, du paquebot de ligne à la caravelle ou la galère romaine, Régis Bonname les avait tous montés lui-même. A la grande fierté de ses

242

parents, sa mère surtout, qui ne perdaient aucune occasion pour lui acheter de nouvelles maquettes toujours plus imposantes et plus compliquées.

La dernière en date était une véritable merveille. Un galion-pirate *La Sirène-des-Mers* dont l'assemblage n'était pas encore terminé, mais qui déjà se révélait être le clou incontestable de la collection. La barre commandait parfaitement le gouvernail. Un système simplifié permettait d'augmenter et de réduire à volonté la voilure. Et une languette à pousser provoquait d'un coup l'ouverture des sabords et l'apparition simultanée d'une rangée de canons prêts à anéantir les vaisseaux adverses. Sans compter le fameux pavillon noir amovible qui remplaçait, au moment voulu, tout un jeu de drapeaux différents. Et la figure de proue...

La figure de proue ! Une sirène sculpturale que Régis Bonname s'était vanté d'avoir peinte en premier.

D'après la notice historique, elle représentait un symbole maléfique, redouté par la marine marchande de l'époque et censé mettre toutes les chances de victoire du côté des pirates. Et, peut-être, au fond, conservait-elle un tel pouvoir... Car c'était d'elle que tout était parti.

Les seins roses et pointus, au calibre exagéré, les avaient fascinés, leur avaient permis de redoubler d'astuces les plus osées qu'ils avaient développées en pouffant de rire, à mi-voix pour ne pas qu'on les entende du bistro au rez-de-chaussée.

Régis Bonname avait fait semblant de les caresser et de les lécher avec gourmandise, en murmurant des mots doux et ma chérie et mon amour, comme pour une vraie fille. Par jeu, pour l'imiter, Pascal lui avait

arraché la poupée des mains. Et ils s'étaient retrouvés
à se battre en rigolant sur le lit.

Comme d'habitude, Pascal n'avait pas eu le dessus.
Ses deux ans et sa tête de moins comptaient. Et puis, il
n'était pas très à l'aise pour résister. Il avait tripoté,
juste avant, un élément de bastingage et il ne savait
pas très bien où mettre ses doigts poisseux de colle.

Il s'était dépatouillé de son mieux. Quand, brusquement, Régis Bonname s'était relevé, essoufflé et tout
décoiffé, l'air bizarre.

— Qu'est-ce que t'as, Régis ?
— J'ai envie de pisser.

Il s'était retourné vers la porte, comme pour aller
aux toilettes. Mais il avait changé d'avis.

— Pascal.
— Oui ?
— Regarde.

Il avait une drôle de voix. Et sa braguette était
ouverte !

— Qu'est-ce que t'en penses ?
— Ben, rien. Je... Je sais pas, moi. On dirait que
t'as drôlement envie de pisser.

— Ouais... Attends. Tu vois ce bateau, là ?
— La caravelle ?
— Non. Le petit. L'escorteur... Je te le donne.
— A moi ?
— Je te le donne. Je m'arrangerai pour mes
parents. Si tu... Si tu...

Il se mordait les lèvres, essayant de contenir son
excitation, reprenait.

— Je te le donne, si tu me touches.
— Hein !

244

C'était dingue. Pascal avait voulu se lever, en finir. Mais Régis Bonname qui se tenait dressé au-dessus de lui, l'avait renvoyé d'une poussée sur le lit.

— Touche-moi, Pascal. Tu perds rien. Et en plus, t'auras le bateau.

— Ça va pas ou quoi ! Lâche-moi !

Il avait reculé. Il avait retiré d'un sursaut dégoûté sa main que Régis Bonname voulait guider.

Et il se bagarrait. Il préférait entamer une vraie bagarre. Même s'il savait qu'il n'était pas de taille. Il se débattait sur le lit. Il roulait sous le poids de Régis Bonname qui cherchait à le coincer entre ses jambes. Il l'entendait râler contre son oreille. Et il se tordait. Il se démenait tant et si bien qu'il réussissait. Régis Bonname finissait par abandonner la lutte avec un petit cri, et se redressait, se reboutonnait précipitamment, les pommettes brillantes et les yeux luisants.

— Tu vois, c'était pas difficile... Tu peux prendre le bateau, maintenant.

Il avait mis du temps à comprendre. Puis il avait répondu non. Seulement non. Il ne voulait pas de l'escorteur. Il n'avait rien fait pour l'obtenir. Rien. Il n'avait pas desserré le poing pendant la bagarre. Et ce n'était que de la colle qui poissait ses doigts. Il n'avait rien touché !

— Vas-y, Pascal... On dira à ma mère que je te le prête. D'accord ?

Il avait alors hurlé. Il lui avait hurlé non, en lui balançant l'escorteur en pleine figure pour effacer cette expression de complicité vicelarde qui le révulsait.

Et il avait continué. Il avait bondi sur lui. Il l'avait poursuivi autour de la pièce. Puis fou de honte, de rage et d'absurdité, il s'était acharné sur les bateaux, les renversant, les fracassant, les éventrant, les piétinant, à grands mouvements désordonnés, la poitrine labourée par des plaintes rauques qui n'étaient pas des pleurs.

Il ne s'était vraiment rendu compte du gâchis que devant le visage horrifié de Mme Bonname qui ne parvenait pas à ouvrir complètement la porte contre laquelle sa saloperie de fils s'était réfugié.

Ensuite, il s'était calmé. Il s'était tu, obstiné, face aux questions de tous ceux qui se trouvaient au bistro. Il avait écouté les explications à peine gênées de Régis Bonname qui inventait n'importe quoi avec son aplomb habituel.

Puis il était parti. Il avait traîné des heures dans la montagne, avant de se persuader qu'il pouvait peut-être échapper au premier coup d'œil et au dégoût de son père.

Son espoir n'avait pas duré.

A Vieillecombe, son père qui réparait l'antenne de télé, était déjà au courant des bateaux en miettes. Après la coopérative, il avait traversé le village et on ne s'était pas privé pour le renseigner. Les mensonges de Régis Bonname l'avaient évidemment peu convaincu. Et il attendait de descendre du toit pour en parler plus longuement.

Pascal n'avait pu bouger de la cour. Il se sentait brouillé et malade. Et tellement sale. Il avait eu beau s'essuyer et se frotter les mains à s'en écorcher la peau, il savait bien que c'était inutile. Ce genre de trace ne s'effaçait plus. Et sa propre répulsion n'était rien comparée à celle que son père allait manifester dans un instant.

Il aurait donné n'importe quoi pour l'éviter. Mais aucune échappatoire ne lui apparaissait. Son esprit pataugeait dans une nausée noire. Et les aboiements de Marquise qui se trouvait là aussi, achevaient de l'y enfoncer.

Il s'était retourné contre la chienne. Il lui avait jeté un caillou, comme il aurait voulu se l'envoyer à lui-même. Comment aurait-il pu se douter des conséquences ? Comment aurait-il pu prévoir le désastre ?... Il avait juste jeté un caillou. Marquise, atteinte en plein flanc, avait eu un sursaut qui l'avait déportée contre le bas de l'échelle. Et alors...

Alors, dans un vertige d'horreur et d'impuissance, il avait vu son père tomber.

*

Il tremblait un peu.

Ni effrayé ni agité. Vaguement étonné de voir à quel point il ne ressentait rien de ce qu'il avait pensé ressentir. Etonné aussi par la facilité avec laquelle ces choses qu'il avait crues impossibles à formuler, s'étaient échappées de sa bouche. Elles l'avaient quitté sans fureur, presque sans passion, emportant seulement au passage sa peur et ses larmes et toute sa substance. Et il vacillait, à bout d'élan et de forces, au bord du vide qu'elles avaient laissé en lui. Il frémissait, nu maintenant, totalement nu et désarmé, recroquevillé dans le vent bleuté du soir, la tête basse pour ne pas encore affronter le reflet de lui-même qu'il se préparait à reconnaître dans le regard de Pierre Gravepierre.

Il aurait aimé pleurer. Il aurait aimé se jeter, bras en avant vers Pierre Gravepierre. Il aurait aimé être happé doucement et étreint avec une violence qui l'aurait brisé. Il aurait aimé une grande démonstration de tristesse, de sympathie et d'affection. Mais il ne faisait rien pour. Il ne pouvait rien faire d'autre que trembler.

Il avait tremblé pareil à l'hôpital, la première fois qu'il avait dû retrouver son père. Mais ç'avait été de panique. Il se rappelait cette morsure abominable à l'estomac, ses yeux écarquillés qui ne pouvaient rien voir et ses jambes qui se liquéfiaient sous lui en le portant vers son jugement, vers sa condamnation.

Pourtant, le verdict ne l'avait pas foudroyé.

Son père ne l'avait pas regardé de travers, n'avait rien dit des bateaux, ni de Régis Bonname, ni de la façon dont l'échelle était tombée. Il était sûrement au courant. Il devait être au courant. Mais il n'en avait pas parlé. Il n'en avait jamais parlé. Il avait seulement murmuré de sa nouvelle voix épuisée, étrangement épuisée.

« On l'a échappé belle, hein, fils... »

Et son soulagement pouvait équivaloir à un pardon tacite. Son soulagement avait valu tous les pardons pendant quelques semaines, neuf exactement, au terme desquelles le malheur était revenu frapper par surprise et détruire définitivement toute possibilité de rémission... Après, n'était restée que la nuit. Le calme apparent, faux, de la nuit, entrecoupé de sursauts de désespoir aveugle...

— Je m'en suis pris à Marquise... Je l'ai coincée derrière la maison et je l'ai battue. Je l'ai battue...

— Pourquoi ? demanda Pierre Gravepierre.

Il fumait. Il tirait sans bruit sur une cigarette. Et lorsqu'il l'ôtait de ses lèvres, sa main descendait jusqu'à l'échine de Biscotte couchée à ses pieds.

— Pourquoi ? Parce qu'elle savait la vérité ?

— Ben, si elle n'avait sauté contre l'échelle...

— Tu trouves ça moche, n'est-ce pas ?

— Oui, souffla Pascal.

Il se tut un instant. Le silence pesa tel un reproche. Puis Pierre Gravepierre le rompit d'un ton rêveur.

— J'aurais fait pareil, je crois. Je m'en serais pris à la chienne, oui... Et à l'échelle aussi. Après tout, elle aurait pu ne pas tomber. J'aurais réglé son compte à l'échelle. Je l'aurais hachée menue et brûlée... Ça n'aurait pas changé grand-chose, mais je crois que je l'aurais fait.

Sa voix était rauque, un peu sourde, mais elle emplissait tout l'espace.

— J'ai eu un chien, moi aussi. Un setter. Je t'en ai déjà parlé, je crois...

Pascal, dérouté, eut un mouvement de tête imprécis.

Se pouvait-il qu'ils puissent aussi rapidement changer de sujet, après ce qu'il venait d'avouer ?

— Tula. Il s'appelait Tula, mon setter.

— Il... Il...

Il hésita, désorienté, puis se sentit trop fatigué pour retenir la question saugrenue qui montait tourner dans sa tête vide.

— Il devait être féroce, alors ?

— Féroce ? Non. Pourquoi tu dis ça ?

Il éluda d'un haussement d'épaules. Il avait entendu : « Tue-la ! » Et il n'avait pu imaginer qu'un chien sec et dangereux. Un tueur de poulets comme l'ancien Noiraud des Fongarola, le père présumé de Biscotte. Mais c'était trop compliqué à expliquer à Pierre Gravepierre qui poursuivait.

— Quand j'étais môme, j'ai vu un film. Peut-être le tout premier que j'aie jamais vu. Et dans ce film, il y avait un chien qui sauvait un enfant. Un bébé qui allait se noyer... Tu n'as pas vu ce film ?

— Non.

— Le bébé était dans un panier. Et le courant l'entraînait. Il y avait des femmes qui hurlaient, qui pleuraient. Et au moment où on croyait que tout était perdu, il y avait ce chien qui sautait dans l'eau et qui nageait jusqu'au panier. Tout le monde criait pour l'encourager. « Vas-y ! Tu l'as ! Tu l'as ! »... Et moi dans mon fauteuil, j'ai cru que « Tu l'as » c'était le nom du chien.

Il enleva un brin de tabac collé à ses lèvres. Et dans la fumée qu'il expirait mollement l'ombre du setter se mit à galoper.

Une merveille de chien. Un animal incomparable. Aussi souple et insaisissable que la trace du vent dans les hautes herbes. Tula, au poil si roux, si doré, qu'en le voyant de loin traverser les taillis, on aurait dit la caresse flamboyante du soleil couchant. Et quelle intelligence ! Quelle fidélité ! Quelle douceur ! Oh ! non, qu'il n'était pas féroce, Tula ! Il était très doux au contraire. Si on le lui avait demandé, il aurait été capable de, de... Je ne sais pas, moi. Tiens, cette cigarette. Si on la lui avait lancée, il l'aurait rapportée sans l'abîmer, tellement il était doux... On ne pouvait rêver meilleur compagnon...

— Malheureusement, un jour qu'on courait par la campagne, je l'ai vu sauter en l'air et revenir vers moi sur trois pattes. J'ai cru qu'il s'était fait mal sur une racine ou un silex, c'était souvent arrivé. Et je n'y ai plus fait attention... Tu devines la suite ?

— Non...

— Tula est mort, une heure après dans mes bras. Il avait été mordu par un serpent. Et on m'a dit que si je m'y étais pris à temps on aurait pu le sauver. Alors...

Alors, Pierre Gravepierre avait cru devenir enragé de douleur et de remords. Aujourd'hui, bien sûr, après toutes ces années, ça n'avait l'air de rien, mais sur le moment... Il avait pleuré. Il avait crié. Il avait enterré Tula. Ensuite, il s'était mis dans l'idée de le venger, de retrouver le responsable, le serpent. Il avait tué tous ceux qu'il avait pu. Il battait les taillis pour faire sortir les serpents, et une fois à découvert, il les coinçait par terre avec un bâton fourchu et il leur écrasait la tête. Il en avait tué par dizaines qu'il alignait sur la tombe de Tula. Il était devenu un fameux chasseur de serpents. Et puis... Et puis le temps avait passé. Le remords s'était assourdi, transformé. La plaie ouverte s'était cicatrisée...

— Il n'y a pas tellement de façons de se défendre contre le malheur. On a beau s'agiter, tempêter, on finit par se refermer dessus comme, comme une huître... Oui, tu sais, les huîtres, quand quelque chose les blesse, elles l'entourent de couches de nacre. Elles en font une perle bien ronde, lisse, douce et précieuse. Il n'y a aucune douleur qui résiste à ce traitement...

Il froissa l'extrémité de son mégot pour l'éteindre et le laissa tomber près de Biscotte qui n'y accorda même pas un coup d'œil. Ce n'était sûrement pas elle qui l'aurait ramené pour prouver sa douceur.

— Tu vois pourquoi je t'ai raconté tout ça, Pascal ?

— Je crois, oui...

— Ces perles-là, tout le monde en porte. Des plus ou moins grosses et lourdes. La seule chose qu'on peut se dire, c'est que plus elles pèsent et plus elles ont de la valeur. Tu comprends ça ?

— Oui, répéta Pascal.

Il aimait beaucoup cette idée de perle. Il ne parvenait plus à sentir le poids, la taille exacte ni l'emplacement de la sienne. Mais c'était seulement parce qu'il était gourd et transi. Essoré. Oui, essoré. Un linge qu'on avait tordu et retordu pour le vider de ses dernières gouttes de crasse et qui reprenait lentement forme, qui se dénouait, vibrant, neuf dans un monde neuf, aidé par une bourrade affectueuse de Pierre Gravepierre.

— Allez, debout. Tu as froid, on dirait. Et au garage, on doit se demander ce que nous sommes devenus.

Et tout en se levant.

— Je ne sais pas ce que ton père t'aurait dit à ma place. Mais où qu'il soit en ce moment, je trouve qu'il a de la chance.

— De la chance ?

— Eh ! oui. Tu es là. Tu te souviens de lui, ses paroles, ses gestes, tout. Qui en demanderait plus ?... Quand on vit de cette façon dans le cœur de ceux qu'on laisse derrière soi, on n'est pas vraiment parti.

Un soupir. Un sourire. Puis.

— Moi, je ne laisserai rien. Personne... Personne ne se souviendra de moi.

— Si, assura éperdument Pascal. Si, moi. Moi, je me souviendrai.

Dans le soleil rouge au-dessus des crêtes, deux éperviers tournoyaient, ivres d'altitude.

La lumière embrasée qui les portait, descendit remuer le regard de Pierre Gravepierre.

— Oh ! Pascal, Pascal !... J'ai pas de fils. Mais c'est un comme toi que j'aurais voulu. Un exactement comme toi.

Ce n'était rien. Rien qu'une journée d'été, élue entre toutes les autres. Une splendide journée dans l'été finissant où simplement la palpitation intime des choses achevait de déborder.

A Croix-en-Terre où ils se dépêchèrent de retourner, la voiture les attendait, enfin prête.

Secondé par les deux aînés Bisson, le Clément aux yeux bleus terminait d'en briquer la carrosserie, un petit cadeau de la maison, histoire d'effacer le retard mis à effectuer la réparation.

Bisson père, quant à lui, les accueillit à bras ouverts comme des amis de toujours. Il était écarlate de fierté d'avoir respecté le dernier délai qu'il avait fixé. Tortillant les doigts pour mimer des complications d'engrenages, il déballa d'entrée les trésors d'ingéniosité mécanique qu'il avait déployés sur le démarreur. Il avait déjà largement arrosé ses exploits et ne demandait qu'à continuer, mais — ah ! ah ! — pas sous l'œil de la patronne qu'on voyait préparer le dîner par la fenêtre de la cuisine. Son rire énorme, alourdi de vapeurs de vin jeune, secoua l'atelier où il entraîna Pierre Gravepierre à prendre une goutte, juste une lichée quoi, vous pouvez pas refuser. Et le coup de tampon qu'il assena pour finir sur la facture, fit

255

voltiger verres, bouteille et tout le fourbi qui encombrait son établi.

Boire décuplait sa force de taureau, mais lui rendait aussi la larme facile, c'était bien connu. Au moment de se quitter, il tapota la joue de Pascal, lui donna le bonjour pour sa mère, et referma la portière de la Ford sur lui avec le soin qu'il devait mettre à border ses enfants dans leur lit. Après quoi, il écouta, attendri, le moteur démarrer au quart de tour, et regarda la voiture partir comme si elle emportait quelque chose de lui-même.

Et pour la première fois, Pascal pensa que le garagiste ne méritait pas les cornes que la Bissonne lui faisait porter.

Mais il n'en voulait pas à la Bissonne non plus. Il se sentait rempli d'une indulgence étrange, agréable et irréelle. Une bonté universelle. Il reposait, épanoui, béant, hors d'atteinte de toute inquiétude, de toute laideur. Dans un élan qu'il ne comprenait pas encore clairement, il avait confié à Pierre Gravepierre son secret le plus profond, le plus inavouable. Pierre Gravepierre en avait fait une perle. Et tout en paraissait auréolé à jamais d'un éclat inégalé.

Une paix immense montait de la terre. Les collines ocre et brunes sentaient bon le foin séché. Et dans le rêve d'incendie qui noyait le paysage, Pascal croyait surprendre, au revers d'un fourré, le galop ondoyant d'un chien merveilleux. Un animal de légende qu'il verrait courir pour l'éternité. Un grand setter rouge baptisé Tula à cause d'un vieux film.

Il se promit que lorsque Biscotte aurait des petits, ce qui finirait un jour par se produire, il en nommerait un

Tula. Un nom idéal qui non seulement avait une histoire, mais pouvait signifier des choses différentes suivant la façon dont on le prononçait. Tula... Personne ne comprendrait. Personne sauf Pierre Gravepierre dont il guettait maintenant le premier regard sur Vieillecombe.

Ce regard, il le guettait sans crainte ni impatience. Il s'en régalait d'avance, tant il était sûr du résultat. Aucune autre heure n'aurait mieux convenu pour découvrir la ferme. Et puisque c'était lui qui indiquait le chemin à suivre, il s'était arrangé, au prix d'un léger détour, pour déboucher par le sud d'où le point de vue était le plus réussi.

Le spectacle dépassa ses espérances.

Pelotonnée dans son creux de rochers et de terrasses boisées, Vieillecombe apparut, toute pailletée par le couchant, incandescente de bleu royal, de grenat et d'or rouillé. On aurait dit qu'elle les attendait, qu'elle s'était spécialement parée pour les accueillir, pour couper d'emblée le souffle à Pierre Gravepierre qui ne put s'empêcher de stopper la voiture.

— Pascal...

— Oui ?

— Je voudrais... Je voudrais te dire...

Pourquoi cette hésitation, cette voix étouffée, curieusement raclée, comme épuisée ?

Pierre Gravepierre avait pris le temps de chercher une cigarette avant de continuer.

— Non, rien, rien... Je pensais à ta mère. Tu crois qu'on devrait lui raconter tout ce qu'on s'est dit ?

— Oh ! surtout pas !

— C'est bien ce que je pensais. Ça restera entre

nous. On ne lui dira même pas que je connaissais Antoine.

— Mais...

— Ou peut-être que si, après tout, on verra... En tout cas, c'est moi qui parlerai. Et tu diras comme moi. D'accord ?

— D'accord, dit Pascal.

Un hanneton, dur comme un gravier, tintait contre le pare-brise.

En bas, la voiture du maire qui faisait le tour des fermes pour ramasser le lait, venait juste de passer. On pouvait la voir s'éloigner et disparaître en direction de Saint-Girier. S'ils avaient pris le chemin habituel, ils l'auraient sûrement croisée. Et M. Borgeat qui n'aurait pas manqué de s'arrêter, l'aurait renseigné sur l'état d'esprit de sa mère.

Elle devait être à la fois furieuse et inquiète. Normalement, c'était à lui que revenait la traite des vaches et la préparation des bidons pour la coopérative. Elle avait dû s'en occuper à sa place en se tourmentant sur son absence. Et pour peu qu'elle se soit aperçue de la disparition de la photo sur sa table de chevet...

Tout en descendant vers la ferme, il prévint Pierre Gravepierre que sa mère risquait de ne pas se trouver dans les meilleures dispositions pour les recevoir.

*

Ce fut moins difficile que prévu.

Elle sortit dans la cour, penchant seulement le buste

au-dessus de Marquise qui encombrait le pas de la porte.

Elle avait dû croire que c'était M. Borgeat qui revenait. Même si le bruit de moteur n'était pas accompagné du tintement caractéristique des bidons de lait, de l'intérieur de la maison, la nuance ne sautait pas forcément aux oreilles. Et comme elle n'attendait aucune visite...

La différence de forme et de couleur de la voiture ne sembla pourtant pas la frapper. Et lorsque la Ford s'immobilisa devant elle, elle demeura le sourcil relevé, un peu absente, comme si elle se demandait encore ce que le maire avait oublié.

Marquise s'était avancée, échine hérissée, crocs découverts.

Et tout en posant pied à terre, Pascal souhaita que la vieille chienne se mette à aboyer et tempêter comme Biscotte ce matin devant Pierre Gravepierre qui en aurait profité alors pour montrer comment il savait s'y prendre avec les chiens. Ç'aurait été un beau début.

Mais, loin d'attaquer, Marquise laissa échapper une série de gémissements plaintifs pour quémander des caresses.

Et Pierre Gravepierre n'eut rien de plus palpitant à faire qu'à se dresser hors de la voiture et commencer d'un ton neutre.

— Bonsoir, madame. J'espère que je ne dérange pas... Je vous ramène Pascal...

Elle répondit ah ! bon, pas vraiment soulagée, plutôt prudente, puis aussi, bonsoir, bonsoir monsieur, un murmure de politesse, étonnée semblait-il de voir quelqu'un de si grand.

Elle se toucha ensuite la boucle de cheveux sur sa tempe qu'elle lissait chaque fois qu'elle se trouvait dans l'embarras. Puis la nervosité que son inquiétude avait fait monter en elle, reprit le dessus et déborda un peu vers Pascal.

— Mais où tu étais, toi ? Tu sais que M. Borgeat est passé.

— Je sais, je l'ai vu.

— C'est tout ce que tu trouves à dire !

Que pouvait-il dire de plus ? Il regrettait d'avoir promis à Pierre Gravepierre de lui laisser l'initiative de la conversation. Lui, il s'y serait pris autrement. Il aurait annoncé tout de suite.

« Voilà, M'ma. C'est Pierre Gravepierre. Un ami. Un vieil ami de P'pa. »

Et tout aurait été clair. La gêne, la réticence, se seraient immédiatement dissipées. De vraies paroles chaudes de bienvenue auraient remplacé naturellement ses critiques. Surtout que ça se voyait bien qu'elle l'engueulait pour ne pas perdre contenance.

Heureusement, Pierre Gravepierre qui les suivait à l'intérieur de la maison, intervenait.

— Faut pas trop lui en vouloir, madame. C'est ma faute. On a eu un petit pépin de voiture qui nous a retardés...

Et il racontait le petit pépin. Comment ce matin, il avait failli écraser Biscotte, et comment, après coup, la Ford ayant refusé de démarrer, il avait fallu la conduire chez Bisson d'où ils venaient seulement de la récupérer.

Cela n'excusait pas réellement le retard de Pascal. Mais cela suffisait pour faire diversion et désamorcer la fausse colère de sa mère qui acquiesça à tout, clignant des paupières, l'air de ne rien entendre et de chercher sans arrêt ce qu'il lui fallait dire ou faire.

Lorsque Pierre Gravepierre termina de parler, elle eut un instant de trouble. Puis son regard papillotant s'arrêta sur la bouteille d'apéritif de laquelle elle avait servi à boire à M. Borgeat et qu'elle n'avait pas encore rangée.

Elle proposa timidement.

— Vous prendrez bien quelque chose.

— Avec plaisir, dit Pierre Gravepierre.

Elle se détourna pour chercher dans le vaisselier un verre propre qu'elle remplit avec une attention exagérée, avant de sursauter.

— Pascal ! Regarde ce que tu me fais faire !

En se faufilant dans l'espace étroit qu'elle laissait entre elle et le vaisselier, Pascal l'avait un peu bousculée et quelques gouttes de vin avaient coulé sur la table.

— Mais où tu vas encore ?

— Je reviens.

Il filait dans le couloir desservant les chambres, riait du soupir de sa mère qui s'éteignait derrière lui.

— Je ne sais ce qu'il a aujourd'hui...

Dans sa chambre à elle, tout était tel qu'il l'avait laissé après déjeuner. Le sous-verre vide, orienté vers le mur et bien masqué par la lampe de chevet, indiquait qu'elle ne s'était pas rendu compte de l'absence de la photo.

Il ressortit celle-ci en vitesse et la remit en place dans son cadre.

« Je ne sais ce qu'il a aujourd'hui. »

Quelle surprise quand elle saurait... Elle en aurait les jambes coupées et s'assiérait à la table, sans rien pouvoir articuler, saisie comme lui, Pascal, en était resté saisi. « Un ami d'Antoine ! » Et ce, à quelques semaines du troisième anniversaire de sa disparition...

Et Pierre Gravepierre expliquerait de sa voix belle et basse d'émotion contenue. Il parlerait longtemps, si longtemps qu'ils le retiendraient à dîner. C'était la moindre des choses. Et peut-être aussi à passer carrément la nuit à Vieillecombe, pourquoi pas ? Il y avait largement de quoi le loger. Et rien ne le pressait de repartir. Il l'avait dit lui-même. Rien ne l'appelait ailleurs, ni famille, ni amis, ni travail... Au fait, n'avait-il pas laissé entendre qu'il en cherchait du travail ? Or, c'était ce qui manquait le moins à la ferme... Pierre Gravepierre était plus grand, plus fort et au moins aussi capable que le grand Micoulonges au doigt coupé. Et plutôt que de confier les grosses besognes au saisonnier... Mais oui ! C'était évident. Comment n'y avait-il pas pensé plus tôt ?...

Il pesa soigneusement l'idée dans tous les sens et ne lui trouva aucun défaut.

Sa mère ne verrait aucun inconvénient à embaucher Pierre Gravepierre. Au contraire. Question salaire, ils trouveraient bien à s'arranger. Ça se passerait sûrement mieux qu'avec Micoulonges qui ne tombait jamais d'accord avec personne sur le décompte des heures et qui démolissait plus d'outillage que quiconque dans la région... Un ouvrier à demeure. Tout ce qu'on pourrait entreprendre alors ! Et la joie chaque matin au réveil de retrouver Pierre Gravepierre !...

Il s'en réjouissait d'avance. Il sautait en l'air,

pirouettait sur lui-même, redressait la lampe de chevet que son excitation avait failli jeter par terre, effleurait dans le même mouvement la crosse du fusil accroché au mur. Les chasses qu'ils connaîtraient ensemble, Pierre Gravepierre et lui! Ce serait formidable.

Il quitta la chambre, fonça sans bruit dans le couloir jusqu'à la pièce principale, ralentit pour ne pas heurter de plein fouet le coin du vaisselier qui bouchait en partie l'ouverture, et s'immobilisa soudain, vaguement interdit.

— Tu n'aurais pas dû...

Il crut d'abord avoir mal compris, mal entendu. Mais c'était bien sa mère qui chuchotait de cette voix déformée, inquiète, à laquelle celle, étouffée, de Pierre Gravepierre, faisait écho.

— Je ne pouvais pas en rester sur cette lettre, Maryse. Je ne pouvais pas...

Maryse! Il l'appelait Maryse! Mais alors... Non, ce n'était pas possible! Ce n'était pas possible! Pas ça!

Un frisson d'incohérence et de répulsion coagula l'univers.

Sa mère! Sa mère et Pierre Gravepierre! Ils se connaissaient! Ils se tutoyaient! Ils se touchaient!

Pierre Gravepierre lui prenait la main, la pressait, l'embrassait. Et elle, sa mère à lui, Pascal, sa propre mère à lui, retirait ses doigts en frémissant.

— Non, attention, il peut nous surprendre.

— N'aie crainte. Tout se passera bien...

Et avant l'obscurité générale, avant la panique et la chute irrémédiable dans la folie, il percevait le rire de Pierre Gravepierre. Un rire qui grinçait, à peine audible, inconnu, effrayant, effroyable de mauvais triomphe et de malignité.

— Je t'avais bien dit que je saurais y faire avec ton fils...

*

Il courait.

Il courait droit devant, au hasard, dans la nuit de délire qui l'avait accablé d'un coup.

Des taillis l'absorbaient et le recrachaient à chaque foulée. Des ronciers le griffaient. Des troncs le frôlaient. Des racines, des souches, ne se révélaient qu'au moment de buter dessus. Des talus s'éboulaient en pierrailles sous ses espadrilles. Les balais acides des genêts le fouettaient. Les basses branches des sous-bois se le renvoyaient, le ballottaient, s'agrippaient à lui.

Il les repoussait, haletant et geignant, à grands gestes égarés. Mais elles revenaient sans cesse. Elles s'accrochaient à lui, à ses cheveux, ses vêtements. Pour une qui cédait en sifflant, des dizaines d'autres s'abattaient, lui sabraient le visage, s'enroulaient autour de son corps, de ses membres, poisseuses et élastiques, pareilles aux fils du piège dans lequel il était tombé depuis le début.

Un piège impossible. Une toile de cauchemar construite à son intention, spécialement à son intention, par une araignée monstrueuse, d'une tout autre espèce, d'une tout autre trempe que celles qu'il connaissait. Une araignée qui avait inventé la toile la plus invisible et la plus impitoyable qui se pouvait tisser.

« J'avais bien dit que je saurais y faire avec ton fils. »

Et il gémissait sous la morsure.

Il vacillait, glacé par le poison qui filait dans ses veines, mais qui ne le foudroyait pas, qui ne le terrassait pas immédiatement, qui lui permettait encore de réagir, de se défendre.

Et il se secouait. Il se débattait. Il jetait ses dernières forces dans la lutte. Pas pour l'emporter, non. Il ne pensait pas, il n'espérait pas l'emporter. Avait-on jamais vu un moucheron de rien du tout triompher d'une araignée ?

Il tremblait. Il titubait à reculons jusqu'à la chambre de sa mère. Et lorsqu'il revenait dans la pièce principale, Pierre Gravepierre, l'araignée, sûr de son piège et de son venin, tordait brusquement les sourcils, étonné par sa résistance.

— Qu'est-ce que tu as, Pascal ?... Pourquoi ce fusil ?

Il courait. Il courait maintenant. Il courait en aveugle, sans but, la tête lacérée par le hurlement des chiennes, les cris de sa mère, l'écho démesuré de l'explosion. Une clameur immense, stridente, qui le poursuivait en tournoyant.

Il fuyait, terrifié, perdu dans les profondeurs livides et noires qui s'ouvraient devant lui, qui l'aspiraient plus vite, toujours plus vite.

Et le vent qui le battait, avait un goût de larmes et de poudre brûlée.

*

Il ne comprit pas qu'il chutait.

Il sentit bien le sol se dérober et se redresser

soudain, se précipiter à sa rencontre. Mais il eut la conviction fugitive que ce n'était qu'un accident de terrain supplémentaire qu'il traverserait aussi fatalement, aussi irrévocablement que les précédents. Car plus rien, à sa connaissance, ne pouvait stopper la poussée démentielle qui l'emportait à jamais.

Mais cette fois, l'obscurité se resserra, se solidifia pour l'empêcher de passer. Elle le frappa aux mains, au front, puis indifféremment sur tout le corps. Et il se vit condamné pour l'éternité à rebondir et s'abîmer contre un mur barbelé. Une punition indiscutable, méritée, qui le pétrissait et le suffoquait, et qui, lorsqu'elle cessa, avec autant de brutalité qu'elle avait commencé, le laissa pantelant et désorienté, attendant et redoutant la suite du châtiment.

Il mit un moment à admettre que le pire était passé, que rien ne l'assaillerait plus pour l'instant, sauf la douleur physique dans laquelle il baignait. Une douleur à la fois vive et vague, curieusement supportable, bienfaisante même, car elle émoussait le tumulte d'images qui éclataient et se reconstruisaient furieusement dans sa tête.

Le fusil, lourd, si lourd à braquer. Le réflexe désespéré de Pierre Gravepierre pour détourner le coup. La main énorme, tendue, qui grossissait à toute allure et qui se recroquevillait brusquement, chassée en arrière par l'explosion, l'éclaboussement de fumée, de lumière et de bruit.

— P'pa...

Il geignait. Il avait mal à l'épaule. Au creux de la

clavicule où le recul de la crosse l'avait claqué si violemment qu'il en avait lâché le fusil.

Il ne l'avait pas ramassé. Il ne s'en était pas aperçu sur le moment. Il était demeuré debout, sans souffle, tremblotant et figé, avec une envie d'éternuer comme s'il avait respiré du poivre. Rien que cette envie d'éternuer qui ne se concluait pas. Et entre ses paupières piquantes et embuées, il avait vu mourir Pierre Gravepierre.

Il l'avait vu s'affaler, du sang partout, rouge sur son visage convulsé et sa chemise blanche. Il l'avait vu tomber d'abord contre la table, puis s'écrouler d'un bloc, de tout son long, entraînant la bouteille et les verres qui s'étaient brisés sur le carrelage.

Et par-dessus ce gâchis, il avait rencontré le regard incrédule de sa mère qui ne le reconnaissait plus, qui ne reconnaissait plus rien et qui se mettait à hurler comme une maudite en s'attrapant les oreilles... Qu'allait-il devenir, maintenant ?

— P'pa...

Il pleurait. Et ses plaintes inarticulées se perdaient dans le tapis d'herbes rêches qui lui meurtrissaient la peau.

Des ajoncs. Et des prêles aussi.

Il devait se trouver près de la « Bègue », la source où Marquise avait failli se noyer quelques semaines plus tôt.

Il pensa que ce serait bon de s'en approcher, de s'y laisser baigner et couler lentement pour calmer ses brûlures. Il s'enfoncerait, tête la première, dans l'eau froide et apaisante qui laverait définitivement sa sueur, ses larmes et sa peur et toute sa souffrance... Et demain, demain, le vieux Fongarola le trouverait comme il avait trouvé la chienne, et comme pour la chienne, il le prendrait sur ses épaules et le déposerait à Vieillecombe sur le seuil ensoleillé de la maison... Et sa mère, le voyant, se précipiterait. Elle s'agenouillerait près de lui. Elle lui essuierait son visage trempé, lui parlerait tout bas pour l'aider à se réveiller. Mais il ne répondrait pas. Il ne se lèverait pas. Alors elle comprendrait. Elle se rappellerait comme ils étaient bien ensemble. Et elle le serrerait éperdument. Elle le bercerait en lui embrassant les cheveux et les joues. Et elle pleurerait. Elle pleurerait longuement pour le mal irréparable qu'elle lui avait fait...

Il suffisait de quelques mètres. Seulement quelques mètres à ramper. Un petit effort. Un dernier effort.

Mais il ne bougeait pas. Il ne pouvait pas. Il ne pouvait que rester étendu, les bras en croix, à gémir, la bouche molle dans les ajoncs blêmes, à gémir et sangloter et appeler son père, P'pa, Oh! P'pa, à appeler doucement son père qui avait permis tout cela et qui ne l'entendait pas.

*

Il se releva, peu après, étonné par l'indifférence de l'univers à son égard.

Une écharpe rougeâtre allumait encore la bordure sinueuse des montagnes. Mais le restant du ciel s'étalait, très haut, d'un noir limpide et bleu autour des étoiles. Des frôlements divers traversaient les prêles. Des insectes nocturnes voletaient, des papillons et des libellules de nuit attirés par l'eau de la

« Bègue ». Quelque part, une chouette ulula longuement. Et la nuit entière parut écouter et se suspendre à cette lamentation qui se prolongeait.

A une époque, pas si reculée que ça, on affirmait que ces cris-là « aspiraient » le cœur des nouveau-nés. C'était sa mère qui le lui avait raconté. Les premières semaines de sa vie, il avait dormi, paraît-il, un bonnet bien enfoncé sur les oreilles, afin de ne pas succomber aux envoûtants appels des huants qui lui auraient emporté l'âme. Non qu'elle y croyait vraiment, mais qui savait au juste avec ces superstitions, et puis qu'est-ce qu'on perdait? ajoutait-elle, en souriant, si bien qu'il n'avait jamais su en réalité, si elle blaguait ou non... M'ma, pensa-t-il. M'ma, que nous est-il arrivé?

Il frissonna. Il se sentait épuisé, misérable et fiévreux. Mais calme brusquement. Etrangement calme.

En se mettant debout, il se rendit compte qu'il avait un pied nu. Il tâtonna dans les ajoncs, à la recherche de son espadrille. Sans grande conviction. Il avait pu la perdre à n'importe quelle étape de sa fuite. Dans les broussailles, ou bien le petit bois de châtaigniers qu'il avait franchi en dernier. Peut-être même carrément au début, à la ferme, comme il avait laissé le fusil.

Il repensa à sa mère hurlant sans bruit devant le cadavre de Pierre Gravepierre. L'espadrille faisait si incongru dans le tableau qu'il commença d'avancer rien que pour effacer cette vision.

Il marcha, en traînant sur la pente la semelle qui lui restait. Puis il décida qu'elle le gênait davantage qu'elle ne le protégeait. Et il l'abandonna au moment

269

où, entre les fourrés touffus qui noircissaient son champ de vision, il aperçut des morceaux du toit des Fongarola, dont les tuiles ondulées luisaient sous la lune comme des tessons de bouteilles.

Les chiens le repérèrent avant même son apparition à découvert.

La brise fluide et mesurée qui s'allongeait vers la ferme, leur avait porté son odeur. Et tout en approchant entre les buissons, il les entendait s'agiter et manifester leur impatience de l'accueillir.

Il modifia sa direction pour les éviter.

Non par crainte de se faire attaquer. Il les connaissait. Ils n'étaient nullement agressifs et Poilu, le gris, que l'âge rendait le plus teigneux, avait des crocs aussi émoussés que des billes. Seulement leur concert risquait d'alerter le vieux Fongarola. Et mieux valait s'en dispenser.

Depuis que ce dernier avait mangé de la terre, plus personne à part Julia n'osait se fier à ses réactions. On le prévoyait capable du pire. Dernièrement, il avait claqué sa porte au nez du curé, M. Laurienne, manquant lui casser les lunettes. Et deux journaliers portugais qui avaient eu la mauvaise idée de prendre un raccourci par ses champs, avaient raconté en tremblant au bistro des Bonname que le diable en personne les avait poursuivis, déguisé en vieillard enragé, crachant des injures et brandissant un bâton ou une fourche, ils n'étaient pas restés assez longtemps pour bien voir... De jour, déjà, il n'était pas conseillé de s'aventurer si près de la ferme sans se faire annoncer. Alors de nuit...

Il contourna l'étable — vide puisque dans un de ses accès d'égarement, le vieux avait pratiquement donné toutes ses bêtes à ce profiteur de beau-frère du maire. Il contourna l'étable pour prendre le vent de face. Mais c'était une nuit folle. Et le vent fou tourna avec lui.

Aussi, dès qu'il parut à l'angle de la façade, où se dressait trop près du mur le grand noisetier stérile que d'hiver en hiver les Fongarola avaient remis d'abattre, les aboiements reprirent de plus belle. Et les chiens, plutôt immobiles jusque-là, s'élancèrent vers lui, l'entourèrent, se bousculant pour le flairer, soufflant leurs halètements moites sur ses chevilles et ses pieds nus.

Il s'aplatit contre l'arbre, un œil vers la maison d'où allait surgir à tout instant un vieux fou déchaîné. Puis il se rappela que si la catastrophe survenue aux Fongarola, avait bouleversé le rythme et les principes de la ferme, quelques habitudes ancestrales avaient tenu le coup, comme de continuer à dîner tôt et se coucher avec le soleil.

Il distribua donc, vite fait, des caresses de la main puis de la voix. Il n'était pas du tout à ce qu'il faisait. Mais l'excitation des chiens tomba un peu. Et il put se faufiler sans plus d'encombre derrière le bâtiment.

Julia devait se trouver dans sa chambre.

De la lumière filtrait entre les lamelles des volets

verrouillés. Une curieuse lumière, très faible, vaguement mouvante comme le halo d'un chandelier, et qui
s'éteignit aussitôt qu'il gratta à la fenêtre.

— Julia... C'est moi, Julia...

Elle mit du temps à répondre. Et tout en grattant et
chuchotant plus fort, il la supposa anxieuse et attentive, sur ses gardes dans l'obscurité, à s'imaginer Dieu
sait quel rôdeur inconnu.

Lorsqu'elle l'identifia enfin, elle ne débloqua pas
tout de suite les volets. Elle lui demanda de patienter
quelques secondes. Et il comprit plus tard, en la
voyant, que c'était pour enfiler son jean sous sa
chemise de nuit qui lui tombait à peine à mi-cuisses.

— Pascal. Qu'est-ce qui t'a pris d'énerver les
chiens? J'étais pas très tranquille...

Elle soupirait, plus soulagée que surprise, rallumait
la lumière, une grosse torche électrique qu'elle détournait de lui, tandis qu'il escaladait la fenêtre.

Et la première chose à laquelle il pensait, stupide,
était une panne de courant.

Mais elle lui montra la lampe de chevet près du lit
défait.

— Elle a pété. Je l'ai fait tomber l'autre soir.

— C'est l'ampoule, assura-t-il. Faut changer l'ampoule.

— Je l'ai fait. Ça marche pas quand même. Dès
qu'on en met une, elle saute...

Il y avait bien un plafonnier. Mais l'interrupteur
était placé sur le chambranle de la porte, trop loin
pour qu'elle puisse le manœuvrer de son lit. Et la
torche, plus pratique, lui suffisait pour déchiffrer les

photoromans qu'elle lisait et relisait avant de s'endormir.

— Ça doit venir de la prise, alors, conclut-il.

Elle dit ah! bon. Elle n'y avait pas pensé. Et il répéta la prise, oui, c'est sûrement ça, avec un vertige d'irréalité dans la voix, tant la conversation lui paraissait insensée par rapport à celle qu'il attendait.

Ils se reflétaient, tous deux, à contre-lumière, sombres et flous, dans le miroir de l'armoire accolée aux lits gigognes où avaient dormi les enfants Fongarola.

Puis le faisceau jaune qui les éclairait de biais remonta un peu. Et Julia sursauta.

— Qu'est-ce tu t'es fait? Tu es tombé?

— Non. J'ai... Je...

Son visage blafard et sale dans la glace. Les cheveux emmêlés, raides de sueur séchée. Les trous hâves, opaques, de sa bouche et de ses yeux creusés par tout ce qu'ils avaient vu et continuaient de voir.

Il baissa la tête pour ne plus se rencontrer, lâcha tout bas.

— Je l'ai tué.

— Quoi?

— Je l'ai tué. Je lui ai tiré dessus. J'ai pris le fusil de mon père. Et je lui ai tiré dessus.

Elle ne lui demanda pas de qui il s'agissait. Elle parut se rapetisser, atteinte par chacun de ses mots. Et il s'assit au bord du lit, afin de poursuivre.

Il pouvait parler. Il ne ressentait rien qu'une fatigue interminable. Une lassitude de fin du monde qui le décalait et le détachait de tout, mais qui ne l'empêchait pas de parler.

Et c'était un peu comme cette autre nuit, des siècles

auparavant. Cette nuit funèbre où après avoir pédalé à en mourir, il avait appris aux Fongarola que son père était tombé de l'échelle.

C'était presque pareil, oui. Sauf qu'aujourd'hui, il ne venait pas chercher du secours. Ni rien d'autre, d'ailleurs. Savait-il seulement pourquoi il était venu ? Il se souvenait d'avoir eu besoin de bouger. Simplement besoin de bouger. Dans n'importe quelle direction. Et à présent, il était là devant Julia qui l'écoutait, effarée, en se pressant les lèvres du bout des doigts.

— Ta mère ? Ta mère et lui ? C'est pas possible.

— Je les ai vus, je te dis. Je les ai entendus. Ils se caressaient les mains. Ils...

Elle l'interrompit d'un signe, la tête ramenée vers la porte au travers de laquelle parvenaient des bruits indistincts. Les frôlements du vieux Fongarola qui devait traîner dans la maison.

— Il dort plus jamais, chuchota-t-elle. Il rôde comme ça toute la nuit. Des fois, il se fatigue. Il se pose dans son fauteuil, les yeux ouverts. Et il se parle tout seul pour pas dormir... Faudrait pas qu'il s'aperçoive que tu es là.

Elle écouta les bruits s'éloigner.

Dans sa chevelure retenue en arrière par un élastique, des morceaux de sparadrap lui barraient les tempes jusqu'au cou, aplatissant les oreilles.

Pascal se souvint qu'elle avait très honte de ses pavillons décollés. Elle lui avait avoué, un jour, qu'elle suivait un traitement spécial et secret de son invention, valant toutes les opérations chirurgicales... « J'en ai pour jusqu'à dix-huit ans, lui avait-elle affirmé, catégorique. Ensuite, je ferai des chignons et on se battra

275

pour m'offrir des boucles d'oreilles. » Et il n'avait pas eu alors là-dessus le moindre doute...

Elle se rendit compte de ce qu'il regardait, battit des paupières, gênée, arracha très vite les bandes adhésives sans une grimace, puis libéra ses cheveux.

Et ils demeurèrent un moment dans la pénombre, l'un en face de l'autre, à s'éviter des yeux et à guetter les déplacements du vieux Fongarola qui donnait, semblait-il, des petits coups de canne dans les meubles.

— Tu l'entends ?

— Oui.

— Ça doit être les chiens qui l'énervent. J'aurais peut-être pas dû les fermer dehors.

— Oui.

— Qu'est-ce que tu vas faire maintenant ?

— Sais pas.

Il ne savait pas. Vraiment. Il ne pouvait pas retourner chez lui. Il n'avait nulle part où aller. Aucune envie non plus. Et son cerveau refusait pour l'instant de fonctionner dans un sens déterminé.

— Faut te cacher, Pascal... « Ils » vont te chercher. C'est sûr. « Ils » vont te chercher partout. Et... Oh ! il les a fait rentrer. Il a fait rentrer les chiens.

Des jappements et des piétinements excités s'élevaient, assourdis mais très nets, de l'intérieur de la maison.

— Je lui avait bien répété que non, pour garder tout bien propre demain pour l'assistante. Mais il les a fait rentrer quand même.

— Je pourrais me cacher ici.

Il ne pensait pas réellement ce qu'il disait. Il pensait

276

à sa mère qui devait, en ce moment, être revenue de son affolement et courir à Saint-Girier prévenir, du téléphone le plus proche, un médecin ou les gendarmes, mettant sens dessus dessous tout le village.

— Je pourrais me cacher ici.

Il avait repris les mêmes mots, mécaniquement, sans conviction, en sachant pertinemment que ce n'était pas une bonne solution, qu'il n'y avait plus désormais pour lui de bonnes solutions.

Et Julia l'arrêtait.

— Ça vaut pas. Surtout avec l'assistante qui vient demain. Il y aura aussi M. Borgeat et toute sa clique...

Elle réfléchit un peu. Puis.

— Tu serais mieux dans les mines. Là, personne qui...

Elle ne parvenait pas à se concentrer, elle non plus, son attention portée sans cesse vers la porte derrière laquelle un des chiens s'approchait, gémissant et raclant le sol comme s'il suivait leur piste.

— Attends. Faut que je les sorte. Sinon...

Il lui attrapa brusquement le bras.

— Je ne veux pas rester seul.

— Mais je reviens. Je sors juste les chiens. Et je...

Il secoua la tête, frénétiquement.

— Dans les mines. Je ne veux pas y aller tout seul. Je ne veux pas rester seul.

Elle le dévisagea avec application. Ses yeux étaient noirs, sérieux et beaux, et aspiraient toute la lumière.

— Je te laisserai pas, murmura-t-elle enfin. Je te laisserai pas.

Les deux autres chiens grognaient déjà après le

premier. On entendait également les coups de canne du vieux Fongarola qui s'amenait aussi.

— Bouge pas. Je reviens.

Elle posa la torche près de lui, sur le lit, entre les photoromans épars, et se précipita, les mains libres, pour empêcher les choses de dégénérer.

Elle ne put quitter la pièce.

Au moment où elle se coulait avec difficulté par l'ouverture de la porte qu'elle maintenait la plus étroite possible, un mouvement confus l'accueillit, lui interdisant de refermer complètement derrière elle.

Elle se tendit comme pour supporter un assaut, commença de sermonner les chiens. Et tandis qu'une grosse voix indistincte montait brouiller la sienne, elle s'obstina sur le même ton de remontrance.

— Tu avais pourtant promis, grand-père...

Mais elle n'acheva pas. Elle recula à regret, s'éloignant du battant qui semblait s'écarter sous une poussée irrésistible. Puis les chiens entrèrent, se heurtant et tournant dans l'espace restreint.

Et le vieux Fongarola fit son apparition.

Pascal tenta machinalement de se lever, sans y parvenir.

La torche électrique roula contre ses fesses. Le faisceau de lumière pâlotte qui se perdait par la fenêtre, balaya les lits gigognes, l'armoire à glace, frissonna dans le poil des chiens et s'arrêta juste avant de basculer franchement sur la silhouette qui surplombait Julia.

Julia qui soufflait vite, en douce.

— N'aie pas peur. Il te fera rien.

— J'ai pas peur, dit Pascal.

Depuis combien de temps ne s'était-il pas trouvé devant le vieux Fongarola ?

La dernière fois, ç'avait été à Saint-Girier. Le vieux, après des semaines de claustration, avait, pour Dieu sait quelle raison, descendu la rue principale, happant l'attention de ceux qui étaient là. Il marchait d'un pas mauvais, sans voir personne, en remontant bizarrement ses mains, très haut dans ses poches. Et quelqu'un de la bande, Olivier Chitaille, oui, avait ricané dans le silence que c'était seulement pour retenir son pantalon...

Il n'avait pas tellement changé. Son pantalon flottait toujours autant. Sa barge dépenaillée semblait lui grignoter la figure. Le béret usagé qu'il portait en permanence, lui descendait bas sur le front, assombrissant davantage les cavités des orbites. Et dans l'éclairage fantomatique, son regard jaillissait, trouble, halluciné et rouge.

— C'est Pascal, grand-père.

Julia lui retenait sa canne, comme pour prévenir un éclat de violence.

— Pascal Couvilaire, de Vieillecombe. Tu le reconnais ?

Quelque chose remua dans le visage terrible du vieux. A demi cachées sous les poils débraillés de sa barbe, ses lèvres se séparèrent. La fente se dessina, s'agrandit. Et un bruit rauque en surgit.

— 'combe !

— C'est ça, grand-père. Vieillecombe... Il y a eu un malheur, là-bas.

Le vieux ne parut pas réagir. Sa mâchoire décrochée ne remonta pas. Ses dents saillantes, usées et inégales, ressemblaient à des pointes d'os. Un soupir s'y déchira, âpre et sonore. Un grognement inintelligible.

Mais pour Julia, ça suffisait.

— Un malheur, oui, confirma-t-elle. Quelqu'un est mort. Un étranger. Il était venu pour... pour voler. Et Pascal l'a empêché à coups de fusil.

Les traits du vieux se crispèrent. Une douleur étrange sembla l'étreindre. Ses lèvres fendillées, se gonflèrent, formèrent un mot que sa respiration heurtée projeta, à peine distinct.

— La terre...

Pascal chercha sur le visage de Julia à savoir s'il avait bien entendu. Mais Julia ne s'occupait que du vieux.

— Il s'est défendu, grand-père. Il s'est juste défendu. Tu comprends ?... Il pouvait pas le laisser faire...

— La terre, répéta le vieux Fongarola, plus nettement.

Sa voix roula dans l'ombre. C'était ce qui s'était le plus transformé en lui. Elle ne paraissait plus lui appartenir, méconnaissable, désarticulée et caverneuse, dégringolant du loin de sa gorge sans prévenir, pareille à un grondement d'animal.

— La terre...

Et, seule, Julia comprenait, et reprenait avec patience comme si c'était la suite logique d'une longue discussion qu'ils poursuivaient, l'un et l'autre, depuis la nuit des temps.

— Oui, grand-père. C'est la terre qui gagne. On la cultive, on la soigne et on la cajole. Mais on a beau faire, c'est elle qui gagne. C'est elle qui gagne toujours.

Le vieux eut l'air d'approuver.

Un des chiens passait et repassait entre ses jambes, mais il ne s'en rendait pas compte. Il ne semblait plus se rendre compte de rien. Il avait voulu manger la terre qui, après lui avoir sucé sa sueur et ses forces, lui avait pris tous les siens. Il avait mangé de la terre. Et le peu qu'il en avait avalé, lui criblait, lui rongeait l'esprit, irritant et voilant ses yeux de lapin fou.

Il se raidit soudain, la mine effrayée, hurla comme pour appeler quelqu'un à l'extérieur.

— Louise !

— Je suis là, grand-père, répondit Julia avec douceur.

— Louise...

— Allez viens, grand-père. Faut sortir les chiens. Ils vont dégueulasser partout. Et demain, quand « ils » viendront...

Elle l'entraînait tendrement, en continuant à lui parler de plus en plus bas, à lui chantonner des choses qu'il ne comprenait pas, qu'il ne pouvait comprendre, mais qui le berçaient et l'apaisaient.

Elle l'emmenait hors de la chambre, talonnée par les chiens qui l'accompagnaient tout aussi dociles.

Et Pascal, inerte, au bord du lit, suivit du regard la traînée de lumière jaunâtre qui, montant de la torche mal calée contre sa cuisse, se balançait lentement de la porte à l'armoire dans le miroir de laquelle il se reflétait, solitaire, harassé de fatigue et de confusion.

*

Ils descendirent dans les ravins.

Ils y descendirent par paliers successifs. Car Julia

qui décidait des chemins, l'obligea, à chaque changement de direction, à se frotter les semelles et les mains avec des plantes, des feuilles d'arbre ou du laurier sauvage, afin de dépister ceux qui, tôt ou tard, immanquablement, se mettraient à leur poursuite.

— Ils auront des chiens, tu comprends...

Il acquiesçait. Sans discuter ni réfléchir. Il obéissait, soulagé de se laisser guider.

Il ne se sentait capable d'aucune détermination, d'aucune initiative. Si cela n'avait tenu qu'à lui, il n'aurait pas bougé du dernier endroit où il s'était immobilisé. Ou bien, une fois la machine en route, il aurait marché, marché, sans trêve, sans se préoccuper du but, jusqu'à ce que ses jambes ne le supportant plus, il se fût écroulé, d'un bloc, tous ressorts cassés, les bras en croix pour l'éternité.

Et puis, Julia savait exactement comment procéder, elle. Elle avait étudié la question des heures durant, tous ces derniers jours. Elle ne tenait pas à être prise de court au cas où l'Assistance choisirait de la replanter ailleurs, dans leur centre ou une famille d'accueil inconnue, ce qui semblait inéluctable vu l'état du vieux Fongarola.

Elle lui montra même une petite valise qu'elle avait préparée, pas trop lourde pour pouvoir aisément se déplacer le cas échéant, avec des vêtements de rechange, une couverture et du matériel nécessaire à un séjour isolé dans la montagne.

Mais au dernier moment, elle refusa de la prendre.

— Pas besoin de s'encombrèr. De toute façon, faudra que je remonte pour l'assistante...

282

A ce sujet, elle ne pouvait s'empêcher de garder un espoir. Elle était persuadée qu'en définitive un miracle aurait lieu. La délibération finale tournerait à son avantage ou du moins serait encore repoussée et, entre-temps, qui sait, le vieux Fongarola reprendrait ses esprits, pourquoi pas, des souhaits autrement impossibles se réalisaient tous les jours...

Son idée, c'était qu'une fois lui, Pascal, à l'abri dans les mines, elle pourrait mieux l'aider si personne ne la recherchait, elle. Elle lui assurerait le ravitaillement, lui garderait un lien avec l'extérieur et le préviendrait ainsi des opérations entreprises pour le dénicher, ce qui lui assurerait toujours une longueur d'avance appréciable sur ses poursuivants...

Et il disait oui, un peu débordé.

Il disait oui à tout, sans très bien comprendre, en se demandant comment elle pouvait penser aussi vite et aussi calmement.

Oui, lorsque, avant de quitter la ferme, elle lui sortit de l'armoire une paire de vieilles sandales pour chausser ses pieds nus.

Oui également, une seconde après, alors qu'elle les lui fit retirer pour les remplacer par des baskets presque neuves qui avaient appartenu au petit Laurent Fongarola et qui, lacées, convenaient mieux à la course.

Et oui encore, pour terminer, quand elle braqua la torche qu'elle avait emportée, sur un des premiers tronçons de mine qu'ils rencontrèrent.

Ce n'était pas celui dans lequel elle avait prévu de s'installer au départ. Le sien était moins évident, plus bas, plus enfoui dans la montagne et d'un accès moins commode. Mais, pour cette nuit, celui-là suffisait.

Ils y pénétrèrent avec précaution, le pinceau de la lampe pointé devant eux, si blême que, durant un bref instant, il parut que la lune allongeait timidement du dehors quelques-uns de ses rayons pour les aider à déloger d'éventuels occupants.

Heureusement, personne ne les attendait à l'intérieur. Ni vagabond endormi, ni bestiole en mal de terrier.

Une fois passé l'écran touffu d'épineux et de rocaille qui en masquait l'entrée, le couloir s'évasait, prenait un élan pour gagner en largeur et profondeur, puis s'achevait abruptement en une série de renfoncements irréguliers.

La voûte basse et pentue s'était écroulée depuis si longtemps, que l'éboulis de caillasse et de vieux madriers pourris qui bouchait le fond de la galerie principale, avait acquis l'aspect compact et impénétrable des autres parois.

Un wagonnet rouillé était à moitié enseveli sous les gravats.

Une très lointaine matinée, une matinée d'insouciance où en compagnie de la bande de Saint-Girier, ils essayaient de le dégager — ou peut-être était-ce un autre wagonnet dans une autre galerie, quelle importance, elles se ressemblaient toutes — Eric Chitaille, le frère d'Olivier, s'y était écorché le front. Et au retour, ils s'étaient tous mis d'accord pour raconter aux filles, histoire de rigoler un coup, qu'il s'agissait d'une morsure de chauve-souris... S'était-il vraiment amusé, ce jour-là ?

— On est tranquille pour cette nuit...

Julia examinait le recoin le plus profond d'où ils n'auraient plus besoin de se lever pour surveiller l'entrée.

Du sol battu, recouvert de taches d'une sorte de mousse grisâtre, montait une odeur d'humidité caractéristique des endroits rarement asséchés par le soleil ou le vent.

— Même s' « ils » préviennent les gendarmes, « ils » attendront le jour pour commencer à chercher.

— Tu crois ?

Il frissonnait.

Des visions le traversaient. Une marée d'uniformes porteurs de torches, grouillant dans la colline. Et eux, Julia et lui, tapis dans les broussailles, retenant leur souffle, les yeux écarquillés devant la multitude de points lumineux qui dansaient sur les pentes comme des lucioles.

Mais Julia qui savait tout, le rassura formellement.

— « Ils » cherchent jamais la nuit.

Dans ce « ils » qu'elle n'avait pas besoin de préciser, se pressaient tous les hommes valides de la commune.

Pascal les voyait comme s'il se trouvait parmi eux, au milieu de la place du rendez-vous, tenant les chiens nerveux en laisse, avec la fébrilité sous-jacente des matins de grandes chasses.

Pour l'heure, ils devaient être groupés autour de sa mère, à écouter gravement le récit des événements. Peut-être qu'elle pleurait en leur parlant. Non, ce n'était pas certain. Elle ne pleurait jamais quand on la regardait. Elle préférait se contenir. Même lorsque ses émotions débordaient, ce n'était pas celles qu'elle avait vraiment en tête. Elle savait si bien les cacher. Elle savait si bien se cacher... Pas une seconde, il ne s'était douté que Pierre Gravepierre et elle...

— Il reste plus beaucoup de piles...

Dans la main de Julia, le faisceau de la lampe qui dessinait des reliefs sur les parois devant eux, vacillait.

— Vaut mieux les économiser. J'éteins.

— Attends !

Il avait sursauté. Et Julia le considérait, étonnée.

— Pourquoi ? On a pas besoin de lumière.

Oh ! si qu'il en avait besoin. Il en avait besoin. Il en aurait besoin toute sa vie...

Elle éteignit.

*

— C'était pas un ami de ton père, alors ?

— Non...

— Au barrage, il arrêtait pas de te regarder. Il te surveillait tout le temps. Je vous voyais, tu sais... Tu avais l'air si content.

— Oui...

Il étouffait. Il s'étranglait dans le noir. Il ne pouvait pas parler. Il ne voulait pas. Il n'avait fait que cela durant toute la journée. Il avait ouvert sa bouche sans méfiance. Seulement la bouche. Et sa tête et son cœur s'étaient ouverts aussi, s'étaient vidés et asséchés. Sa substance, ses richesses, s'en étaient allées. Il les avait données à Pierre Gravepierre. Il lui avait offert tout ce qu'il possédait, tout ce qui le remplissait. Même Régis Bonname... Et Pierre Gravepierre lui avait pris davantage... Il ne voulait plus parler.

— Régis ? souffla Julia. Pourquoi Régis Bonname ?

— J'en avais jamais parlé à personne. Pas même à toi. Et je lui ai tout dit. Sans même qu'il me demande...

— Quoi, Pascal ? Qu'est-ce que tu lui as dit ?

— J'étais bien avec lui. J'étais si bien. Et lui, lui, il ne pensait qu'à ma mère... Quand ils se sont vus, ils ont fait semblant de ne pas se connaître. Et... Et...

— Tu pleures ?

— Ils n'avaient pas le droit de me faire ça. Ils n'avaient pas le droit.

— Pleure pas, Pascal...

— J'ai rien remarqué. Elle faisait attention à elle. Elle se maquillait. Elle se frottait les mains avec du citron pour les rendre blanches après la vaisselle. Et j'ai rien remarqué.

— Pleure pas. Ils méritent pas que tu pleures.

— Tous les mercredis. Ils se voyaient tous les mercredis à Larques.

— Au marché ?

— Le Parisien les avait vus... M. Bourdière est revenu pour me prévenir. Mais j'ai rien voulu entendre... J'avais confiance. J'avais tellement confiance. Et dès que j'ai eu le dos tourné, ils... ils...

— Pleure pas, Pascal. Je t'en prie. Pleure pas. C'est fini, maintenant.

— O Julia !...

Il les voyait, tous, dans l'obscurité. Il les voyait surgir sans cesse. Des silhouettes pâles qui accouraient, avides de spectacle. Les Bonname et le Parisien et Micoulonges et M. Bourdière et Bisson, le garagiste, et tous les autres, les hommes et les femmes qu'il avait

287

croisés pendant cette journée et qui avaient connu et respecté son père.

Ils se penchaient, silencieux, sur lui, puis sur le cadavre sanglant de Pierre Gravepierre à Vieille-combe, puis sur lui à nouveau. Et ils hochaient la tête avec des regards identiques. Des regards navrés, mais compréhensifs, parce qu'ils le reconnaissaient, qu'ils voyaient en lui le digne, le respectueux fils d'Antoine Couvilaire. Le grand Antoine Couvilaire, le fondateur de la coopérative, le boiteux que nul n'avait jamais vu courir et devant lequel nul n'aurait eu l'idée de courir. L'unique homme au monde dont il fallait vénérer et défendre la mémoire, fût-ce même à coups de fusil.

Et il les désignait l'un après l'autre. Il les montrait à Julia. Pour les repousser. Pour les chasser, avant que leurs yeux ne finissent par s'habituer aux ténèbres et découvrir la vérité. Que loin d'égaler son modèle, il n'était qu'une larve épuisée qui avait tout juste eu la force de lever une arme contre ses rêves perdus, avant de se recroqueviller pour jamais dans la boue obscure qui l'asphyxiait.

Et Julia l'écoutait et l'aidait à revenir, à respirer, par petites touches, sans insister, comme pour nettoyer une plaie vive, en s'arrêtant lorsqu'elle sentait qu'il avait trop mal.

Et petit à petit, tout se stabilisait, tout s'apaisait.

— Tu veux que j'allume ?
— C'est pas la peine.
— Tu as froid ?
— Non, ça va.

Ça allait. C'était juste les larmes qui séchaient.

— J'ai été bête. J'aurais dû prendre la couverture.

Il ne faisait pas si noir que ça. Dehors, la nuit était claire. Les épineux qui bouchaient l'entrée de la mine, laissaient filtrer un halo diffus qui se répandait à l'intérieur de la galerie. Et par instants, scintillaient, étincelles immobiles dans l'obscurité des ronces, des vers luisants.

— Heureusement qu'on est deux, dit Julia. On aura moins froid... Ça t'est déjà arrivé de coucher dehors?

— Si, des fois.

— Quand ça?

— Oh! une ou deux fois, il y a longtemps! Je ne me rappelle plus.

— Quand j'étais petite, si j'étais pas sage et obéissante, pour me punir, on me faisait dormir dans la bergerie... Tu te souviens de la maladie des moutons?

— L'épidémie? Chez les Fongarola?

— Oui...

Elle vibrait, les yeux pleins et immenses, illuminés comme par le dedans.

— Le jour où ça a pris, j'y étais dans la bergerie. J'ai senti quelque chose couler entre mes jambes. Comme du sang, mais c'était pas du sang. Ça s'est arrêté presque tout de suite. Et ce jour-là, les moutons ont commencé à crever... Tous, un par un. Et j'ai plus jamais couché dans la bergerie...

Il comprenait. Il savait pourquoi elle lui racontait ça. Il n'avait pas besoin de le lui demander. Il le savait.

C'était une nuit fatidique, où les terreurs les plus profondes, les plus secrètes, n'avaient désormais aucun sens. Et où ils étaient condamnés, comme les vers luisants, à montrer le feu qui leur rongeait le ventre.

Et lorsque plus tard, très tard, au fond de cette nuit sans fond, la chose survint, il ne pensa pas que c'était impossible. Il ne se dit pas qu'elle n'avait pas le droit de se produire. Pas maintenant. Pas dans ces conditions. Qu'il avait tué un homme, Pierre Gravepierre, on ne pouvait l'oublier. Il n'appela pas à la rescousse, comme cela s'était produit quelquefois auparavant, les images les plus pénibles qu'il connaissait. Il se laissa envelopper et couler éperdument dans une odeur tiède, un peu salée d'eau et d'herbe coupée. L'odeur tendre de Julia qui tremblait et l'étreignait et balbutiait et l'embrassait aussi.

C'était une nuit d'entre toutes les nuits. Une nuit de fièvre, intolérable et douce, douce et intolérable, contre laquelle rien ne servait de résister.

Il ne dormait pas.

Une petite aspérité, un défaut du sol, lui meurtrissait l'omoplate. Mais ce n'était pas cette douleur diffuse, plus supportable que gênante, qui le tenait éveillé.

S'il fermait les yeux, il risquait de ne jamais les rouvrir. Il en était persuadé. Il avait l'étrange impression d'avoir accompli tout ce pour quoi il avait été créé. En moins de vingt-quatre heures, il avait parcouru l'essentiel de la gamme de sensations et d'émotions qu'il croyait possibles. Il avait épuisé plus d'expériences qu'il n'était permis à un être humain. Que pouvait-il lui rester encore à faire ou à découvrir?

Il remua un peu, le plus lentement qu'il put, afin de ne pas déranger Julia.

Elle dormait sur lui, pelotonnée contre sa poitrine. Et le chatouillis frais de sa respiration qu'il sentait courir sur sa peau par l'échancrure de sa chemise, lui donnait envie d'allumer la lampe-torche pour mieux contempler son visage au repos.

Pendant un long moment, alors qu'il s'accrochait

encore à elle, désemparé, au bord de la frange incertaine de plaisir où ils avaient échoué, sa voix s'était élevée, menue, lisse, sans l'ombre d'un regret ou d'une inquiétude.

Elle n'avait posé aucune des questions qui le tourmentaient, lui, et qui ne possédaient pas forcément de réponses. Elle n'avait pas parlé de récompense, de punition, ni d'aucun système d'équivalence entre ce qu'on méritait et ce qui arrivait.

Ce qui l'intéressait, elle, c'était l'avenir immédiat, les mesures pratiques à adopter pour la suite.

Elle avait changé d'avis à ce sujet. Se cacher dans les mines n'était pas vraiment la meilleure solution. Mieux valait carrément quitter la région, le pays même. Ensemble, bien sûr, car ils ne se sépareraient plus, elle et lui... Tout à l'heure, avant le jour, elle remonterait à la ferme prévenir le vieux Fongarola. Elle prendrait sa valise et un peu d'argent aussi, elle savait où. A deux, ils se débrouilleraient bien pour subsister. Ils s'éloigneraient de ville en ville, voyageant de nuit, elle avait des tas d'idées...

Puis elle s'était endormie d'un coup, comme ça, sur lui, en plein milieu d'une phrase. Sans lui laisser l'occasion de la détromper, de lui avouer que la fin approchait, qu'il n'y aurait pas de matin, voilà la seule certitude dont il était capable.

Le mouvement qui l'animait — un mouvement mécanique qui l'avait fait avancer toute la nuit, tel un pantin sans volonté ni énergie propres — arrivait à sa conclusion. Le ressort qui lui permettait de fonctionner, s'était presque totalement déroulé. Dans un instant, une minute, une heure, avant l'aube en tout

292

cas, il parviendrait en bout de course. Et tout s'achèverait.

Le temps, suspendu, se pétrifierait. La nuit se refermerait. La galerie s'écroulerait. Et pendant des années, le restant des jours, on se répéterait dans la contrée, avec des airs d'en savoir long, l'histoire triste et édifiante de Pascal Couvilaire, le garçon avalé par la montagne la nuit même où, après avoir tué l'amant de sa mère, il était devenu un homme...

Julia grogna contre lui.

Elle avait le sommeil agité. Une de ses oreilles pointait, petite tache claire dans la masse sombre de ses cheveux.

Il se rappela qu'elle se scotchait jusqu'aux tempes pour aplatir ses pavillons décollés. Et un sentiment de nudité et d'abandon l'assaillit. Julia... Comme il aurait voulu la serrer fort, lui montrer combien il tenait à elle, combien il avait besoin d'elle. Il aurait voulu pour elle réaliser un geste grandiose, ineffable, qui puisse rester dans les mémoires afin qu'on se souvienne aussi de Julia, la mal-aimée, la replantée sans nom, sans famille, dont personne ne soupçonnait la richesse, et qui lui avait tant, tant, et si simplement donné...

Il déplaça seulement quelques mèches de cheveux pour recouvrir le bout d'oreille qui dépassait.

Puis, comme Julia bougeait, il s'efforça de se dégager et se leva en titubant.

Dehors, le monde ne s'était pas modifié entre-temps et ne manifesta pas le moindre intérêt à le voir apparaître.

La nuit s'étalait, égale, soyeuse. Des rayons de lune cernaient les reliefs du paysage immobile. Le vent du soir était tombé. Et le peu d'air qui courait encore, bruissant dans les broussailles des ravins, ne contenait aucune électricité, aucune clameur provenant des villages.

Quelque part, une chouette ulula. Et de loin en loin, des grenouilles signalèrent son passage.

Dans les ronces, tout près, quelque chose luisait faiblement. Ce n'était pas le poil d'un minuscule animal figé par le guet, mais une bouteille de bière vide voisinant avec une boîte de conserve tordue.

« Ce qui survient n'est jamais ce à quoi on s'attend », pensa-t-il.

De qui tenait-il cela ?... De Pierre Gravepierre, oui, il s'en souvenait nettement. Comme lui revenaient sans effort, ses façons de sourire, de bouger, de marcher, d'allumer une cigarette à la longue flamme qui semblait jaillir droit de son poing. Et le son de sa voix. Et tout ce qu'il avait dit, à un moment ou à un autre, du plus banal au plus intéressant, et qui prenait maintenant une signification toute différente...

Il tenta de s'en défaire. Il regrettait que ce ne fût pas son père qui lui vînt instantanément à l'esprit.

Il fouilla sa mémoire. Mais elle était malade. Et l'image qui se forma lentement, datait de l'étang de Maisonchaude, où son père, accroupi sur la berge, lui désignait le ballet des libellules.

« Regarde. La femelle pond ses œufs à la surface de l'eau. Mais elle ne peut s'envoler que si un mâle vient pour la dégager et l'aider à repartir. Regarde, Pascal. Regarde... »

Il ne regardait pas. Il ne pouvait pas regarder. Il se trouvait à des kilomètres de Maisonchaude. L'étang

294

avait été asséché depuis longtemps à cause du barrage. Sa mère, sa propre mère, avait voulu s'envoler avec un étranger. Et il ne savait déjà plus s'il avait bien fait de l'en empêcher...

Il leva la tête dans l'espoir d'un signe, d'une réponse. Sans illusion. Personne ne lui répondrait. Personne ne l'observait. Personne ne l'avait jamais observé.

Les cieux étaient vides, complètement vides. Et les étoiles n'étaient pas les yeux des anges, comme disait Julia... Il n'y avait pas d'explication aux choses.

Il retourna dans la galerie.

*

Il se défendait. Il n'avait rien fait. Rien. Il pouvait l'expliquer... Un chien aboyait. Marquise. Il lançait un caillou à Marquise. Et son père se mettait à vaciller en haut de l'échelle. Il lançait un caillou. Et c'était le moucheron qui filait vers la toile d'araignée. Et Pierre Gravepierre — Pierre Gravepierre ? — s'écroulait de l'échelle. J'ai rien fait, P'pa. Il n'avait pas tué les poussins. Ni le moucheron. Ni personne. Il pouvait l'expliquer... Voilà, d'abord Marquise aboyait. Non. Pas Marquise. Marquise s'était jetée, folle de remords, dans la « Bègue ». Par sa faute à lui. Et il pleurait, tout aussi fou de remords. Il rampait sur la terre qui lui avait tout pris, qui gagnait, oui, qui gagnait toujours quoi qu'on fasse. Et il la mordait pour libérer le hurlement de peur qui l'étouffait. Il la mordait avec des dents ébréchées et osseuses comme celles du vieux

Fongarola. Il mordait la terre. Et c'était le sein plat de Julia !...

Le sursaut qu'il eut en le reconnaissant, lui fit ouvrir les yeux. Les images qui s'accéléraient derrière ses paupières brûlantes, se perdirent aussitôt dans la lueur grisâtre, cotonneuse, qui emplissait à présent le souterrain. L'écho d'un aboiement lointain persista, comme pour l'aider à renouer le fil de son cauchemar, puis s'éteignit.

Il se dressa sur un coude, vaguement en alerte.

Où était Julia ? Il ne la voyait ni près de lui, ni dans les autres recoins plus obscurs à l'intérieur de la mine. Elle avait dû sortir à l'air libre, respirer un coup, ou remonter peut-être chercher ses affaires ainsi qu'elle s'y était engagée. Elle lui avait laissé la torche électrique. Mais il n'avait aucune raison de s'en servir.

Il se relâcha. Il se sentait sale, engourdi et mou, frigorifié. Totalement abandonné.

A cette heure, il aurait dû se trouver à Vieillecombe. Et à travers un sommeil sans souci, lui seraient parvenus, avec les premiers rayons du soleil, les mille bruits de la ferme s'étirant d'aise, et les odeurs s'exaspérant, et la sensation incomparable de la présence de sa mère, la présence silencieuse de sa mère préparant déjà le petit déjeuner... Une crampe de faim lui tordit l'estomac. Depuis combien de temps n'avait-il rien mangé ?

Il pensa à tous ceux qui dormaient encore, le ventre plein et la tête non endolorie, repus et abrités, bien au chaud au creux de leurs lits, de leurs maisons, de leurs parents, confiants dans le jour qui naîtrait.

Cela faisait si longtemps qu'il enviait leur sécurité et

leur insouciance. Au fond, il ne s'était jamais senti leur
égal. Toujours déphasé. Toujours un poil en dehors du
coup. Il ne comprenait pas d'où ça provenait mais,
jusque dans les meilleurs moments, il avait constamment eu l'impression qu'ils partageaient un secret
inconnu de lui et qu'ils laissaient tout le temps à sa
portée sans qu'il sût le saisir.

Il n'y avait probablement pas de secret. Mais il le
découvrait trop tard. La nuit qui s'achevait, l'avait
projeté trop loin, beaucoup trop loin. Il avait commis
un acte irréparable. Et cet acte, justifié ou non, le
séparait indéfiniment des autres. De Julia aussi.
C'était une expérience unique, inexprimable, intrans-
missible et d'une désespérance, d'une solitude, abso-
lues.

Une expérience qu'il déplorait maintenant, qu'il
aurait peut-être pu éviter, sans même s'en rendre
compte.

Il lui aurait suffi de ne pas laisser sa mère en tête à
tête avec Pierre Gravepierre. Ou bien de ne pas les
surprendre après, de faire un peu plus de bruit en les
rejoignant...

Sa mère aurait alors retrouvé son air habituel pour
inviter Pierre Gravepierre à dîner, à passer la nuit à
Vieillecombe et, qui sait, les jours suivants. Et lui,
Pascal, l'aurait encouragée avec une secrète jubilation,
pensant que l'idée venait de lui, et voilà tout... Il
n'aurait jamais deviné la vérité. Et, à dire vrai, il s'en
moquait. Quelle vérité valait ce désastre où il avait
plongé ? Il ne l'aurait jamais devinée, ou l'aurait
apprise plus tard, à un moment moins contraire, où

elle ne l'aurait pas détruit à ce point et surtout pas poussé à une telle réaction...

Il avait couru chercher le fusil. Il l'avait armé. Il était revenu épauler et tirer. Il avait accompli tous ces gestes, en quelques fractions de seconde. Sans y réfléchir. Il avait abattu Pierre Gravepierre à qui il aurait tout donné une minute plus tôt. Il avait supprimé un homme, une vie. Sans vraiment se rendre compte. Sans comprendre clairement pourquoi. Pour la mémoire de son père ? Pour sa mère ? Pour lui-même qui s'était vu trahi, humilié, dépossédé ? Il ne savait plus. Il n'avait jamais su. Aucune raison ne tenait. Alors ? La fatalité ? Existait-elle seulement ?... Les profondeurs du ciel n'étaient pas si pleines, si influentes, qu'il l'avait cru. Celles de la terre non plus. Il ne fallait pas compter sur elles, ni avec elles... Les gens se débrouillaient seuls, comme ils pouvaient. Ils s'agitaient et tournoyaient, sans plus être guidés sur leurs trajectoires qu'un essaim de moucherons. Oui, c'était cela. Un essaim de moucherons lâchés dans un tunnel de toiles d'araignée. Ils allaient plus ou moins loin, plus ou moins prudemment, avec l'espoir, la volonté de s'en sortir, mais finissaient tous, tôt ou tard, par rencontrer la mauvaise toile...

Il se crispa soudain.

De l'extérieur, venait de filtrer un aboiement étouffé mais très proche.

Il ne l'avait pas rêvé celui-là... Julia s'était trompée. On n'avait pas attendu le soleil pour lancer les recherches. On le pistait. On se doutait de sa cachette. On le cernait. On convergeait sur lui, inexorablement,

en silence, tempérant l'ardeur des chiens, les empê-
chant de donner de la voix pour ne pas l'alerter.

Il regretta l'absence de Julia. Puis non. Elle l'aurait
probablement poussé à s'échapper, à résister. Et il
n'en ressentait plus la nécessité.

A quoi bon courir, retarder une échéance de toute
façon inévitable, obtenir un sursis qu'il savait d'avance
stérile, inutile ?... S'il ne tenait à faciliter la tâche de ses
poursuivants, il ne la leur compliquerait pas non plus.
Il ne bougerait pas. Il attendrait là, le dos collé au fond
rugueux de la galerie. Et les autres, en le découvrant,
verraient combien il était misérable et abîmé. Il se
lèverait pour les accueillir. Il les recevrait, droit et
tremblant, tel un gibier trop longtemps coursé, immobile, frissonnant et digne dans le cercle de meute, avec
ce regard nu qui pinçait parfois de honte les chasseurs...

Le premier chien piétinait déjà les herbes et les
broussailles devant la mine. Les bruits qu'il laissait
échapper trahissaient son activité. Il allait et venait sur
place, hésitant face au paquet serré d'épines à traverser, cherchant l'ouverture, reniflant et gémissant d'impatience.

Un grognement déçu s'éleva, se transforma en râle
comme si sur le point d'abandonner, l'animal se
décidait à rameuter les siens. Mais l'aboiement ne se
libéra pas complètement. Les ronces furent brusquement secouées et une flèche noire déboula avec un
jappement de victoire dans le souterrain.

Pascal la vit foncer sur lui, ramassa vivement la
lampe-torche, prêt à s'en servir pour se défendre, puis
négligea son geste.

— Biscotte !

C'était elle, c'était bien elle, Biscotte, sa chienne. Il n'en revenait pas de la voir. Il l'avait oubliée. Il n'avait même pas reconnu sa manière d'aboyer.

Il la serra contre lui, esquivant les coups de langue désordonnés, affectueux, qui lui balayaient les joues, enfouissant son visage dans la toison épaisse du poitrail, humant avidement l'odeur sauvage qui fumait d'elle, tandis qu'un rire sombrait en lui comme un sanglot.

Elle ne précédait pas une troupe hostile. Elle était venue toute seule, de sa propre initiative, poussée par sa fidélité. Elle avait erré dans la nuit et les ravins pour le rejoindre. Et elle le léchait, l'agrippait, fourrait son museau partout où elle pouvait, poisseuse de fatigue, de sueur et de rosée, piquetée de débris de terre grasse, d'épis et de bardanes, mais si énervée, si heureuse de le retrouver.

Et il la caressait en retour. Il la nettoyait, l'embrassait, lui parlait, Biscotte, ma Biscotte, sans prononcer d'autres mots. Elle n'avait pas besoin de mots. Elle savait mieux que lui ce qu'il pensait. Quel fou il avait été de ne pas l'avoir écoutée, de ne pas lui avoir fait confiance. Dès le début, elle avait essayé de le prévenir de ce qui l'attendait. Elle avait aboyé, aboyé, contre l'étranger. Il se rappelait, hein ? Oh ! oui, qu'il se rappelait ! Et il n'avait rien compris. Il avait laissé Pierre Gravepierre la dompter de force, lui tordre la mâchoire dans sa poigne puissante et l'obliger à taire son instinct...

Elle se raidit entre ses bras, tourna le museau vers l'entrée de la mine où un froissement des buissons annonçait une intrusion. Et il lui lissa le crâne pour la rassurer.

Ce ne pouvait être que Julia. Il se dit qu'elle allait s'exciter de surprise devant Biscotte. De surprise et d'inquiétude, car la chienne en réussissant à le trouver, avait ouvert la voie à d'autres visiteurs plus redoutables. Elle le presserait de décamper sans délai. Il espéra qu'elle ne verrait aucun inconvénient à emmener Biscotte avec eux, il n'imaginait plus s'en séparer. Il espéra aussi qu'elle avait pensé à rapporter de quoi manger.

Puis les ronciers s'écartèrent. La silhouette de Julia embarrassée, semblait-il, par sa valise, se glissa, sombre et floue dans la clarté lunaire de l'aube, se déplia tout à coup, s'enfla, s'allongea, se déroula lentement, démesurément.

Et à travers un rêve d'épouvante, un rêve phosphorescent, hallucinant, impossible, qui se déployait, qui prenait tout son temps pour se matérialiser, il vit s'avancer Pierre Gravepierre.

*

Il ne chercha pas à fuir. Il n'y pensa même pas.

La flambée de terreur qui l'embrasa, consuma instantanément ses forces, sa lucidité et ses réflexes, et le cloua sur place, assommé, sans protection, sans aucune issue possible. Tandis que l'apparition progressait prudemment, courbée, gênée par l'étroitesse des lieux, la tête, effleurant les aspérités de la voûte, dardée comme pour mieux forcer du regard les ombres qui se resserraient au fond du boyau où il se terrait.

Il remarqua alors qu'elle portait un fusil.

Il le remarqua, sans plus se troubler, déjà au-delà de toute émotion, sa raison chavirant dans toutes les directions contre le même cadavre dégingandé et sanglant qu'il avait laissé en début de nuit à Vieille-combe et qui vivait maintenant, qui vivait, oui, qui approchait, qui le nommait.

— Pascal ?

L'appel gronda, s'amplifiant le long du souterrain, et vint le cogner au front, secouant son hébétude qui ne l'empêchait cependant pas d'enregistrer, comme d'habitude, des détails sans rapport avec l'objet principal de son attention. La torche électrique, inutile entre ses genoux. Sa main crispée, inerte, sur le mufle humide de Biscotte dont la queue battait contre lui.

— Pascal, tu es là ?

Ce fut la chienne qui répondit pour lui. Elle poussa un bref nasillement. Trois mètres devant, la silhouette se déplaça, un pas de côté, afin de ne plus faire écran au peu de lumière qui entrait de l'extérieur. Et à la façon qu'elle eut de s'immobiliser, Pascal comprit que l'instant suprême venait de sonner.

Il ne s'en émut pas davantage. Il regardait le fusil. Il regardait la lueur qui jouait sur le profil de l'arme.

Il la vit se raccourcir puis s'éteindre quand les canons se braquèrent sur lui. Si près, qu'il pouvait distinguer parfaitement dans la pénombre, le guidon de visée au-dessus des orifices jumeaux d'où allait souffler la mitraille éblouissante qui l'emporterait.

Il attendit. Il n'avait rien à faire d'autre. Tout devenait enfin normal, équitable, légitime. Il savait qu'il s'agissait du fusil de son père. Il l'avait décroché plus tôt à Vieillecombe sans se douter qu'en fait, l'arme lui était destinée. Il y avait là une correspondance subtile, un juste retour des choses, une boucle idéalement bouclée, dont l'harmonie tragique convenait au caractère supérieur de sa dernière minute.

Il attendit. Prêt.

Mais rien de prévu ne se produisit. Les éléments ne se déchaînèrent pas. Ni le tonnerre ni la foudre ne le désintégrèrent. Et si les ténèbres au-dessus de lui s'entrouvrirent, la voix qui en descendit, ne possédait pas la puissance, la résonance formidable qui, selon lui, devait accompagner son anéantissement.

Ce n'était qu'une voix humaine. Une voix pauvrement, étonnamment humaine. Un murmure d'homme voilé de lassitude et de soulagement.

— Je n'étais pas sûr, Pascal... Ça fait des heures que je te cherche. Des heures. Je n'y croyais plus...

L'arme s'était détournée, avait disparu de son champ de vision où s'abaissait le visage de Pierre Gravepierre.

Un visage creusé, harassé, déformé par un pansement épais qui descendait du cou à l'épaule, étirant le col de chemise.

Et il réalisait. La résurrection de Pierre Gravepierre ne provenait pas d'un maléfice de la nuit, mais d'une erreur à lui, Pascal, de sa propre maladresse, d'un défaut de jugement. Le coup de fusil délivré à Vieillecombe, mal ajusté, tiré en catastrophe, n'avait simplement pas eu les conséquences définitives qu'il avait cru.

Pierre Gravepierre, du reste, le lui confirmait.

— Un vrai miracle. Tu imagines ce qui serait arrivé sinon...

Il s'était laissé glisser à terre, animé d'aucune volonté de revanche, d'aucune mauvaise intention, les traits et la voix tirés, méconnaissables.

Sa chance avait consisté à s'être trouvé si près du fusil que la décharge n'avait pas eu le temps de s'éparpiller. Et son réflexe pour détourner l'arme avait fait le reste. Les plombs ne l'avaient qu'éraflé. Certains, logés sous sa peau, nécessitaient des soins approfondis. Mais il n'avait pas voulu de médecin. Tout juste s'il avait accepté ce pansement sommaire, bu un solide coup de gnole pour se requinquer. Et, dès que ses jambes avaient de nouveau pu le soutenir, il s'était mis en route avec Biscotte. Une folie dans son état et pour quelqu'un ignorant tout de la région. Mais il fallait qu'il le fasse. Il le fallait pour, pour que...

— Je ne sais plus. Je me disais que tu étais capable de n'importe quelle connerie. Quand on commence, on ne s'arrête plus. Je m'y connais...

Il avait tourné et tourné, en compagnie de Biscotte. Et appelé. Et battu les buissons de plus en plus loin de Vieillecombe, persuadé que chaque fourré, chaque forme qui remuait sous la lune, marquerait la fin de sa course.

Il s'était perdu dans les bois, dans des endroits invraisemblables. Un hameau incendié aux bâtiments sans portes ni fenêtres, comme des fantômes aux yeux crevés. Une décharge publique... Il avait rebroussé chemin à un croisement, saisi d'une certitude devant un calvaire. Et il était remonté jusqu'au petit cimetière au-dessus de Saint-Girier. Personne ne pleurait sur les tombes, mais son inspiration pouvait s'avérer bonne à retardement et il avait attendu. En vain...

Après quoi, ç'avait été, au bout des maisons désespérément fermées du village, les campeurs qui jouaient de la guitare. Ils l'avaient pris pour un braconnier à cause du fusil qu'il avait ramassé sans réfléchir en partant de la ferme, et dont il n'avait pas pu se résoudre à se débarrasser, certain que s'il le faisait, il ne parviendrait jamais au bout de ses recherches...

Ils lui avaient offert du vin, du poulet froid et des tas d'idées de cachettes. Puis il était reparti rôder dans la montagne. Parcourir des kilomètres dans tous les sens, sans méthode, sans plus savoir où se diriger, imaginant des choses affreuses devant la moindre ombre couchée, la moindre branche abattue, divaguant et suivant Biscotte sans y croire, à travers tous les arbres, les fossés, les creux et les trous du pays. Et finalement... finalement...

— Je suis venu te ramener, Pascal... Ta mère t'attend. Elle n'a pas dû dormir de la nuit, elle non plus...

Il se détendait, se tassait, la figure amincie, les lèvres fendillées, les paupières lourdes comme si, sa tâche achevée, il n'aspirait plus qu'au repos.

— Elle m'a chargé de te dire que tu n'avais rien à craindre. Qu'on effacerait, qu'on ne parlerait pas de ce qui s'est passé. Seulement...

Il rouvrait les yeux, sérieux.

— Seulement, je ne suis pas d'accord... Quand une plaie est ouverte, il vaut mieux la nettoyer...

Alors, il nettoyait. Même si ça faisait mal.

Il lui parlait de Maryse, sa mère. De leur première

rencontre à Larques. Des relations qui s'étaient nouées et développées entre eux. De leurs rendez-vous secrets. De leurs projets de vie commune auxquels rien ne s'opposait vraiment, prétendait-elle, sauf une personne, une seule. Lui, Pascal, son fils qu'elle ne savait comment mettre au courant. Elle avait essayé, bien sûr, à maintes reprises, les week-ends lorsqu'il rentrait du collège, puis au début des vacances d'été. Sans résultat. Pourtant ça semblait facile à première vue, non ? Pascal, mon chéri, j'ai rencontré quelqu'un, et je, et nous...

Mais ça avait duré des semaines, des mois. Ça avait pris des proportions incroyables, incompréhensibles. Leurs rapports s'étaient dégradés. Pierre Gravepierre avait cru qu'il s'agissait d'un prétexte, qu'elle craignait les cancans, son deuil pas si ancien, son casier judiciaire à lui, va savoir. Il l'avait disputée et harcelée et tourmentée. Tant et si bien qu'elle lui avait adressé une lettre de rupture. Dans trois semaines, avait-elle écrit, dans trois semaines, son fils reprendrait les classes, le semi-internat, et elle préférait se sacrifier que de continuer à vivre cette vie de mensonges... Elle préférait se sacrifier, me sacrifier, plutôt que de te parler, tu t'imagines un peu ?...

Pierre Gravepierre avait alors froissé des pages et des pages de réponses. Puis il s'était décidé à bouger. Pour se rendre compte au moins par lui-même à quoi ressemblait l'épouvantail... Et il était venu. Il avait vu. Et il avait compris. Il n'avait pas pu parler, lui non plus. Il n'avait pas su. Il savait pourtant exactement ce qu'il devait dire. Il avait essayé. Mais il s'y était mal pris. Il y avait renoncé. Il avait même voulu repartir.

Il serait sûrement reparti, si sa voiture de louage n'était pas tombée en panne, un coup du destin peut-être... Ensuite, il s'était laissé porter par le cours des choses. Voilà...

Sa voix assourdie tremblait de sincérité.

Et Pascal entendait ce tremblement. Et quelque chose en lui tremblait aussi.

Il avait échappé au piège du mensonge. Celui de la vérité lui apparaissait autrement plus solide. Les forces lui manquaient pour combattre. L'envie aussi. Et peut-être, en définitive, que les pièges étaient nécessaires, que tous, les hommes comme les moucherons, en avaient besoin, que cela donnait son sens et sa saveur à l'existence.

Il pensa à sa mère. M'ma. M'ma comme il disait parce que c'était presque Maryse. Il pensa à tout ce qui les avait unis, tout ce qui les unissait encore. L'enterrement, son acharnement pour remonter la ferme, son courage reconnu par tous, sa retenue, et la façon dont elle avait fini petit à petit par surmonter les difficultés, par rallumer son visage éteint.

Ce visage qu'elle levait sur lui lorsqu'il la rejoignait. Toujours le même, croyait-il, quelle qu'ait pu être la durée de leur séparation, une minute, une heure ou une semaine. Un visage d'anxiété allégée qui semblait vouloir dire :

« J'ai attendu, Pascal. O combien j'ai attendu ! Mais tu es là maintenant. Et plus rien ne compte. »

Il n'avait pas su y lire ce qu'elle tentait désespérément de lui apprendre.

Il comprenait bien des choses à présent. Ses hésitations, ses moitiés de phrases inachevées, ses traces de larmes vite essuyées, ses moments d'énervement et ses élans soudains de tendresse. Toutes ces choses qu'il avait acceptées ces derniers temps sans trop se poser de questions...

— Qu'est-ce que c'est ?...

Pierre Gravepierre ramassait la torche électrique, l'examinait, l'allumait, éclairait le sol, les parois terreuses autour d'eux.

— Elle m'aurait bien servi cette nuit... D'où elle sort ? Tu l'as trouvée ici ?

La tache de lumière fade, à peine plus visible que celle, laiteuse, qui s'étendait à travers la galerie, se promena un instant, puis descendit droit dans les yeux de Pascal, sans l'éblouir.

— Tu ne veux pas me répondre ?

Il ne répondait pas. Il ne bronchait pas. Il pensait soudain à Julia. Julia qui n'allait plus tarder et qui s'effarerait en les découvrant assis là ensemble, si près l'un de l'autre.

— Tu ne me crois pas, hein...

Pierre Gravepierre éteignait la lampe, la reposait avec une précaution exagérée à l'endroit où il l'avait prise.

— Tu m'en veux ? C'est ça ? Dis-le. Vas-y... Tu ne me crois pas. Tu penses que j'essaie de t'avoir... Je te montrerai la lettre, si tu veux... Réfléchis un peu. Tu crois que j'aurais pris la peine de te cavaler après, la nuit entière ?...

Pourquoi ne répondait-il pas ?

— Tu crois que j'aurais pris la peine de te parler ?... Je t'ai expliqué. J'ai reconnu mes torts. C'est pas

308

assez ? Pourquoi tu ne veux pas répondre ? Dis-moi ça au moins...

Pourquoi ne répondait-il pas ? Pourquoi ne relevait-il pas la tête, ne laissait-il pas échapper un son, un signe, un battement de cil ? Qu'est-ce qui l'en empêchait ? Il ne savait pas. Il ne pouvait pas. Il voulait bien, mais rien ne sortait, rien ne passait sa gorge nouée.

Et son mutisme, son absence de réaction étonnait, irritait Pierre Gravepierre.

— Mais parle, nom de Dieu ! Réponds-moi. Qu'est-ce que je t'ai fait ? Tu vas bouger, dis ? Ou tu comptes rester planté avec cet air de crucifié jusqu'à la fin des temps ?

Il s'emportait, l'agrippait par les cheveux pour le secouer, le forcer à se redresser, à soutenir son regard.

— Regarde-moi, au moins ! Tu te prends pour qui ? Un martyr ? Tu es foutu parce que ton père est mort ? C'était un type épatant et personne ne lui arrive à la cheville ? Et alors ? Qu'est-ce qu'on y peut ? Qu'est-ce que j'y peux ? Qu'est-ce qu'il te faut ? Que je te supplie peut-être ? Que je te demande pardon pour avoir cherché à me descendre ?

Il le lâchait brusquement, avec une mimique de douleur qui le rejetait en arrière, se tâtait le cou, les linges qui couvraient ses blessures, en respirant très fort.

Puis son souffle et son exaspération s'apaisèrent.

— Après tout, tu fais ce que tu veux... Moi j'en ai marre de parler dans le vide. Je m'en vais... Allez, viens Biscotte...

Il écarta un peu la chienne qui reniflait ses pansements, se mit debout avec difficulté, s'appuyant sur le fusil qu'il repoussa ensuite, après réflexion, comme un objet de dégoût.

— Tiens, je te le laisse. Je l'ai assez trimbalé comme ça. Je rentre chez ta mère. Et on va rester ensemble aussi longtemps qu'on pourra... Alors, te gêne pas pour me tirer dessus, si ça te chante. C'est l'occasion ou jamais de m'en empêcher.

Il se dirigea sans se presser vers la sortie, inclinant sa haute taille sous les poutres délabrées qui étayaient la voûte, et s'accotant pesamment à chaque pas, aux saillies des parois comme pour se soutenir. Il traversa les ronces. Biscotte qui le suivait, fit un petit bond pour profiter de sa trouée.

Et Pascal demeura seul, un peu étourdi par la tournure des événements, avec en lui un élan qu'il retenait encore, qu'il n'osait libérer.

Il touchait l'arme près de lui, le fusil de son père. Mais le contact, rassurant d'habitude, ne lui procurait aucun réconfort. Il se rappela combien il avait rêvé de le faire fonctionner réellement, d'en être digne. Et la seule cible sur laquelle il avait jamais tiré, il l'avait manquée...

Il ne regrettait pas ce résultat. Il aurait même pu s'en réjouir s'il n'avait eu l'esprit encombré par des pensées fumeuses, absurbes... Que Pierre Gravepierre avait calculé son dernier effet. Qu'il lui avait laissé l'arme en sachant bien que lui, Pascal, serait incapable de l'utiliser une deuxième fois. Peut-être n'avait-il carrément pris aucun risque, avait-il enlevé la cartouche non tirée et que le fusil était vide...

Son index accroché à la détente, se crispa presque

310

malgré lui. La déflagration qu'il espérait pourtant, le stupéfia par son ampleur. L'explosion ébranla la galerie. Les plombs crépitèrent un peu partout, s'enfonçant ou ricochant sur l'amalgame de roches, de poutrelles rouillées et de racines souterraines qui en composaient les parois. Un peu de terre se détacha de la voûte, lui tomba dessus.

Et sans plus savoir comment, persuadé que la mine allait s'écrouler et l'ensevelir, il se retrouva dehors, éternuant et suffoquant, dans les bras de Pierre Gravepierre qui s'était rué, alarmé par la détonation.

— Pascal. Bon Dieu, Pascal. Tu n'as rien ?...

Il le tâtait, l'étreignait, le comprimait rudement, sauvagement. Il sentait le tabac, l'insomnie et le désinfectant. Et ses muscles durcis vibraient d'une énergie à laquelle il faisait bon s'abandonner.

— J'ai cru... J'ai cru que... Je ne me le serais jamais pardonné...

Il se précipitait sur le fusil dans l'herbe, l'empoignait par le canon et le frappait, le frappait, le fracassait de toutes ses forces, de toute sa rage contre les rochers, et envoyait les morceaux se perdre au loin dans les broussailles.

Puis il se redressait, titubant, déséquilibré, désemparé par son éclat de violence.

Il ne ressemblait plus à l'étranger bien mis et sûr de lui, débarqué la veille, le regard et les gestes exacts, lents d'une puissance contenue qui forçait l'attention et l'admiration.

A lui aussi, la nuit écoulée avait infligé son empreinte. Sous ses yeux incertains, ses pommettes plissées étaient marbrées par le manque de sommeil et

311

la souffrance de ses blessures que son agitation avait réveillée. Sa barbe de vingt-quatre heures, accentuant la maigreur de ses traits, lui donnait un aspect négligé et pathétique. Et ses vêtements froissés flottaient de travers, les pans de sa chemise hors du pantalon.

Ce n'était pas sa chemise. La sienne, blanche, immaculée, au début de leur rencontre, devait se trouver à Vieillecombe, inutilisable, trouée et souillée de sang et de poudre noire.

Celle qu'il portait, Pacal la reconnaissait. Elle avait appartenu à son père. Il aurait pu dire exactement, sans trop d'efforts, à quelle occasion son père l'avait enfilée pour la dernière fois, et dans quel coin de l'armoire elle était restée depuis.

Jamais il n'aurait pu envisager qu'il la verrait un jour sur les épaules de quelqu'un d'autre. Et surtout qu'il ne hurlerait, ni ne s'en formaliserait. Que le déchirement qu'il éprouverait alors, serait doux comme une délivrance.

Et il mesura l'étendue du chemin qu'il avait fallu parcourir pour en arriver là. Il évoqua toutes ces choses qu'il avait crues irrémédiablement arrêtées. Ces souvenirs précieux auxquels il s'était cramponné à pleine mémoire pour, en fait, les empêcher de bouger, mais qui s'étaient transformés quand même, insensiblement, qui s'étaient modifiés et allégés au fil du temps... Etait-ce si difficile d'admettre qu'il n'y avait pas de fin, seulement des étapes dont chacune avait son importance et sa nécessité?...

Biscotte aboyait. Une voix qui se rapprochait vite, appelait, Pasca-al! Pasca-al! plus haut sur le ravin. Julia qui accourait.

Elle apparut au-dessus d'eux, s'arrêtant en plein cri quand elle les aperçut. Mais la pente l'entraîna quelques mètres plus bas, presque au niveau où ils se trouvaient.

Reprenant sa respiration, elle leur jeta un regard rapide. Et Pascal vit qu'elle n'était pas étonnée, pas inquiète non plus.

Elle dévisagea Pierre Gravepierre. Et Pierre Gravepierre lui adressa un sourire exténué, un peu embarrassé, l'air de chercher quelque chose d'important à exprimer. Il ne trouva que :

— Tu es Julia...

Puis, simplement, comme pour l'encourager.

— Je m'appelle Pierre.

— Je sais, dit Julia.

Tout autour, l'air se colorait. Les ombrages, les friches rousses et boisées qui moutonnaient à perte de vue, se réveillaient doucement, frissonnant et bruissant. A l'horizon, derrière les crêtes bleues, nacrées par l'aurore, une promesse de lumière éclatait, se répandait dans le ciel, chassant les dernières brumes, les dernières incertitudes de la nuit. Et le soleil suivait, timide puis plus incandescent à mesure qu'il s'élevait.

Ils attendirent, tous trois, sans bouger, de le voir jaillir et s'arrondir complètement au-dessus des montagnes. Puis ils se secouèrent. Et dans le matin blond, débordant de tiédeur et de sève, ils se mirent en chemin.

Un nouveau jour commençait.

COLLECTION FOLIO

Dernières parutions

Cet ouvrage
a été achevé d'imprimer par
l'imprimerie Bussière à Saint-Amand (Cher)
le 12 août 1982.
Dépôt légal : août 1982.
Imprimé en France (2492).